比較社会文化叢書 Vol.33

清末民初における欧米小説の翻訳に関する研究

—日本経由を視座として—

梁　艶／著

花書院

目次

第三章　アンドレーエフの翻訳と紹介

【凡例】

一、訳文について、特別な説明がない場合、すべて拙訳になる。
二、日本語の引用文は、文意を損なわないかぎり、適宜通用の文字に改め、ルビを省略した。
三、中国語の引用文は、文意を損なわないかぎり、適宜旧漢字を新漢字に改め、句読点を付けた。
四、〔 〕中の文章は引用者による。
五、傍線、番号、囲み線などは、特に断らない限り、引用者による。
六、本稿では、清末民初は一八九八年～一九一九年の時期を指す。

序論　清末民初における欧米小説の移入について

はじめに

中国における外国文学の翻訳活動の始まりは、広い意味では、アヘン戦争（一八四〇～一八四二年）の時期に遡ることができる。しかし、戊戌政変（一八九八年）以前、翻訳文学作品は数がきわめてすくなく、影響力も殆どなかった。[1]それに対して、戊戌政変以降、翻訳文学作品の数は急速に増え、史上未曽有の大盛況を呈することとなった。これは歴史的および文化的背景と深く関わっている。

アヘン戦争とアロー戦争に敗北して以来、中国は鎖国政策の放棄を余儀なくされ、条約によって次々と港を開き、「西洋の衝撃」を真正面から受けざるをえない状況であった。その敗北を契機として、政治家や知識人たちが西洋の機械技術（とりわけ軍事関連の機械技術）と自然科学の優越性を認め、それらの導入によって中国の富国強兵を実現しようとする「洋務運動」が起こった。さらに、知識人の間に自国民の中に翻訳・通訳者が存在しないことに対する危機感が強まり、それまで顧みられなかった西欧諸語の教育を積極的に推進することとなった。「洋務運動」において、清朝政府は外務省にあたる総理各国事務衙門を設置し、外国との連絡に必要な翻訳人員を養成する目的の同文館を附属機構とした。一方で、造船所など各種工場を建設し、鉄道を敷設し、諸外国に留学生を派遣した。しかし、当時の士大夫たちは「中学を体と為し、西学を用と為す」（中国の伝統的な学問を主体とし、西洋の科学的な学問を効用とする）ということを提唱し、国家としての体制を崩さず、実利実用となる西洋の技術や学問を積極的に取り入れようとするだけで、西洋の哲学思想や政治制度を学ぼうとはしなかった。それゆえ、西洋の書物から翻訳されたものは実用に供される技術関係以外のものはほとんどなかった。当時、富国強兵と無関係な西洋各国の文学作品が翻訳の対象とされなかったのは、当然であった。

だが、そのような状態は結局日清戦争（一八九四～一八九五年）の敗北によって打破される。小さな島国日本に敗れた屈辱は、中国を目覚めさせた。日清戦争の敗北は洋務運動の失敗を証明し、それを契機として、中国の知識人たちはようやく外国の自然科学と機械技術を支える思想や制度の意味を理解するようになった。そのため、西洋の社会科学も救国の処方箋と見なされるようになり、政治・法律・歴史・教育・哲学などの書物が大量に翻訳された。この時期に、西洋文学は翻訳の対象として無視されていたわけではないが、積極的に翻訳・紹介されるにはいたらなかった。西洋文学が晩清の思想文化界によって重視され、中国の政治を改良するための有効な手段の一つと見なされるようになるには、政治改革の失敗を意味した戊戌政変（一八九八年）まで待たなければならない。

一八九八年の戊戌変法の失敗後、梁啓超は日本に亡命した。当時、救国の方策を求めた彼の目に映じていたのは、急速な近代化を進めつつある明治日本とその発達したジャーナリズム・出版業であった。日本の自由民権運動が政治小説を利用して、その主義・主張を宣伝していることに啓発され、梁啓超は政治小説の重要性を認識した。一八九八年十二月、梁啓超は横浜で『清議報』を創刊し、その創刊号に掲載した「譯印政治小説序」という文章において、小説の「通俗性」を強調し、ヨーロッパや日本では知識人たちは常に小説を用いて、自分の政治思想や経験を訴えていると論じたうえで、小説、特に政治小説が如何に社会変革に重要であるかを主張した。そして彼自身は、政治小説『佳人之奇遇』、『経国美談』を翻訳し、政治小説の創作も試みた。さらに、梁啓超は一九〇二年、自ら発行した『新小説』の創刊号に、「論小説与群治之関係」（「小説と群治〈社会〉との関係を論ず」）という文章を発表した。その中で、小説は文学の最も優れたものとされ、「道徳、宗教、政治、風俗、学芸、人心、人格」を新たにするには、まず小説を新たにしなければならないと、小説の社会的効用について力説し、新たに「新小説」という概念を提起して、政治小説の翻訳だけではなく、小説全般の改革、いわば「小説界革命」を唱えた。このことがきっかけとなって、中国で小説の価値が高く評価されるようになり、小説は啓蒙機能を有する道具として認められるようになった。こうした考えのもとで、政治小説だけでなく、科学冒険小説、探偵小説、軍事小説などの新しい種類の翻訳小説も、救国や民衆啓蒙・教育の有効な手段と見なされた。

当時、中国ではジャーナリズムが急速な発達を遂げ、出版業も従来に見られなかった活況を呈し始めた。印刷技術の発展と出版社の増加によって、各種出版物が雨後の筍のように出現し、作品の発表が極めて容易になり、小説の隆盛を支える基礎が築かれた。例えば、当時『申報』、『新聞報』、『時報』などの新聞は小説欄を設置し、創作ばかりでなく、翻訳小説も掲載した。後に、『繍像小説』（李伯元主編、一九〇三年創刊）、『新新小説』（龔子英・陳景韓編、一九〇四年創刊）、『月月小説』（呉趼人・周桂笙等編、一九〇六年創刊）、『小説林』（黄摩西主編、一九〇七年創刊）などの小説専門雑誌が創刊され、競うようにして翻訳小説を載せようとした。さらに、代表的な出版社であった広智書局、小説林社および商務印書館も翻訳小説の刊行を開始し、外国文学が大量に翻訳される時期を迎えた。

この時期に、翻訳文学作品が急速に増加していった要因として、印刷出版業の繁栄のみならず、清朝政府が日本に大量の留学生を派遣するようになり、日本語の翻訳人材が倍増したこともあげておかねばならない。日清戦争以前、中国は西洋の書物の翻訳のみを重視し、英語・フランス語に通じる人材の育成に専念した。一八七二年に清朝政府はアメリカへ学生三十人を送り、中国最初の西洋留学を実現させた。以後、一八九五年までが所謂西洋留学の初期であるが、留学先はアメリカ、ヨーロッパを主としている。日清戦争の敗北を経て、中国人は日本に目をむけ、なぜ東洋の小さな島国である日本が中国に勝つことができたのかを考え始め、日本を研究し、日本に学ぼうとするようになった。康有為・梁啓超らの知識人たちは、日本の明治維新の成功は西洋の有用書の翻訳と切り離せないと認識した。中国語と同じ漢字を使う日本語は、中国人にとって学びやすく、翻訳するときも西洋文より速いため、日本を通して西洋の新思想・新知識を導入することが近道だと考えられ、日本書の広範な翻訳が提唱された。張之洞らの政治家も日本書の翻訳と日本遊学の必要性を痛感し、日本語人材の育成を急務として、一八九六年より日本へ留学生を送り始めた。当時、留学先は多くあったが、日本は地理的に近く、留学費用が比較的に安く、同じ漢字文化圏の便利さを有する国であるため、清朝政府の推進により、日本に派遣された留学生の人数は急速に増加した。中国人の日本留学開始は西洋諸国への留学開始より二十四年遅れたが、やがて、その数は諸外国を圧倒し、全留学生の約半分を占めるようになった。特に一九〇一年から一九一一年までの十年間の留日学生の人数は突出し、中国近代史における最初の日本留学ブームとなった。中国国内で日本書の翻訳ブームが起きたのと同時に、留日学生も翻訳団体を創り、日本及び欧米の思想・学問を紹介し、日本書の翻訳に積極的に取り組んだ。こうした背景のもと、日本からの翻訳が急速に増え、翻訳された書籍は西洋小説と日本小説を含め、社会科学と自然科学のほとんどあらゆる分野にわたっている。留日学生は、帰国後に政治・外交・軍事・教育の面で活躍するほか、ジャーナリストや翻訳者・文学者になり、引き続き日本語を通して西洋及び日本の文化と文学を紹介し、中国社会の変化に大きな影響を与えた。

一

周知のように、中国近代文学の形成はその手本を西洋文学と日本文学に仰ぐことが多かった。これは清末民初における盛んな文学翻訳活動の功績に帰せずにはおけない。特に、留日学生による西洋小説及び日本小説の翻訳活動と密接に関わっている。しかし、従来、中国の学界では翻訳小説は中国文学ではないという認識が強く残っている。それゆえ翻訳小説研究は、発展する芽を摘まれてきたといういきさつがある。これまでの中国の翻訳文学研究を概観してみれば、次のようである。

一九四九年以前、陳子展の『中国近代文学之変遷』（上海中華書局、一九二九年）、王哲甫の『中国新文学運動

史』（北平傑成印書局、一九三三年）や阿英の『晩清小説史』（上海商務印書館、一九三七年）等の文学史の著作において、翻訳文学を紹介する章が設けられている。特に阿英の『晩清小説史』は清末における文学翻訳の特徴などに触れ、翻訳小説が文学創作に与えた影響についても論じているため、後世研究者のよい参考書となった。この時期に、また鄭振鐸の「林琴南先生」（『小説月報』第十五巻第十一号、一九二四年十一月十日）、呉文祺の「林紓翻訳的小説該給以怎様的估価」（『文学百題』生活書店、一九三五年）、鄭振鐸の「清末翻訳小説対新文学的影響」（『今代文芸』創刊号、一九三六年七月二十日）および林榕の「晩清的翻訳」（『文学集刊』第一輯、一九四三年九月）のような、林紓の翻訳や清末の翻訳文学について紹介する文章も出現したが、体系的で踏み込んだ研究はまだ出ていない。

一九四九年から一九七〇年代末まで、文化大革命の影響で、翻訳文学は中国文学の一部として見なされず、中国文学史には書き入れないようになった。そして、このような見方は一九九〇年代に入っても引き続き存在し、翻訳文学研究の発展に大きな阻害となった。この時期に、清末民初における翻訳文学についての研究はほとんどみられないが、開拓性のあるものも出現した。例えば、一九六〇年に北京大学西語系法文専攻一九五七級の学生が編集した『中国翻訳文学簡史（初稿）』は正式に出版されず、影響力が小さいが、中国における翻訳文学史編集の最初の実践といえる。銭鐘書の「林紓的翻訳」（『文学研究集刊』第一冊、人民文学出版社、一九六四年）という論文も異色のもので、林紓の誤訳などを批判するのではなく、誤訳の原因を分析し、また文化伝統や社会背景が翻訳に与えた影響についても検討している。当時、その研究方法は翻訳研究の分野において先駆的なものであった。

一九八〇年代以降、翻訳文学研究は新たな一頁を開いた。まず、阿英が一九三八年に発表した「翻訳史話」（初出不明）は『小説四談』（上海古籍出版社、一九八一年）に収められ、広く読めるようになった。この「翻訳史話」

はごく断片的なものであるが、翻訳文学史の要素が見えるので、参考価値の高い文章といえる。また、中国近現代文学の形成と変遷を研究する著作において、清末民初における翻訳小説について鋭い分析が見られるようになった。代表的なものを挙げると、陳平原の『中国小説叙事模式的転変』（上海人民出版社、一九八八年）と『二十世紀中国小説史・第一巻（一八九七―一九一六）』（北京大学出版社、一九八九年）、袁進の『中国小説的近代変革』（中国社会科学出版社、一九九二年）と『中国文学観念的近代変革』（上海社会科学院出版社、一九九六年）、張麗華の『現代中国『短篇小説』的興起――以文類形構為視角』（北京大学出版社、二〇一一年）などである。また、専門的な翻訳文学史も雨後の筍のように次々と出版されるようになった。例えば、馬祖毅の『中国翻訳簡史――五四運動以前部分』（中国対外翻訳出版公司、一九八四年）、陳玉剛の『中国翻訳文学史稿』（中国対外翻訳出版公司、一九八九年）、郭延禮の『中国近代翻訳文学概論』（湖北教育出版社、一九九八年）、王向遠の『二十世紀中国的日本翻訳文学史』（北京師範大学出版社、二〇〇一年）、孟昭毅・李載道の『中国翻訳文学史』（北京大学出版社、二〇〇五年）、查明建・謝天振の『中国二十世紀外国文学翻訳史』（湖北教育出版社、二〇〇七年）、および二〇〇九年に百花文芸出版社より出された『二十世紀中国翻訳文学史』（近代巻・五四時期巻・三四十年代英法美巻／俄蘇巻・十七年及文革巻・新時期巻）シリーズ等が挙げられる。九〇年代末頃から、学界では翻訳文学の所属問題をめぐって、議論が盛んになった。翻訳文学は中国文学であるという意見が一般的であり、翻訳文学研究は目覚しい発展を遂げた。二〇〇〇年以降、清末民初における翻訳文学に関する研究は多様性を呈している。衛茂平の『徳語文学漢訳史考辨：晩清和民国時期』（上海外語教育出版社、二〇〇四年）、韓一宇の『清末民初漢訳法国文学研究（一八九七―一九一六）』（中国社会科学出版社、二〇〇八年）などのような国別の研究もあるが、杜慧敏の『晩清主要小説期刊訳作研究（一九〇一―一九一一）』（上海書店出版社、二〇〇七年）のような新聞雑誌を中心とする研究もある。それまでの翻訳文学研究は「直訳」すべきか「意訳」すべきか、「形式」と「内容」をいかに融合させて分かりやすい翻訳を完成するかという問題をめぐって、長い間論じられてきた。しかし、外国の翻訳文学理論の導入につれて、従来の言語レベルの善し悪しを批判する翻訳文学研究を否定し、社会文化背景、歴史環境、読者の受容心理などを翻訳文学研究に取り入れることが提唱され、翻訳作品の文学的機能を研究するような姿勢を取るようになった。アメリカ在住の韓南、李欧梵、王徳威らの研究にこうした傾向が窺われる一方、香港の孔慧怡の『翻訳・文学・文化』（北京大学出版社、一九九九年）、王宏志の『翻訳与創作：中国近代翻訳小説論』（北京大学出版社、二〇〇〇年）などのような著作も出版された。以後、清末民初における翻訳小説に関する研究もこの方向を進むようになった。代表的な著作は、胡翠娥の『文学翻訳与文化参与――晩清小説翻訳的文化研究』（上海外語教育出版社、二〇〇七年）、王暁元の『翻訳話語与意識形態：中国一八九五―一九一一年文学翻訳研究』（上海外語教育出版社、二〇一〇年）などが挙げられる。一九八〇年代以降、清末民初における翻訳文学について研究する雑誌論文も枚挙にいとまがない。これらの論文は研究方針が先に述べた書籍とほぼ一致しているが、研究対象がもっと多く、研究範囲ももっと広いという特徴がある。にもかかわらず、中国では翻訳文学研究は新しい研究領域であり、全面的・系統的な研究はまだ展開されていない。特に清末民初における翻訳文学の研究は、研究方法を模索する段階にあり、解決されていない課題が数え切れないほどある。

中国国内の翻訳文学研究が遅れている状況であるのに対して、日本においては、中村忠行が一九五〇年代から清末の翻訳小説について研究し続けてきた。また、樽本照雄も一九七〇年代から現在にいたるまで、清末民初の翻訳・創作小説について大量の論文を発表してきた。樽本を中心とした清末小説研究会も多くの研究成果を上げ、清末翻訳文学研究に大きく貢献した。雑誌『清末小説』と『清末小説から』に掲載されている数多くの論文は、清末の翻訳者や翻訳小説の底本を考証するものであり、基礎的で避けて通れない研究といえる。さらに、樽本が編集した『清末民初小説年表』（一九九九年）と『新編増補清末民初小説目録』（斉魯書社、二〇〇二年）も清末民初における翻訳文学について研究する際に欠かせない、非常に役に立つ文献となっている。しかし、日本における清末小説研究者は多いとはいえず、清末小説研究のなかでも翻訳小説は最も手薄な分野だといってもいいという指摘も存在している[2]。

現在、清末民初における翻訳小説の研究が重要な意味を持っていることは日中研究者の間では共通認識になった。この領域で、多方面、多角度からの深い研究が期待されている。

二

清末民初における翻訳小説を研究する場合、欧米小説の翻訳と紹介は考察すべき最重要の課題だと考えられる。しかし、従来、清末民初における欧米小説の翻訳に関する研究は手薄な分野である。これまでに出版された翻訳文学史を見てみると、国別の翻訳文学史は王向遠の『二十世紀中国的日本翻訳文学史』だけで、しかも、中国における日本文学の翻訳と紹介に関するものである。中国における西洋諸国の翻訳文学史はまだ書かれていないのが現状である。一方、総合的な翻訳文学史（例えば、孟昭毅・李載道『中国翻訳文学史』）は清末民初という時期については、調査が不十分であり、この時期の欧米小説についても記載が大雑把である。清末民初の欧米小説に限定する研究著作や論文でも、史料の発掘が不十分であり、多くの欧米小説の底本が未確定のままであり、どのように移入されたかも重視されていない。前述してきたように、日本は西洋小説の中国への移入に大きな役割を果した。留日学生は日本を窓口として西洋の文学に接触し、日本語あるいは自分が得意なドイツ語・英語・フランス語などから西洋の小説を翻訳した。一方、中国国内で日本語を勉強した者も、輸入された日本語訳を底本として大量の西洋小説を翻訳した。それればかりでなく、日本語に通じない者でも、日本から欧米作家作品に関する情報を獲得し、堪能な言語を通して翻訳に携わったケースもある。従って、欧米小説の翻訳を検討する場合、日本経由というルートはどれほど重視しても重視しすぎないと思われる。しかし、中国の一部の研究では、ある欧米小説の底本が日本語訳であることが分っていても、テキストを検討する際、日本語訳と比較するのではなく、原作と比較してしまっている。要するに、日本経由というルートを無視あるいは軽視する傾向がある。こうした研究手法によって出した結論は当然ながら、説得性が弱い。結論は歪んでいるにちがいない。

一方、日本においては、樽本照雄が「翻訳小説、特に日本語経由の翻訳作品を除外しては清末民初の小説研究そのものが成立しない[3]」と強調し、「清末民初の翻訳小説――付：日本語経由の欧米漢訳小説一覧」(『大阪経大論集』第四十七巻第一号、一九九六年五月)と「清末民初の翻訳小説と日本」(『図説翻訳文学総合事典』第五巻、大空社、二〇〇九年)において、丹念な筆遣いで精力的に日本語経由の欧米漢訳小説について紹介し、数量的に分析している。しかし、樽本の研究には二つ大きな問題点が存在している。第一に、一九九六年という時点で作成された「日本語経由の欧米漢訳小説一覧」はすべての日本語訳を底本とした西洋小説を収録しているわけではない。近年、研究者の努力によって日本語経由の欧米漢訳小説が新たに発見され、その数量は年々増えている。第二に、樽本の研究はまだ数量や現象を紹介する段階に留まっており、各作家・作品の翻訳背景、訳者の翻訳目的、テキストの日本語経由で生まれた変化などについて、具体的な考察は行われていない。

以上の研究背景に鑑みて、筆者は日本経由という視点から、清末民初における欧米小説の翻訳と紹介について検討してみたいと思う。本論文で言う「日本経由」は二つのタイプに分けられる。一つは、利用された底本が日本語訳である。もう一つは、底本が日本語訳以外のものであるが、翻訳者は日本から深い影響を受けた留日学生である。しかし、膨大な西洋作家群がすべて研究対象になるわけではない。本論では、マーク・トウェイン、ヴィクトル・ユゴー、アンドレーエフの三人にスポットを当ててみようとする。なぜこの三人を選んだのか、理由は下記のようである。

樽本照雄の統計によれば、清朝末期から民国初期にかけて、中国語に翻訳された各国小説のランキングは、イギリスやアメリカなどにおいて英語で書かれた作品が首位で、第二位はフランス、第三位はロシア、第四位は日本、第五位はドイツという順である。この五カ国で清末民初の漢訳小説全体の量の約九十六パーセントを占めている。日本語訳を底本とした欧米漢訳小説の数量からみても、英米作品が最も多く、ついではフランス、それからはロシア、最後はわずかなドイツ作品とその他の国の作品である。翻訳点数および日本語経由という要素を考慮して、筆者は研究対象の選択範囲をアメリカ、フランスとロシアに絞っている。

また、作家の「日本経由」の典型性を考えて、マーク・トウェイン、ヴィクトル・ユゴー、アンドレーエフに限定することにした。アメリカ文学の第一人者であるマーク・トウェインは早くから中国人留学生に親しまれたにもかかわらず、トウェイン作品の移入は最初に英語からではなく、日本語訳を経由したのである。フランスの文豪ユゴーは清末民初において移入された作品の数ではモーパッサン、大デュマについで第三位であるが、モーパッサンや大デュマより日本語経由の作品が多く、その翻訳と紹介に参与した人はほとんど日本と深い関係を持っていたため、「日本経由」の最も代表性のある作家といえる。さらにアンドレーエフは、二十世紀の初頭において著名な流行作家として、欧米各国や日本でよく翻訳された作家であった。アンドレーエフの作品の移入は日本語経由のものが少ないが、最初の翻訳者は、当時東京に留学していた魯迅であり、後に「日本通」の周作人もその翻訳と紹介に手を染めた。日本経由の翻訳のもう一つのタイプだと言える。なお、この三人の作品翻訳に携わった人は、ほとんど清末民初における著名な翻訳者である。魯迅・周作人兄弟は言うまでもなく、留日経験を持つ陳景韓は当時の著名なジャーナリストであり、日本語から西洋の小説を重訳した代表者である。一方、呉檮と包天笑は、中国近代翻訳文学史を研究する場合に、避けて通れない訳者であり、中国国内で日本語を学び、西洋小説の翻訳に尽力した人物である。以上のような点を総合的に考慮した場合、マーク・トウェイン、ユゴー、アンドレーエフは、本研究の研究対象としてふさわしいと考えられる。

本論文で取り上げた三人の作家は、すべての作品が「日本経由」で移入されたというわけではない。ほかの欧米の作家の場合も同様であるが、底本が日本語訳ではなく、翻訳者も留日学生でないような翻訳も存在する。従って、本研究で言う「日本経由」とは、あくまでも各作家が移入された初期段階の主流傾向を指すのである。

三

本論は、作家ごとに章をわけ、全体は三つの章から構成されている。

第一章では、マーク・トウェインの翻訳と紹介について検討する。第一節では、清末民初におけるトウェイン作品移入の全体像を紹介する。第二節では、トウェイン作品の最初の漢訳に当たる陳景韓訳「食人会」を取り上げ、日本語訳を経由して、どのようなテキストになったのかを考察する。そのうえで、訳者附記を通して、陳景韓の翻訳動機を分析する。第三節では、厳通訳「俄皇独語（ロシア皇帝の独白）」を取り上げ、その掲載誌『志学報』について考察を加え、附記の分析を通して、厳通のトウェイン観を探ってみる。第四節では、清末民初において二回翻訳された“The Californian's Tale”をめぐって検討する。まず、呉檮訳「山家奇遇」を日本語訳と比較し、どのようなテキストになったかを考察する。さらに、周痩鵑が英語原作から翻訳した「妻」を取り上げ、呉檮訳との関連および相違を検討する。

第二章では、清末民初におけるヴィクトル・ユゴーの移入状況を概観した上で、『レ・ミゼラブル』をめぐって考察していく。第一節では、『レ・ミゼラブル』の翻訳と明治期日本におけるユゴー・ブームとの関連について確認する。第二節では、周作人訳「天鵞児（ヒバリ）」はどのように日本から影響を受けたかを分析した。第三節では、先行研究でほとんど論じられていない陳景韓訳「（哀史之一節）逸犯」に照明を当ててみたい。その底本を考察し、当時の社会背景を据えながら、陳景韓の翻訳動機を考察する。

第三章では、アンドレーエフの翻訳と紹介について考察する。第一節では、魯迅と周作人のアンドレーエフ翻訳をめぐって検討する。まず、周作人訳「歯痛」の底本を確定し、さらに附記から周作人のアンドレーエフ観を考察する。また、魯迅のアンドレーエフ翻訳と日本との関わりについても考察し、魯迅のアンドレーエフ認識を改めて分析したい。第二節では、上田敏訳「心」をめぐる誤訳論争を紹介したうえで、掲載誌の性格を留意しながら、陳景韓訳「心」を分析する。第三節では、劉半農訳「黙然」について考察し、魯迅訳「黙」と比較しながら、中国におけるアンドレーエフの受け入れ環境を分析する。第四節では、アンドレーエフの読者であるという視点から周痩鵑訳「紅笑」を考察し、注釈が付け加えられた理由について分析する。

このような研究を通して、次の効果が期待できると考えられる。

一、国別の翻訳文学史の編成に資料・史料を提供する。

一、清末民初における欧米小説翻訳の従来の研究を補足し、誤った結論を訂正する。

一、社会文化的背景、歴史的環境、読者の受容心理などがどのように訳者の翻訳手法に影響を与えたのかについて、より多くの事例を提供する。

一、日本経由というルートの意義を客観的に説明する。

【注】

（1）陳平原の統計によると、一八四〇～一八九六年に発表（出版）された外国小説の翻訳は七種類しかない。陳平原『中国現代小説的起点――清末民初小説研究』（北京大学出版社、二〇〇五年）、二五～二六頁を参照。

（2）樽本照雄「清末民初の翻訳小説――付：日本語経由の欧米漢訳小説一覧」（『大阪経大論集』第四十七巻第一号、一九九六

第一章　マーク・トウェインの翻訳と紹介

はじめに

マーク・トウェイン（Mark Twain, 一八三五～一九一〇）は、『トム・ソーヤーの冒険』や『ハックルベリー・フィンの冒険』の作者として広く親しまれている。彼は児童文学作家、およびユーモア作家として評価されている一方、十九世紀アメリカにおけるリアリズム文学を代表する本格派の小説家としても高い評価を受けている。トウェインはアメリカ最初の国民作家と呼ばれ、アメリカを最もよく代表する文学者である。

マーク・トウェインが中国人と接触し始めたのは一八六〇年代からである。一八四九年のゴールド・ラッシュ以降、一八六九年の大陸横断鉄道建設の時代にかけて、中国人労働者（中国系アメリカ人）がアメリカ西部で拠点を広げつつあった。トウェインは一八六〇年代からサンフランシスコをはじめとする西部各地でジャーナリストとして活躍したため、中国人と接触する機会に恵まれていた。トウェインは中国人の性格や生活を理解するようになり、中国人は自然に彼の描写対象となった。一八七一年十月、マーク・トウェイン一家はコネティカット州の州都ハートフォードの「ヌック・ファーム」に転居した。トウェインと中国との深い縁がこのハートフォードという都市でより一層結び付けられたのは、運命的であったと言えるかもしれない。

アヘン戦争やアロー戦争での敗北を経て、清朝政治家の曾国藩や李鴻章らは西洋軍事力の優位を認識し、一八六〇年頃から西洋近代科学を導入して富国強兵を目指す「洋務運動」を推進した。その一環として、清朝政府は米国留学経験者である容閎の提案を受け入れ、西洋の科学技術を身につけた人材を育成するために、一八七二年から一八七五年にかけて四回にわたり、計一二〇人の聡明な若者（平均年齢十二歳）を十五年間アメリカに派遣した。当時、中国人留学事務局が入っていたビルは、保険業が発達し、また精密機械工業の世界的中心地であったハートフォードにあった。第一回目の三十人の中国人留学生がハートフォードに到着したのは、トウェイン一家がハートフォードに引っ越した翌年であった。トウェインの家は中国人留学事務局に近く、トウェイン本人も後にアサイラム・ヒル組合派教会牧師のトウィッチェルを通して留学事務局の顔なじみとなった。中国人留学生たちはしばしば彼の家へ遊びに行き、またトウェインの娘と同じ中学校で勉強した留学生もいたらしい。中国初の鉄道技術者である詹天佑は米国留学時期からトウェイン小説を愛読し始め、帰国後も『ハックルベリー・フィンの冒険』など、多くのトウェインの小説を収集していたと伝えられている。

トウェインは中国人留学生の力強い味方でもあった。一八八〇年十二月、清朝政府は留学生に帰国を命じた。留学生たちが、米国で教育を受けている間に次第に清式の服装を好まなくなり、中には辮髪を切り落とす者も現われ、また自由・民権・民主の思想に触れて、四書五経などの儒教の経典への興味を失うようになり、キリスト教徒になる者も出てきたからであった。当時の留学生副監督の容閎は非常に困惑し、トウィッチェル牧師に助けを求めた。トウィッチェルはまず留学生が所属する各大学の学長に連名で清朝政府へ書簡を送らせた。また、友人であるトウェインの御膳立てにより、一緒にグラント前大統領に謁見し、グラントの力を借りて留学生たちを帰国させまいとした。グラントはトウェインを尊敬していたため、直ちに李鴻章へ命令の撤回を希望する手紙を送ると約束した[1]。李鴻章はグラント前大統領からの手紙を見て、留学生の帰国時期を延期した。もっとも、李鴻章は、数ヶ月後には、とうとう三回に分けて留学生を帰国させてしまったのではあるが。結果はともかく、トウェインが中国人留学生に援助の手を差し伸べたことは事実である。

このように、中国の知識人たちが早い時期からトウェインと親交していたにもかかわらず、清末において、トウェインが最初、日本を経由して、中国に翻訳・紹介されたことは非常に興味深い。

第一節　清末民初におけるマーク・トウェイン作品翻訳の概観

清末民初におけるマーク・トウェインの移入について、これまでの研究では調査や分析が徹底的に行われていないきらいがある。例えば、施蟄存はトウェイン作品の翻訳は一九一九年までの時点では「俄皇独語（ロシア皇帝の独白）」の一点しかないと断言しているが[2]、文﨟は一九〇六年に呉檮が訳した「山家奇遇」がトウェイン作品の最初の中国語訳であると指摘し、一九一七年の周痩鵑訳「妻」も「山家奇遇」と同じ原作だと指摘している[3]。さらに、近年の研究の成果により、陳景韓訳「食人会」もトウェイン小説の翻訳であることが明らかになった[4]。にもかかわらず、マーク・トウェインに関する研究は、まだトウェイン作品の翻訳と紹介を十分に把握しているとは言い難い。従って、本節では、まず先行研究を踏まえながら、清末民初（一八九八〜一九一九）におけるトウェインの翻訳と紹介を概観しておきたい。

現時点で判明している限りでは、中国におけるマーク・トウェイン作品の翻訳は、陳景韓訳「食人会」をもって嚆矢とする。一九〇四年九月十日の雑誌『新新小説』の創刊号に載せられ、題名の下には「著者杜痕，譯者冷血」と記されている。「杜痕」はTwainの音訳であり、「冷血」は陳景韓のペンネームである。数十年にわたり研究者は「杜痕」がマーク・トウェインであることが分からず、「食人会」が最初のトウェイン作品の中国語訳であることを発見できずにいた[5]。原作は *Cannibalism in the cars* (1868) であり、原抱一庵訳「食人会」（『新小説』第八年第七巻、明治三六〈一九〇三〉年六月一日）を底本として重訳されたのである[6]。「食人会」は後に、一九一〇年十一月に上海・秋星社より出版された単行本『侠客談』に収録された。

一九〇五年六月、『志学報』第二期に厳通訳「俄皇独語（ロシア皇帝の独白）」が掲載された。原作はトウェイ

ンの *The Czar's Soliloquy*（1905）であり、英語原文からの翻訳である。本文の後ろに千字余りの「譯者繫言（訳者の後書き）」を付け加え、「馬可曲桓，名克來門斯・撒墨爾・蘭洪，當世文豪，以滑稽聞世，一動舌，聞者解頤，一握管，文章遍天下（マーク・トウェインの名前はサミュエル・ラングホーン・クレメンズである。当世の文豪であり、滑稽な作風で名を馳せる。舌を働かせば、聴者が大笑いする。筆を握ると、文章が世に伝えられる）」と記している。[7]「克來門斯・撒墨爾・蘭洪」という訳はトウェインの本名 Samuel Langhorne Clemens からの音訳だと考えられる。[8]「当世文豪，以滑稽聞世」という評価はトウェインの文壇における地位と作風の紹介であり、一般読者の間での現在のトウェインへの評価にも通じる。トウェインの中年期の全身写真も当時中国で紹介されている。梁啓超が横浜で創設した雑誌『新小説』の第二年第十号（原第二十二号）の「図画」という欄に載せられ、**Mark Twain** は「麦提安」と音訳されている。その肖像は生き生きとした風貌であるため、読者に印象を残しやすく、トウェインを広く知らしめるのに非常に役に立ったと思われる。

一九〇六年に呉檮が原抱一庵訳「山家の恋」を底本として、「山家奇遇」という訳題でトウェインの短篇小説 "The Californian's Tale"（1893）を翻訳した。「山家奇遇」は白話文で訳され、晩清の四大小説雑誌の一つであった『繡像小説』の第七十期に掲載されている。当時、短篇小説はあまり多くなく、白話文で書かれた短篇小説はもっと稀であった。そのためか、「山家奇遇」は学界でしばしば言及され、長期にわたりトウェイン作品の最初の中国語訳であると考えられてきた。[9]

一九〇八年八月、周桂笙が『月月小説』第二年第七期（原十九号）に「新盦譯萃・英美二小説家」という文章を発表した。この文章において、トウェインが一九〇七年六月二十六日にオックスフォード大学より名誉文学博士号を授与されたことが触れられている。

私は今でも覚えているが、一九〇七年六月二十七日〔二十六日が正しい〕に、オクスフォード大学が一つの掲示を発表した。同時に「進士」学位を取得した人が計五人いた。（中略）

一　イギリスのウィリアム親王　康　諾
一　イギリスの現在の首相　班鼐門
一　イギリスの大将　鮑　富
一　アメリカ現代小説の巨匠　クレメンズ（即ちマーク・トウェイン（Mark Twain）と呼ばれる者である）
一　イギリスの現代小説の巨匠　ジブラーン〔正しくはレバノンの作家である〕[10]

六月二十六日を二十七日にし、名誉博士の意味は理解できず、中国の科挙にちなんで、進士学位とされた。この文章は後に、一九一四年八月に上海・古今図書局から刊行された『新盦筆記』（巻二）の「新菴譯屑（下）」に収められた。「新菴譯屑」の「弁言」において、「本編はすべて普段読んでいた英仏叢報より選んだ趣のある小品である。筆に任せたまま訳したもので、筋道も、宗旨もなっていない。以前訳した諸篇と同様である。中心の定まらない乱れた文章にしたのは私であるが、引き破るか焼き捨てるか、すべて諸君がご自由になさってください。[11]」と打ち明けている。この文章は周桂笙が英語かフランス語の新聞や雑誌を読んで、書いた随想文である。イギリスやアメリカの大学の学位の授与制度と中国の科挙制度を対比させ、中国の科挙制度は有能な人を埋没させる嫌いがあると批判している。この文章において、他の四名の有名人の紹介と比較すると、トウェインに関する紹介は、より詳しくなっている。当時の読者にとって、トウェインはまだ広く親しまれていないといえるだろう。一方、英語に精通した知識人にとってトウェインはまったく知らない人物ではないらしい。

これ以後、中国では、マーク・トウェインに関する紹介や作品翻訳はしばらく途絶えていた。しかし、その後、

"The Californian's Tale"が、翻訳家で「鴛鴦蝴蝶派[12]」の代表的な作家である周痩鵑の注目を引いた。一九一五年に、周痩鵑はこれを英語から直接翻訳し、「妻」という題名をつけて、『小説大観』の第一集に掲載した。「妻」の本文の前に「名家短篇哀情小説　妻　原名"THE CALIFORNIAN'S TALE"　美國馬克吐温 MARK TWAIN 著　痩鵑譯」という記述があり、その後にトウェインの伝記と肖像が掲載された。「馬克・吐温」という音訳はこの時から使われ始め、今では定着している。「妻」は一九一七年に周痩鵑が編集した欧米著名作家の短編小説集『欧美名家短篇小説叢刊』にも収められた。一九一〇年代のトウェイン翻訳と紹介はこれが最後である。

一九二〇年代、漢訳されたトウェインの小説は、一九二一年七月十日の『小説月報』第十二巻第七号に掲載された一樵訳「生歟死歟」（原作は *Is He Living or Is He Dead?*, 1893. マーク・トウェインは「馬托温」と訳す）のみであったが、孫俍工編『世界文学家列伝』（中華書局、一九二六年[13]）、鄭振鐸編『文学大綱』（上海商務印書館、一九二七年）および曾虚白編『美国文学ＡＢＣ』（世界書局、一九二九年）などの文学事典ふうの本では、マーク・トウェインがアメリカの代表作家として紹介された。一九三〇年代に入ると、ようやく大量のトウェイン作品が翻訳されるようになった。

第二節　陳景韓訳「食人会」

一　明治期日本におけるマーク・トウェイン作品の翻訳と紹介

最初に漢訳されたマーク・トウェインの小説は *Cannibalism in the cars*（1868）である。一九〇四年、陳景韓は原抱一庵訳「食人会」（『新小説』明治三六〈一九〇三〉年六月号）を底本にして、同じ訳題「食人会」で

Cannibalism in the cars を翻訳した。これはいったいどのようなテキストであろうか。トウェインの作品の最初の訳としてどのようなトウェインの作風を読者に提示したと言えるのだろうか。これらの問題について従来の研究は突き詰めていない。陳景韓訳「食人会」は翻訳小説であるため、これらの疑問を解決するには、まずその底本である原抱一庵訳「食人会」が一体どのようなテキストであったかということを検討しなければならない。そこで、明治期におけるトウェイン作品の翻訳と紹介を概観しながら、原抱一庵によるトウェインの翻訳を検討していきたい。

トウェイン作品が初めて日本に紹介されたのは明治二十年代である。日本で最初のトウェイン作品の翻訳は明治二一（一八八八）年に出版された渡邊松茂訳「マーク・トウェインの『袂』時計」である。この翻訳はトウェインのエッセイ「私の時計」（*My Watch*, 1870）の訳で、誤訳が多く、原文の絶妙なユーモアも完全に消えてしまっている。時期が少し遅れるが、明治二六（一八九三）年の『少年文庫』十一月号に掲載された山縣五十雄訳「生死如何」（*Is He Living or Is He Dead?*, 1893）が真の意味でのトウェイン作品の翻訳の嚆矢とされる。その後、明治三十一（一八九八）年になって、トウェインの長編小説 *The Prince and the Pauper*, 1881 の翻訳「乞食王子」が登場する。これは川田河山人、黒田湖山人、巌谷小波の共訳で、当時、人気を博していた少年雑誌『少年世界』に一年間連載された。翌三十二年十月に『少年小説乞食王子』（東京・文武堂）と題して、初めて単行本として出版されている。これをきっかけに、以後、さまざまな文学者がトウェインの人物紹介や作品紹介を手がけるようになった。山縣五十雄のほか、原抱一庵、深沢由次郎、佐々木邦などである。勝浦吉雄に指摘されているように、明治期において、アメリカ文学はせいぜいイギリス文学の一支流か亜流ぐらいで、トウェインは真面目な作家というより、滑稽な物書き、ないしは諧謔を弄する作家ぐらいにしか見られていなかった。なかにはトウェインの実像を見極めようとした人々もいないわけではなかったが、多くは、滑稽作家の滑稽譚と見なして紹介したので、一般読者は、江戸後期の戯作家たちのものと同種ものを想像したのではないかと考えられる。[14]

明治期におけるトウェイン作品の翻訳で、原抱一庵の一連の訳業が多くの日本人の注目を集めた。原抱一庵（一八六六－一九〇四）は当時「英文如来」と呼ばれた翻訳家の森田思軒に心酔して弟子入りし、当時流行していた政治小説で成功して注目され、大衆性の高い西洋文学を思軒風の漢文調の美文で訳出し、当時の読者にハイカラな新風を感じさせることができる人気作家だと評された。[15] 彼はコリンズ、リットン、ユゴーなどの西洋作家の作品の翻訳を次々と公にしていた。なかでも多く取り組んだ作家がマーク・トウェインであり、明治三六（一九〇三）年だけで短編訳を六点、新聞や雑誌に発表した。原抱一庵が訳したトウェインの小説を列挙すると、次のようになる。

原抱一庵のマーク・トウェイン作品の翻訳

①「山家の恋」（*The Californian's Tale*, 1893）『太陽』九巻一号、明治三六年一月一日
②「助言」（*Aurelia's Unfortunate Young Man*, 1864）『東京朝日新聞』、明治三六年三月三十日
③「該撒惨殺事件」（*The Killing of Julius Caesar "Localized"*, 1865）『東京朝日新聞』明治三六年四月六日
④「食人会」（*Cannibalism in the Car*, 1868）『新小説』第八年第七巻、明治三六年六月一日
⑤「紳士」（*The Story of the Bad Little Boy*, 1865）『東京朝日新聞』明治三六年四月十三日
⑥「鉄心石腸」（*Was It Heaven? or Hell?*, 1902）『山比古』明治三六年十一月
⑦「落機山下の一怪譚」（*A Double-Barreled Detective Story*, 1902）『文芸界』三巻十三号、明治三七年十二月一日
（＊注：明治三六年九月に知新館より出版された翻訳短編集『泰西奇文』には「該撒惨殺事件」、「紳士」と「助言」が収められた。）

原抱一庵の翻訳作品は、大衆小説的な俗うけのする内容をもっているものが多いが、翻訳態度は厳密ではなく、大部分はやや乱暴な「豪傑訳」である。このような翻訳作品ではあったが、明治二十年代の読者、及び三十年代初めごろの文芸意識がまだ十分に目覚めていなかった読者には歓迎された。ところが、明治三十年代後半に入ると、読者の要求が変化し、翻訳は原文に忠実でなければならないという考え方が出てきた。そのため、抱一庵の翻訳作品は時代遅れになり、誤訳も厳しく指摘された。原抱一庵はしばしば自分の翻訳作品に対して文学者たちから批評文を募った。『聖人か盗賊か』の巻頭と末尾に四十七名の文学者の序文ないし跋文がついているが、この翻訳が世間の注目を集めたのは、それらの序文や跋文の効果があったためとも考えられる。「該撒惨殺事件」(『東京朝日新聞』明治三十六年四月六日)が発表された後、原抱一庵は再びこの翻訳に対して著名な文学者の批評を求めた。しかし、山縣五十雄は露骨に反感を示し、抱一庵はトウェインの滑稽味を帯びた新聞の報道記事ふうの小説を翻訳するのには向いていないという手厳しい批評を書き送った。

然し忌憚なく申さば貴下の筆は或はトウエーンの文を譯するに適せざるべきか。貴下の謹嚴荘重なる文はマコーレー、ドクインシ、等の大文章を譯するに適當致し居り候へども、トウエーンの文の如き滑脱洒落(かつだつしゃらく)のものを譯するには寧ろ不向きなるべきかと愚考致し候。(中略)小生は未だ原文を讀まざれど恐らく原文中には今の新聞紙中に多く見る人心聳動的(センセーショナル)文字を数多(あまた)見出すならんと存じ候。貴下の御譯文は例の如く頗る謹嚴荘重なれど原文は寧ろ軽妙にして滑稽(ユーモア)を含むこと多からんと思はれ候。トウエーンの文は我國人の大抵解し易からざるユーモアの妙を以て優るものに有之。之を日本文に譯して其妙を傳ふことは至難の事に御座候。(中略)而うして内村氏の正義の心の激しきと同じくトウエーンも亦極めて正義心強き人に候ふ。(16)

これに対して、原抱一庵は四月二十日の『東京朝日新聞』に山縣の書簡を掲げ、殆ど一頁を費やして反論を展開させた。山縣はすぐにその批判に答え、『該撒惨殺事件』には誤訳があると指摘し、「誤訳論争」が始まった。原抱一庵は正面から反論に答える術がなく、うやむやのうちに論争を打ち切ろうとした。しかし、山縣は『英文学研究』（第六冊、内外出版協会・言文社、一九〇三年五月）において原抱一庵の誤訳箇所を逐一列挙し、原抱一庵の杜撰な翻訳姿勢を徹底的に糾弾した。この誤訳論争をきっかけに、原抱一庵のトウェインに対する認識が変化していった。

明治三十六年三月三十日の『東京朝日新聞』に「助言」が掲載された際、原抱一庵はその序文において、次のようにトウェインを紹介した。

> 船乗り、鑛掘、形容的に呼稱すれば、殆んど無文字の資を以て騒壇に現れ、當時、辭令に富める世界の文筆者間に一の驚異たるもの、露にゴルギーあり、米にはトワヱンあり、其想未熟、其文不純、儔（とも）に未だ文學聖場の人たるにあらず、只其人、其文と両つながら奇なるを珍とすべきのみ。ゴ氏の文露國的にして陰鬱、獪氣あり、ト氏の文米國的にして奔快、穉氣を帯ぶ、吾は彼を取らずして是を取る。(17)

「其想未熟、其文不純、儔に未だ文學聖場の人たるにあらず」という文章から、原抱一庵がトウェインの作品の文学的価値を認めていないことが窺える。彼がトウェイン作品を翻訳したのは単にその文章が奇なるものであったからである。原抱一庵のトウェイン理解が表面的なものであることは、「トワヱン論」における山縣への反駁からも窺える。

これ丈渠のものを讀み、これ丈渠のものを手にかけ、扨て渠の感念、渠の文章、如何と見るに、文章も餘り上手には無之候。滑稽も餘り甘くは無之候、感念に至りては覇氣一點張に候、正義の感念燃ゆるが如き内村鑑三君などに比較するなどは恐れ多きことに候。道徳は極く平凡の處に徘徊致し候。ゴルギーよりも（彼の疎漫な思想に比しても）ドイルよりも劣り至り候。殊に渠が乗氣になりて、獣才（ブルータルジユアス）（小生の發見語）を振り廻す時には實に見る目恐ろしきなり。（中略）目を皿の様にして見ても、竟に渠の大精神を小生は未だ發見致さず候。小生の眼には、渠は一種の奇才文人にして、想像の恐ろしき所まで走り、ひたもの覇氣満々たるものとより外には映じ来らず候。[18]

実際は、トウェイン文学においてはユーモアの裏に批判精神や正義感が息づいている。山縣五十雄はトウェイン文学が日本人に理解し難いユーモアのほかに、正義感にも溢れていると指摘したが、それに対して原抱一庵は、トウェインには滑稽味も正義感もないとし、トウェインを奇才のある文人としか見ていなかったのである。しかし、この論争後、抱一庵は亡くなる前に翻訳した「落機山下の一怪譚」の前書きにおいて、以下のように語っている。

或ものは、正義の感念溢るゝばかりの滑稽（ユーモア）の上乗なるものとし、或ものは奇思縦横の一種の講談話説に過ぎずとなす、而かも其作一出、讀書子の脳裡を覆へさでは已まざるもの、之を米の小説家のマーク・トワヱン（匿名）氏の作物とす。余、氏の作品を繙く二十八種、其文を譯する七種、而かも鈍眼未だ氏の作意の眞骨髄に観到する能はず、則ち眞骨髄に観到する能はずと雖も、結構の異、文品の奇、吾竟に氏の作を繙くを禁ずる能はざるなり。[19]

ここにおいて、抱一庵のトウェイン認識は再度、変化している。トウェインに正義感とユーモアのあることを認め、一方、自分の能力が足りないことを素直に認めたのである。

原抱一庵はトウェイン作品を翻訳する際、非常な工夫を凝らしたと考えられる。これについては、明治三十六年四月十九日に山縣五十雄宛ての手紙においても語られている。

（前略）手許にある原書を御覧に供せんと存ぜしも生憎く同書中只今譯しかけ居り候ふ短篇一之あり（Cannibalism in the cars）、最も此とても四五日中には譯了致すべく候へば其後ち早速御手許まで差出し申すべく是非一度は御披閲を切望致し候。それ此の如くトワヱンは決して解し易からざるユーモアを多く使ふものには無之候。今日米國一流の作家中にて渠は比較的簡単明晰の文章を為るものに有之候。（中略）不肖小生の如き者と雖も、トワヱン如きを研究するに於てすら相應の勞力を費し申し候、三年前始めてトワヱンなるものを眼に觸れ候ふは、渠の『新天路歴程（“The New Pilgrim's Progress”）』に候、これは渠の大作なり、傑作なりと申す評に有之候、これはオツなものと感じ候ふより、渠の『小説作法（“How to tell a story”）』を讀み候處ます〳〵面白く、それより“The Adventure of Huckleberry Finn.”“The Prince and The Pauper.”“The American Claimant.”等二三種を讀了し、偶（たまたま）人の話に渠は紐育（ニューヨーク）『ハーパース雑誌』の特別寄書家なる由聞及び候ふより彼處（かしこ）、此處、と同雑誌を捜し廻り、渠の文にして昨年一昨年両年間同雑誌に出でし文丈は悉く讀了致し候、特に昨年秋よりは小生朝日社に依頼し、直接に同雑誌を取寄せ置き候へば、渠の新作若し世に出づるときは、遅くも二十五日内には閲讀致し居候（如何にもハーパースはトワヱンは吾誌より以外には一筆を動かさずと公言致し居候、然し今年になりてトワヱンは未だ一筆も同雑誌に出し不申ず候）尚ほ小生は帝國図書館をも獵り候へども碌なものなし、此ほどは朝日社の弓削田君、小生の熱心を知り候ふものか、『メール』にトワヱンもの到着との丸善の廣告ありと報じ呉れたれば、早速に同店に駆つけ候ふところ、悉く『ハーパース』の出し殻を蒐めたるものにて失望して立歸り候、斯れば小生は本邦にありて手を悉さる、限りは悉してトワヱンに觸接致し候、ひとり渠に関する傳記評論は餘り多く見ず、僅かにチャンバーの『人名字書』他一二種を眼に觸れし丈けに候。（中略）さて、斯渠と昵懇になり候ふよりソロ〳〵技癢を覚えチヨイ〳〵渠のものを手にかけ申候、まづ、“Californian tale”を『山家の戀』と題して、本年初刊の「太陽」に掲げ〔た〕。（中略）尚昨今、否、只今も孜々として翻譯致し居候は渠の“Cannibalism in the cars”（汽車中の食人會議）に候。[20]

以上引用した部分から、抱一庵はトウェイン作品を愛読し、トウェイン作品に親しんだことがわかる。更に、誤訳論争の最中に「食人会」が翻訳されていたということも明らかになった。その論争が「食人会」の翻訳に影響を及ぼしている可能性があると推測できる。しかし、トウェインの原文はまさに抱一庵が言ったように「それ此の如くトワヱンは決して解し易からざるユーモアを多く使ふものには無之候」なのであろうか。ここで、トウェイン原作の“Cannibalism in the cars”の梗概と創作背景を抑えておきたい。

“Cannibalism in the cars”の初出はラウトリッジ・アンド・サンズ社の機関誌『ブロードウェイ（Broadway）』誌（一八六八年十一月）で、単行本『新旧スケッチ集（*Sketches New and Old*）』（一八七五）および『マーク・トウェインのユーモア選集（*Mark Twain's Library of Humor*）』（一八八八）に収録されている。小説の梗概および創作背景について、有馬容子は『マーク・トウェイン文学／文化事典』において、次のよう述べている。

語り手はセント・ルイスへの列車の中で会った中年の男性から、彼がそれまで誰にも語らなかった話として、雪で立ち往生した列車のなかで起きた恐ろしい人食い事件について聞く。一八五三年十一月、セント・ルイスからシカゴへ向かう列車に男性二十四人の乗客が乗っていた。遭難後、救助の望みが断たれ、食糧も底を突いた七日目、委員会が設置され、毎日、朝食用と夕食用にそれぞれひとりずつ合計ふたりを選ぶことが決定する。こうして八日間過ぎ、生き残った乗客はようやく救出された。度肝を抜かれた語り手は車掌から、話をした男性がかつて米国連邦議会の議員であったこと、大雪のため列車で遭難しかけた経験があり、それ以来、人を見つけてはぞっとする話を繰り返すようになったことを知らされる。

列車で雪に閉じこめられた議員たちが生き延びるために犬を食べたという実際の新聞記事をもとになっている。候補者を選ぶ詳細な記述に連邦議会に対する諷刺的意図が見られるが、何と言っても人食いの対象になるほとんどの人物の名前に〔トウェインの〕友人や知人の実名が利用されており（義理の弟チャールズ・ラングドンや『赤毛布外遊記』にダンの名で登場する友人ダニエル・スロートなど）、トウェインならではの際どいブラックユーモアに仕上がっている。[21]

つまり、“Cannibalism in the cars”は現実批判とユーモアに溢れる作品なのである。その故、原抱一庵の理解は十分ではなかったといえるだろう。では、こうした誤った理解の下で、「食人会」は一体どのようなテキストに訳出されたのか。おおまかに言って、それは漢文調で意訳され、書き換えが多いという特徴がある。特に、食われる候補者を選出する場面は最も書き換えが多い。次に、トウェインの原作“Cannibalism in the cars”と原抱一庵訳、および陳景韓訳を比較検討していく。

二　陳景韓訳「食人会」と原抱一庵訳「食人会」と英語原文との比較検討

比較検討をする際に、以下のテキストを利用する。なお、原抱一庵訳の特徴を際立たせるために勝浦吉雄の現代訳も参照する。

【英】Mark Twain. "Cannibalism in the cars." *Sketches New and Old.* The American Publishing Company. 1875.
【原】原抱一庵訳「食人会」(『新小説』第八年第七巻、一九〇三年六月一日)
【陳】陳景韓訳「食人会」(『新新小説』創刊号、一九〇四年九月十日)
【勝】勝浦吉雄訳「列車内の人食い事件」(『マーク・トウェイン短編全集(上)』、文化書房博文社、一九九三年)

(一)　中年男子が秘密の話を話し出したきっかけ

原抱一庵訳は最初から原文とずれている。語り手が列車の中で中年男子に出会い、その「人食いの話」を語ったきっかけは以下のようである。

【英】Presently two men halted near us for a single moment, and one said to the other: "Harris, if you'll do that for me, I'll never forget you, my boy." (pp.288)

【勝】やがて二人の男が一瞬われわれの近くで立ち止まったかと思うと、一方が他方に向って言った。「ハリス、これをやってくれたら、君のことは決して忘れないんだが、ねえ」(二十一頁)

【原】新知己と車を同くしてより、更に五ツ目の停車場に達せし時、また新たなる二客の、吾々の室に入り来るがありけり。此二客は、余には新識なる彼の紳士とは、曾識の間柄なりと見え、相顧みて三個互に莞爾とせるが、軈て各々席に就き、一本のシガーのおよそ半ばまで燼きたりと思ふ頃、二個の客の一人は余の新識の紳士に向へ「巴禮よ、余等はまた例の御身の話を聞きたきなり、爰にお在す客も恐くはそを愉み聞かん、御身は既に語れる歟、未たし歟」（九三－九四頁）

【陳】既與新知己同車，談話正快，又過第五火車棧時，又新來二客，入余等車室。此二客，余料，必與彼紳士曾相識。三人相顧莞爾一笑，各就椅坐。二客之中，有一人，口啣半燼之雪茄，向新識之紳士云：巴禮君！余等常聞君之奇語，此處有新客，想亦必樂聞，君今已語歟，未語歟。（一一二頁）

（新しい友人と同じ車内で、談話を楽しんでいたところ、五つ目の停車場についた時、また新たな二人の客が車内に入って来た。この二人の客は、私が思うには、あの紳士と相識の間柄に違いない。三人は相顧みて互いに莞爾として笑い、それぞれ席に就いた。二人のうちの一人が、半ばまで尽きたシガーを口に含み、私の新しく知り合った紳士に向って、「巴禮君、私たちは常に君の奇なる話を聞くが、ここにいる新しい客人もおそらくこの話を聞くのを楽しむことだろう。君はすでに語ったのか、まだ語っていないのか」といった。）

原作では、隣の知らない客の会話に出た「ハリス」という名前が中年男性の回想を誘発し、中年男性は列車中の人食い事件について語り始める。そして、その事件で最初に食われた人物の名前がほかでもなく、ハリスなのである。しかし、原抱一庵の訳では、全く別の話になっている。原文では新しい客が乗ってきたことを一言で説明しているのに対し、抱一庵訳では、新たに乗車した客の言動について詳しく説明している。それればかりでなく、その二人は中年男性と知人同士であると設定し、中年男性が人食いの話を語り始めたのは、二人の催促によることだとしている。陳景韓訳も抱一庵訳に忠実に訳している。

㈡　乗客の人数

さらに、原作では乗客の人数は二十四人の男と設定し、乗務員の人数については、最初から最後まで触れていない。原抱一庵訳では、後に、食人会議が始まる前に、乗客と乗務員と合わせて全部で三十二人に設定されている。これは抱一庵訳の物語の展開に必要だったためと考えられる。陳景韓訳も抱一庵訳に基づいて、三十二人にしている。なぜ抱一庵が三十二人に設定したかについては、候補者選出の場面を分析すれば明らかになる。

【英】There were only twenty-four passengers, all told. There were no ladies and no children. (pp.288)

【勝】乗客は全部で二十四人しかいないということでした。女子供一人もおりませんでした。（二十二頁）

【原】同乗の客總て二十四個、一個の婦人、一個の小兒を雜へず、悉とく壯健倔強の者のみなりき。（中略）乗客二十四個、瀛車員八個、併せて三十二個。（九四－九五頁）

【陳】同車之客，共有二十四人。此二十四人，皆為壯健男漢。其中無一小兒，無一婦女。（中略）乘客二十四人，火車管事員八人，共三十二名。（二一－三頁）

（同乗の客は全部で二十四人である。この二十四人は、皆壮健な男子であり、中には一人の小児、一人の婦人もいない。（中略）乗客は二十四人、列車の管理人は八人で、合わせて三十二名である。）

㈢　食われる候補者を選出する場面

原抱一庵訳と原文の最も大きな違いは食われる候補者を選出する場面である。このような相違が生じたため、抱一庵は訳文の冒頭の部分と末尾の部分もこの改変に呼応するように改変したのである。

まず、原抱一庵は登場人物に具体的な身分を設定した。これは原文と大きくずれている。

英語原文には、三十八人の登場人物がある。この三十八人を紹介するしかたは以下のような七種類に分けることできる。

一、名前と出身地を提示する（十九人）：

例えば、【英】RICHARD H.GASTON, of Minnesota

【勝】ミネソタ生まれのリチャード・H・ガストン氏

一、名前だけ提示する（十四人）：

例えば、【英】Mr. CHARLES J. LANGDON

【勝】チャールズ・H・ラングドン氏

一、名前と出身地と職業を提示する（一人）：

例えば、【英】Rev. James Sawyer, of Tennessee

【勝】テネシー州のジェイムズ・ソーヤー師〔牧師、聖職者〕

一、名前と身分を提示する（一人）：

例えば、【英】a gentleman by the name of Buckminster

【勝】バックミンスターという紳士

一、出身地と職業を提示する（一人）：
例えば、【英】that Oregon patriarch, and he was a fraud
【勝】オレゴンの長老、奴は確かにペテン師である
一、出身地だけ提示する（一人）：
例えば、【英】an Indian boy　【勝】インディアンの少年
一、職業だけ提示する（一人）：
例えば、【英】an organ grinder　【勝】アコーディオン弾き

ほとんどの登場人物は出身地と名前、あるいは名前だけが紹介されている。職業や身分・地位などが紹介される人物もいるが、非常に少なく、一人か二人しかいない。

一方、原抱一庵訳には、登場人物は全部で十四人しかいないが、すべての登場人物は名前と出身地と職業・身分が紹介されている。これは原作との大きな違いである。抱一庵はこうした身分や職業の違いを利用して、人物の対立関係を根拠づけたのである。例えば、「矯風會々長イム・亜它理氏」と「淫賣婦貿易組合の總裁素朗人」との対立、「坑夫若克」と「鉱山主朗路留」との対立、また官職についている人や金持ちと労働者階級・貧乏人との対立（「典獄」、「市會常置書記」、「矯風會々長」、「州廳の會議掛長」、「非職大尉」、「大僧正」、「大牧場主」⟷「聖人の弟子」、「散髪師」、「郵便配達夫」、「坑夫」、「見知らぬ人」）など。つまり、強者と弱者の対立が形成されたのである。

食われる候補者を推薦する段階において、原作では一人当たり候補者を一人指名し、「わたしは〜を推薦する」ということだけを言う。しかし、原抱一庵訳では、理由も述べる。その理由は、すべて自分の利益を実現するた

めのものである。たとえば、「矯風會々長イム・亜它理氏」と「淫賣婦貿易組合の總裁素朗人」は以下のような提議と反論を行なっている。自分の利益のために、天敵を死地に赴かせようとしていることがうかがえる。

【原】インヂアナ州の矯風會々長イム、亜它理氏は維廉氏の言を遮りて曰く「否な、否な、僧より先にすべきものあり、余は南北両カロライナ、ヴアージニア、ペンシルハニア、北にしてマイナの州にも翼を擴げ、およそ合衆國東海岸一帯七州に連絡を通じ居る、淫賣婦貿易組合の總裁として其名隠れなき、紐育華街の通人ガイ素朗人氏を第一の犠牲に推薦するを最も榮譽のこと、思ふ」（九八頁）

【陳】恩迄那州矯風會會長，亞它理氏，遮維廉氏之言而起曰：否！否！余以為視僧當有更先者，推薦連合合衆國東海岸一帶七州，擴張南北四州，賣淫婦之總裁，紐約華街之通人素朗人氏為第一之犧牲，當更為榮譽。（六頁）

（インディアナ州の矯風会会長亜它理氏が維廉氏の言を遮って言うには、「否なり、否なり、私が思うに、僧より先にすべきものがある。私は合衆國東海岸一帯七州に連絡を通じ居り、南北四州にも翼を広げる、淫賣婦貿易組合の總裁であるニューヨーク華人街の通人素朗人氏を第一の犠牲に推薦するを、最も栄誉のことと思う。」）

【原】此時彼の紐育華街の通人素朗人氏は柔軟かなる體のこなしして、矯風會々長イム、亜它理氏の方に向へ、婦の如き優しき聲して「世にも馨はしき美名を亜米利加全州に播き給ふ所の、亜它理氏より数ならぬ吾身の推薦せられしこと、思へば吾身の名譽榮譽、物の比すべきなし、余は何様にしてか君の此の厚志に酬ゆる所なかるべからず、因て熟ら思念せるが、これは矢張吾に賜りたる名譽榮譽をそのまゝ君の頭に飾るが、即ち無類の報恩の途なるべし、吾は更めてイム、亜它理氏を犠牲第一に推擧するものなり」（九八

頁）

【陳】此時紐約華街之通人素朗人氏，以柔軟之體，對於矯風會會長發婦人之聲云：布美名於亞美利加全州之亞它理氏，推薦我身為犠牲之第一，其榮譽誠無比，余竊自思，無以報此德，唯有以君所賜余之榮譽，返以報之於君。余更推薦亞它理氏為犠牲之第一。（六頁）

（此の時、ニューヨーク華人街の通人素朗人氏は、柔軟な身のこなしで、矯風会会長の方に向き、婦人のような声でこう言った。「世にも芳しい美名をアメリカ全州に広めた亜它理氏が、我が身を第一の犠牲に推薦することは、比べられるものが無いほど栄誉である。よって、余はつらつら考えるが、どのようにしても君のこの厚志に報いることができないから、やはり吾に賜れた栄誉をそのまま君の頭に飾ることにする。余は改めて、亜它理氏を犠牲の第一に推挙する。」）

このように対立者が互いに殴りあう傾向は坑夫「若克」が鉱山主を推薦する場面、およびニュージャージーの紳士が選ばれた理由とその反論にも見られる。また、以下のように、選ばれた議会委員と食われる候補者の間の階級の対立も明らかである。

【原】斯て正當の手續を経て、議長には理査土ガストン氏。副議長には敏圭留氏（ウエスコンシン州廳會議委員長）。全院委員長には大僧正志潔留氏。三個の委員には、オハイオ市市會常置書記馬斯哥牟氏。非職大尉辨爾透氏。イリノイス州の維廉氏。等それ〳〵に選任せられぬ。（一〇〇頁）

【陳】遂用正當之規則，舉克斯登氏為議長，敏圭留氏為副議長，志潔留氏為委員長，馬斯哥牟氏、辨爾透氏、維廉氏三人為委員。（九頁）

（かくして、正当の手続きを経て、議長にはガストン氏、副議長には敏圭留氏、委員長には志潔留氏、三人の委員には馬斯哥牟氏、辨爾透氏、維廉氏が、それぞれ選任された。）

【原】
委員馬斯哥牟氏が報告せる三名の候補者は下の如し
第一　巴愚遜（コンゴートの人、故ヱマーソン君の一百人の弟子の一個）
第二　路西安（ルイジアナの散髪師）
第三　瑪西哥（オレゴンの郵便配達夫）（一〇一頁）

【陳】
委員選定之候補者三人，其名如左。
第一　巴愚遜（昆古人故愛麥生君百弟子之一）
第二　路西安（魯劇之剃髮師）
第三　瑪西哥（化來昆之送信人）（九頁）

（委員に選出された三名の候補者は左の如し。）
第一　巴愚遜（コンゴートの人、故ヱマーソン君の一百人の弟子の一人）
第二　路西安（ルイジアナの散髪師）
第三　瑪西哥（オレゴンの郵便配達夫）

だが、原文では上述した対立関係はない。故に、この内容はすべて抱一庵の改変である。抱一庵訳では、最後に仕方なく、議会という形式を放棄し、抽選という公平なやり方で食われるべき人を決定する。しかし、英語原文では、最初から最後まで議会を続けており、推薦、投票決定、修正案提出などを行ない、漸く次々と朝飯と夕飯で食われる人が決まる。

最後に、上記の引用文からも窺えるが、陳景韓の漢訳はだいたい抱一庵訳に一致し、少し簡略化されているものの、独自の改変や書き換えなどは一切行なわれていないといえる。

㈣　ロマンス話

英語原文では、中年男性は下車直前に、生き残ったジョン・マーフィーは最初に食われたハリスの未亡人と結婚したことを一言で語っている。原抱一庵訳の場合は、このことを大げさに描写し、人物設定と筋立ても一層突飛で、読者をひきつける力が強くなっている。

【英】John Murphy（中略）lived to marry the widow Harris.（中略）Relict of our first choice. He married her, and is happy and respected and prosperous yet.（pp.294）

【勝】ジョン・マーフィーは（中略）ハリス未亡人と結婚しました。（中略）私たちが一番最初に選んだ男の未亡人ですよ。マーフィーはこの後家さんと結婚して、今じゃ幸せに、周りからも尊敬され、裕福に暮らしてますよ。（二八一二九頁）

【原】余と二個、生存せるテンナッシーの僧ゼームス志潔留氏は、其折の目的たりし巡回説教を終ると共に、直ちにミナソタ州の聖ポールに赴き、其地の監獄官舎に、今は主人の亡くなれる理査士家を音づれ、未亡人に面會し、大雪封鎖の汽車中の食人會議に於てガストン氏は議長に選ばれ、而して抽籤の折には第一の犠牲たる名譽を擔はれしなど、濕やかに物語れるが、如何なる戀の魔風の其坐に吹き起りけん、會談僅に一時間ばかりの裡に、僧正と未亡人とは、思ひ思はる、間となり、僧正は其晩より當家に宿込み、それより一ケ月の後は、公然結婚の披露をなし、今は兩個、愉しくも快しきホームを為り居れり。二ケ月ばかり前、余、渠と華盛頓府に於て邂逅せるとき、渠は切りに新妻の自慢をなし、カストン君の肉は硬かりしも、渠の未亡人にして今は吾妻たるもの、肉は綿の如くに柔かなりと云へり、如何に渠が新妻に降参し居るかを知るべきなり、世間のことは小説よりも都合よく局を結はる、ことあるなり、目出度し、目出度し（一〇八－一〇九頁）

【陳】

與余生存之僧志潔留氏，後其巡行説教之事既終，乃直赴聖蒲爾府訪其地之監獄官舍，送克斯登之亡信。與其未亡人會面，言及大雪封鎖，汽車中食人會之事。克斯登得冠犧牲第一者之名譽。言談間，兩人之戀魔忽動，僅閱一時，而僧正與未亡人，遂相契合。其夜僧正即宿於未亡人之家。至一個月後，公然行結婚之事，今彼二人甚愉快。僅僅二個月前，余與彼於華盛頓相邂逅，渠曾語余云，『克斯登君之肉甚硬，然其未亡人，今為我妻之肉，則其柔如綿。』（一七－一八頁）

（余と二人で生存する僧志潔留氏は、その後巡回説教の目的を終わるとともに、直ちに聖ポールに赴き、其の地の監獄官舎を訪れ、ガストン氏の訃報を送りに行った。その未亡人に面会し、大雪に封鎖された汽車中の食人会議においてガストン氏が第一の犠牲たる名誉を担ったことに言及した。話しているうちに、恋の魔風が動き始めた。会談のわずかに一時間ばかりのうちに、僧正と未亡人とは、思い思われる仲となった。僧正はその晩より未亡人の家に泊まるようになり、それより一か月の後には、公然と結婚の披露を執り行い、今は二人大変楽しく暮らしている。二か月ばかり前、余は彼とワシントンで邂逅した。彼が余に語るには、「ガストン君の肉はかなり硬いが、彼の未亡人で、今は私の妻なる者の肉は綿の如く柔らかい。」）

上記の引用文からわかるように、原抱一庵訳では最後に生き残った大僧正と最初に食われた典獄ガストンの未亡人が結婚するように設定されている。また、大僧正と未亡人との出会い、付き合う過程などについても、詳しく語られている。おそらく、こうした要素によって、抱一庵訳は読者を驚かせる度合いが一層強くなっている。陳景韓は抱一庵訳の設定を踏襲している。抱一庵訳の一人の読者として、陳景韓はおそらく大僧正と未亡人との結婚に驚かされただろう。本来この小説は人食い事件を取り扱うものであるため、ロマンス話がなくても、読者の興味をそそる条件がそなわっている。陳景韓が「食人会」の訳を『新新小説』の「世界奇談」という欄に掲載したのも、上記の人食いおよび結婚の要素を考慮したためと想像できる。

(五) 食人話を聞いた語り手の反応

英語原文では、語り手の「私」は中年男性の人食い話を聞き、恐怖・驚愕・困惑を経験し、その凄まじさに圧倒され、一時、心の平静を回復できない状態だった。

【英】He was gone. I never felt so stunned, so distressed, so bewildered in my life. But in my soul I was glad he was gone. With all his gentleness of manner and his soft voice, I shuddered whenever he turned his hungry eye upon me; and when I heard that I had achieved his perilous affection,and that I stood almost with the late Harris in his esteem, my heart fairly stood still! (pp.294)

【勝】この男は行ってしまった。私はそれまでに、これほどビックリさせられたことも、困ったことも、当惑したこともなかった。しかし、彼が行ってしまったので内心うれしかった。あんなにやさしい態度をし、あんなに物静かな声をしていても、あの飢えに飢えた目を私に向けるたびに、こちらはゾッとした。しかも、私が彼の物騒この上ない愛情をかち得ていたとか、あの死んだハリスと全く同じくらいに好きだ

とか聞かされると、心臓が完全に止まる思いがした！（二九頁）

しかし、抱一庵訳では、聞き手の「私」の態度は原作とかなり異なっている。「私」は非常に立腹し、人を食べるという残忍な行為を憎み、「殺人犯」に当たる中年男性を捕まえようとする。

【原】その聲は鈴の如くに清しく、その面は晴れ渡りて半點の汚氣を湛えず、唯だその話の骨子の如何にも残忍無道なるに幾たびか吾心は激しながらも、また幾たびか鎮められつ、今も渠が話の局を結び、余に辭して下車し去る後姿を見ても、余は唯だ恍としてその去るに任せしが、さて渠の去ると同時に吾眼前に幻出する渠の貌は、眦裂け口も亦た裂け、惡さげにも猛々しきその狀貌、そを扯裂せでは已み難き、怒氣一時に吾心頭に勃發し、コヽには停車僅かに十五分と云ふことも打忘れ、扉を蹴開きて、ブラット、ホームに降り立ち、但見れば、渠は今ま出口の外に一足踏み出せし所にして、そのキヤシヤなる後姿を尚ほ見るべし、遁ぐるとて遁かすべきかと、息急き切つて追駈くる余の容子を只ならずと見て取りけん、車掌らしきもの、余の腕を確乎と捕へ「御身は下車せらるヽにや、左なくば、停車時間アト六分より外なし、乗外しの恐れあらん」余「オヽ、彼の漢子を、今ま出て行きしばかりの彼の漢子を逃がしてはならず」（二〇〇－二〇一頁）

【陳】其聲清，其風采無半點之濁氣。然其話之骨，則寔殘忍無道，而不覺激發余之暴氣。余幾度自鎮，而待其言之盡，及言既盡，而彼即辭余飄然下車而去。余見其去之後姿，余恍然若見渠幻出之貌，眦裂，口亦裂，狠惡之狀貌。怒氣一時勃發，余忽忘火車於此僅停十五分時，而即一腳將車扉踢開，自車降。但見渠尚在出口處，一足尚未跨出，余恐其遁，余即急追。此時車掌見余狀，即拉余腕，語余云君勿下車，此處停車

僅剰六分時，恐不及乘。余云，『噫　彼漢今已去，不可使彼漢逃。』（十八頁）
（その声は清々しく、その風采には少しの濁りも感じられない。しかし、その話の骨子は如何にも残忍無道であるため、幾度か私は激しい怒りを覚えながらも、幾度か鎮め、その話の終わりを待っていた。その話が終わったが、彼は私にいとまを告げ、飄然と下車し、去った。その後ろ姿を見て、余がうっとりして幻に見た彼の顔は、目が裂け、口もまた裂け、恐ろしい様子だった。怒気が一時に勃発し、汽車がここにわずか十五分しか停まらないことをど忘れしてしまい、ガン、と蹴って扉を開き、汽車から降りた。彼はまだ出口のところにいて、一足がまだ踏み出していない。余は彼が逃げるのを心配し、急いで追いかけた。その時、車掌がこの様子を見て、直ちに余の腕を掴み、「あなたは下車しないでください。停車時間はあと六分しかないから、乗り遅れる恐れがありますよ」と言った。「ああ、あの男はもう出て行った。彼を逃がすことはできない。」と余は言った。）

この箇所について、陳景韓訳は原抱一庵訳を忠実に訳している。陳景韓は「食人会」の批解において、「我譯此篇，我知人類所以不滅者，唯有此愛同類之心，所以聞而色變，欲告發，又為一感（この篇を訳し、私がわかったのは、人類が滅びるに至らないようにするためには、唯このような同類を愛する心を持たなければならないということだ。「私」がその人食い話を聞き、告発しようとするのも、このためであろう。これはまた一つの感想である）」と語っている。もし原抱一庵が英語原作に忠実に訳していたなら、陳景韓はおそらくこのような感想を発することができなかっただろう。英語原作が議会への批判を強調するのに対して、原抱一庵訳では、不公平や違法行為に対する正義感が強調され、人間の利己主義が顕著に描出されている。また、書き換えによって、トウェイン原作に勝る突飛なストーリーを作り上げている。だからこそ、陳景韓は原抱一庵訳に魅力されたのである。

(六)　車掌が語った中年男性の真実

英語原作では、中年男性が下車し、「私」は恐怖と驚きに圧倒され、頭が混乱しているうちに、車掌がじっと「私」を見つめていることに気づき、中年男性の話を車掌に尋ねた。中年男性はもともと国会議員であった。かつて列車に乗っていて吹雪に遭い、餓死しそうなひどい経験をした。その後病気になり、頭がおかしくなった。現在では治っているが、偏執狂的な男になっている。どのような偏執狂なのかということについては、車掌が次のように語っている。

【英】He is all right now, only he is a monomaniac, and when he gets on that old subject he never stops till he has eat up that whole car-load of people he talks about. He would have finished the crowd by this time, only he had to get out here. He has got their names as pat as A, B, C. When he gets them all eat up but himself, he always says : "Then the hour for the usual election for breakfast having arrived, and there being no opposition, I was duly elected, after which, there being no objections offered, I resigned. Thus I am here." (pp.295)

【勝】今では完全によくなったのですが、ただ凝り性なんですね。いったんその昔話を始めると、話に出る車内の人たちを全部食いつくすところまで行かないと決して止めないのです。今ごろはそういう連中を食いつくすところまで行ったかも知れません。ここで降りなければならなかったからです。あの人はそういう人物の名前をＡＢＣと同じように実にスラスラ口にするんです。そして、みんな食いつくされて自分だけ残ると、必ずこう言うのです――『そこで、例のごとく、朝飯にする男を選ぶ時間が来たし、それにいっさい反対もなかったし、わたしがきちんと選ばれたので、その後、異議を申し立てる者もいませんでしたが、わたしは辞退しました。そんなわけで、わたしはこうやって生きているのです』と。（二十九―三〇頁）

ここで強調されているのは、中年男性が人物の名前をしっかり覚えており、スラスラと口にすることができるということである。しかし、原抱一庵訳になると、完全に改変されている。

【原】彼人の頭脳は、議院の事物を以て全領され居るなれば、偏狂の境の裡と雖も議事のこと整々として紊れず、彼の巧妙なる假設議會を演じて惻々人を動かすなり、辯舌は彼の如くなり、風采は彼の如くなり、議事制を語る彼の如く正し、御身ならずも、誰人にても彼の『食人會議』に擔がる、なり、それ〳〵、渠は最後に「夫の肉は硬かりしも、妻の肉は綿の如く軟かなり」と云へる僧正志潔留の言葉を引證せるなるべし、そ、それが彼の珍話の結末なり、御身は脱なく終まで聞くを得たるなり、木戸錢無しの妙講談、御身は左まで立腹するの要もながるべし。（二一一頁）

【陳】彼之頭腦，已全領議事之事物。雖在倉皇之裡，尚整然有議事之秩序而不亂。彼演假設之議會，實惻惻動人心。辯舌如彼，風采如彼，熟議事制如彼，非君，誰得聞彼之（食人議會）談。君豈不聞彼最後之一語乎。彼引證志潔留氏之言曰『夫之肉硬，而妻之肉軟如綿。』此豈非彼珍話之結果乎。玄師講壇之妙語，君幸勿怒彼。（一九―二〇頁）

（彼の頭脳は、議院の事物に全て占められている。偏狂の境にあるといえども、議会のことは整然として乱れない。彼は仮設の議会を演じて惻惻として人心を動かす。弁舌は彼の如し、風采は彼の如し、議事制に熟すこと彼の如し、御身ならずも、誰があの「食人議会」の話を聞くことができようか。御身は彼の最後の言葉を聞いただろう。彼は志潔留の言葉を引証し、「夫の肉は硬いが、妻の肉は綿の如く柔らかい」と言った。それが彼の珍しい話の結末なのではないだろうか。講釈師の講壇での気妙な話だから、御身が立腹しなければ幸いである。）

「列車内の人食い事件」という意味の原文のタイトルを「食人会」に訳しているということから推測すると、原抱一庵が重視しているのは議会を開設するということである。抱一庵訳の冒頭では、中年男性が議会のことに非常に詳しいと書かれているため、結末部において、これに呼応し、中年男性は神経がおかしくなったときでも議会制度について滑らかに話せると強調されている。また、抱一庵訳では、登場人物の名前が原作よりずっと少ないため、もし結末部で、原文の通りに、中年男性が多くの人物名をスラスラと話せると訳したならば、前後は矛盾してしまうことになるだろう。さらに、繰り返すが、抱一庵訳では大僧正と未亡人のロマンス話を大げさに書き、これを強調しようとした傾向が感じられる。従って、結末部でも、これに呼応して、中年男性に、いつも最後に「夫の肉は硬かりしも、妻の肉は綿の如く軟かなり」と言うようにさせている。これは英語原文と相違している。陳景韓はその部分についても抱一庵に忠実に訳している。

要するに、原抱一庵訳は原作に基づいてはいるものの、「書き直し」の多い翻訳であるといえる。上述した書き換えによって抱一庵訳は原作よりも奇想天外なものになった。しかし、抱一庵が原作のユーモアと批判精神を十分に理解していないことが、ここでも確認される。一方、陳景韓はまさに抱一庵の改変部に引きつけられ、比較的に日本語訳に忠実に翻訳していた。

三　陳景韓が「食人会」を翻訳した契機と目的

陳景韓は一八九九年から一九〇二年にかけて、日本に留学していた。当時東京専門学校（一九〇二年に早稲田大学と改称）の文学部で勉強していた彼は、日本の文壇に親しみ、特に森田思軒、黒岩涙香、原抱一庵の翻訳に心酔した。帰国後もこの三人の翻訳に注目し、彼らの訳作を底本として、大量の西洋小説を翻訳した。原抱一庵について、陳景韓は「世界奇談第二巴黎之秘密」附記（『新新小説』第一年第二号、一九〇四年十一月）において、高く称賛している。

原抱一庵は日本で有数の文学者である。彼が翻訳した欧文小説は、筆の力が見え、奇怪なものが多い。私はいつも愛読している。そして読むだけで済まない気がする。漢訳して我が国の新奇を好む諸氏に供しようと考える。（中略）惜しいことに、主人は既に新暦の八月に病気に罹って世を去った。今後二度と彼の佳作は見ることが出来ないため、読者に供するものもなくなる。これは私の不幸であるが、そもそも読者の不幸でもある。[22]

陳景韓は原抱一庵の翻訳を愛読してやまなかった。彼は帰国後もずっと抱一庵に関心を寄せ、抱一庵の逝去に対して、心を痛めた。「彼が翻訳した欧文小説は、筆の力が見え、奇怪なものが多い。私はいつも愛読している」からわかるように、陳景韓は特に抱一庵の翻訳の素材の奇異さと漢文調による筆の力を賞賛する。したがって、陳景韓が、漢文調で訳された突飛なストーリーの「食人会」を漢訳しようと決めたのも偶然ではないと考えられる。陳景韓訳「食人会」の掲載誌は『新新小説』の創刊号である。その創刊号に「世界奇談」という欄目が開設された「食人会」はまさにその「世界奇談」に掲載された最初の一篇である。「世界奇談」の序文は以下の通りである。

世界奇談　叙文

春風は、一つの境地であるが、秋雨も、一つの境地である。山青く水清らかなるは、一つの境地であるが、大波が逆巻くのも、一つの境地である。朝起きて鮮花を嗅ぐのは、一つの境地であるが、夜半に燃え盛っている火を見るのも、一つの境地である。妻子と一緒にお酒を飲むのは、一つの境地が、兵士と共に霜雪を冒すのも、一つの境地。安楽椅子に坐るのは、一つの境地が、でこぼこ山道を歩くのも、一つの境地。窓辺で猫をもてあそぶのは、一つの境地が、山奥で猛虎を狩るのも、一つの境地。囀る鶯と燕の声を聞くのは、一つの境地が、叱られるのも、一つの境地。女婿になるのは、一つの境地が、暗黒な牢獄に座るのも、一つの境地。『紅楼夢』を読むのは、一つの境地が、『水滸伝』を読むのも、一つの境地。『西廂記』を読むのは、一つの境地が、『西遊記』を読むのも、一つの境地。『巴黎茶花女遺事』を読むのは、一つの境地が、『華生包探案』を読むのも、一つの境地。天下の境地は、果てしない。天下の境地を探ることを好む者も、数えきれない。わたくしは世界の奇怪な境地および怪異な境地を捜索し、これをもって天下の新境地の探求を好む方々と共に味わおうとする。そのため、わたくしは世界の奇怪な話を採録して訳すのである。[23]

傍線部からみえるように、「世界奇談」欄の設置の目的は、世界の奇怪な物語を翻訳し、好奇心の強い読者とともに分かち合うためである。「食人会」は、その内容から見れば、まことに「世界奇談」欄にふさわしい小説である。
上述してきたように、陳景韓訳の筋立ては原抱一庵訳に忠実に訳されている。しかし、小さな相違がないわけではない。その主な特徴としては、以下の四点があげられる。

(一)、翻訳の漏れ

【原】ニュー、ヂヤーシーよりの紳士は忿然として椅子より躍り立ち、ガストンの面を睨み「御身等は多数を頼みて吾に暴を加えんとする歟、實に吾は兄等の間に未知未識なり、故に何の資格ありて余の身が第一の犠牲に選ばれ得る歟、その判定鑑識の機會を余は未だ兄等に與へしことなきなり、ア、兄等は多数を頼み、暴威を以て吾を壓せんとす、何等の卑怯、何等の卑劣ぞ、余は一瞬間も兄等の如き蠻人と席を同ふすることを欲せざるなり」(一〇〇頁)

【陳】自確碣府來之紳士,忿然躍立椅上,睨克斯登之面而叱曰:
汝欲以多數加暴力於我歟。我與汝等,一無相識,汝有何資格,得以選擧我歟。汝欲賴多數以加暴力於我,是何等卑怯,何等卑劣。我寔不願一刻,與汝等蠻人同席。(八頁)
(ニュージャージーから来た紳士は憤然として椅子より躍り上がり、ガストンの顔を睨み、「御身は多数派の数の力を頼んで、私に暴を加えようとするのか。私が御身らと未知の人である。御身らは何の資格があって私を選べるのか。御身らは多数を頼み、私に暴力を加えることは、何と卑怯であろうか、何と卑怯であろうか。私は一刻も御身らのような野蛮人と同席することが望まない。」といった。)

*【分析】原抱一庵訳と陳景韓訳を対照させて読んでみると、抱一庵の漢文調の文章は漢語が多く、陳景韓にとって、訳しやすい文体だったはずである。陳景韓は傍線部を訳さなくても文章全体の意味に影響を与えないと考

えて、訳していない可能性がある。あるいはまた、この文は見落とされたかもしれない。

【原】自然は實に極端まで課税せり、今や服従せざるべからざるなり（九七頁）

＊【分析】この文章も訳されていない。これは訳さなくても、物語の進展の障りにならないと考えられる。そのために陳景韓は訳出しなかったと思われる。

(二)、意味の補充

【原】四方六十マイル、一人家の覔むべきなき此の漠野に封鎖せらる、思うてコヽに至り、人々の顫慄するも無理ならず（九五頁）

【陳】如封鎖於此漠野中，則四方六十麥兒（英里名每一麥兒合我三里），寔無一村一家，因而各各戰慄。（三頁）

（もしこの荒野に封鎖されれば、四方六十マイル（「英里」の言い方。一マイルは我が国の三里に当たる）には、一つの村や一つの家さえない。従って、人々は誰でも戦慄する。）

＊【分析】ここでは「マイル」について、補足説明をしている。当時の読者にとって「マイル」は新しい名詞であるため、陳景色はこの点に配慮して、注釈を付けたと考えられる。

(三)、意訳

【原】然しながら服役半時間の経験は、吾々の勞力の竟に何の要をも為さゞるを證據立てぬ、アラシは吾々が一堆の雪を排する間に、十二の堆雪を以て線路を封するなり、加之ならず、機關が最後の奮闘の折に負傷せるならん、何時の間にか、右の車軸の二つに砕け居るを吾々は發見したり、吾々の列車はモハヤ無障碍の線路の上をも走ること能はざるなり。一同は疲れに疲れて一ト先づ車内に立戻れり、衰さに涙ぐまるゝばかりなり。良ありて一同暖爐の圍に立ち、濕やかにまた嚴かに現在の地位を商量せり。吾々には些かだに糧食の貯蓄なし、これ何よりの苦痛なり。吾々は凍ること莫るべし、炭薪は庫車に堆きまで貯へあれば、これ唯だ一つの慰めなり。而して斯る雪路六十哩を徒歩するは鬼神ならでは能し得ず、吾々は救助を迎ふる員を派する能はざるなり、假しそを能し得たりとするも彼方より来り能はぬなり、吾々は服従せざるべからず、忍耐して待たざるべからず、餓死と援助と、孰れか早く来る折まで（九五－九六頁）

【陳】

雖然，服役經半時，余等之勞力盡，而絲毫不得要領。愈排而雪堆愈高，綫路終無通時。加之機關車試最後之奮鬥，而機關受傷，自後發見在右之車軸二條，寔已粉碎。即在無雪之綫路上，尚不能行走。此時衆人均已勞頓不堪，回歸車內，相顧淒然。遂共圍立暖鑪旁，商量後來事。最難計劃者，莫如凍餓。凍尚有薪炭，堆積於車庫，餓則我等一無貯蓄，即欲乞食，於此六十麥爾一無人烟間，亦向誰乞去。故使前面如無救護來，我等決無能自出險理。故我等不可不忍耐，不可不守待，否則餓死。但不知餓死與援助，二者果孰先來。（三－四頁）

（しかしながら、半時間働き、我らの力は尽きたが、いささかも要領を得なかった。排雪すれば排雪するほど、雪が高く積もり、線路は通る時はない。そのうえ、機関車が最後の奮闘の折に負傷し、後に、右の車軸が二つに砕けてしまったことを発見した。雪のない線路の上をも走ることができない。このとき、皆は疲れきって車内に戻り、悲しんで互いに見つめ合った。そこで、一緒に暖炉を囲んでこれからの事を相談する。最も計画を立て難いのは、凍ることと飢餓のことである。凍っても、汽車の倉庫にはまだ炭と薪があるが、飢えについて、我々は少しも貯えがなく、乞食をしようとしても、この六十マイルあたりは荒れ果てて一軒の家もなく、誰に乞いに行けるのか。もしこれから救助が来ないならば、我々は自ら危険な境地から決して抜け出すことはできない。故に、われわれは忍耐せねばならず、待たねばならない。そうしないと、飢え死にする。ただし、餓死と救助は、どちらが先に来るか分からない。）

＊【分析】陳景韓訳は逐語訳ではない。全体の雰囲気は抱一庵訳と一致しているが、日本語の語順や語調にはこだわっていないと窺える。

（四）、誤訳

【原】馬斯哥牟氏の言を聞いて小癪なと云はぬばかりの面色して起立せるは、ウエスコンシン州廳の會議掛長敏圭留氏なり（九九頁）

【陳】聞馬斯哥牟氏之言，起而贊成者，維斯昆州會議長敏圭留氏是也。（七頁）

（馬斯哥牟氏の言を聞き、賛成して立ち上がったのはウィスコンシン州の会議係長の敏圭留氏である。）

＊【分析】原抱一庵訳では敏圭留氏は馬斯哥牟氏の話を聞いて、怒っている。しかし、陳景韓は敏圭留氏が馬斯哥牟氏の提案に賛成すると訳している。おそらく陳景韓は「小癪」という単語がわからなかったと想像される。

【原】御身ならずも、誰人にても彼の『食人會議』に擔がる、なり。（一一一頁）

【陳】非君，誰得聞彼之（食人議會）談。（十九頁）

（御身ならずも、誰があの「食人議会」の話を聞くことができるのか。）

＊【分析】原抱一庵訳は、「あなただけでなく、誰でも彼の『食人会議』の話に騙される」という意味である。しかし、陳景韓は「擔がる、なり」を理解できず、「あなただけ、あの『食人議会』の話を聞くことができた」

と強調している。

陳景韓訳は上述したような特徴がある。一言でいえば、陳景韓は抱一庵訳「食人会」の内容の新奇さに魅了されたため、その新奇さを漢訳で保ったまま読者に提示しようとしている。

「食人会」に陳景韓の批解が付けられている。内容は下記のとおりである。

① この篇を訳し、私がわかったのは、議会というものは、すべて相手を難儀にし、己を安易にするものであるということだ。これは一つの感想である。

② この篇を訳し、私がわかったのは、およそ筋道の通った人は、極めて混乱している際も、筋道がよく通っているということだ。これはひとつの感想である。

③ この篇を訳し、私がわかったのは、人間にとって憎しみは甚だしいもので、機会が来れば、晴らさないという人は誰ひとりもいないということだ。これはまた一つの感想である。

④ この篇を訳し、私がわかったのは、瀬戸際にあっては、如何なる文明も、如何なる道徳も、如何に高尚なものでも、一切頼りにならないということだ。これはまた一つの感想である。

⑤ この篇を訳し、私がわかったのは、人生にとって最も重要なことは口と腹が膨れることにすぎないということだ。故に、西洋の諺には「道徳とパン」というのがある。これはまた一つの感想である。

⑥ この篇を訳し、私がわかったのは、人類が滅びるに至らないようにするためには、唯このような同類を愛する心を持たなければならないということだ。「私」がその人食い話を聞き、告発しようとするのも、このためであろう。これはまた一つの感想である。

⑦　この篇を訳し、私がわかったのは、世間にはこのような事実はないとはいえ、このような考えがあった以上、いつか、どこかでこのようなことが発生するのは免れないということだ。これはまた一つの感想である。

⑧　この篇を訳し、私がわかったのは、西洋人はこのような考えを持っているだけであるが、我が国では飢饉の年に不毛になる土地は千里に至り、人間は食い合いをするということを時々聞くということだ。これはまた一つの感想である。

⑨　この篇を訳し、私がわかったのは、人食い事件は多く見るわけではないが、世界では生存競争があり、すべての物は食物になる可能性があるということだ。人の名誉を食う、人の財産を食う、人の事業を食う、人の考えと才能を食う等々、こうしたことはいつでもある。これはまた一つの感想である。

⑩　この篇を訳し、私はいろいろな感想が次々に心に浮かぶが、読者におかれてはいかがであるか尋ねたいものだ。[24]

この批解において、陳景韓はさまざまな感想を漏らしている。①は、議会形式で食われる人を選出する場面から抱いた感想である。原抱一庵訳が原作を書き換えており、坑夫と鉱山主の対立、矯風会会長と淫売婦組合の総裁との対立などが形成されたからこそ、陳景韓の①のような感想が生まれたのだと考えられる。仮に陳景韓が直接原作を読んだならば、おそらく議会に関する感想も別のものになったであろう。②の感想も原抱一庵訳の書き直しによるものだと思われる。原作では、最後に車掌が強調するのは中年男性が偏執狂的になっても、雑多な名前がすらすらと話せることであるが、原抱一庵訳になると、「彼人の頭脳は、議院の事物を以て全領され居るなれば、偏狂の境の裡と雖も議事のこと整々として紊れず、彼の巧妙なる假設議會を演じて惻々人を動かすなり、辯舌は彼の如くなり、風采は彼の如くなり、議事制を語る彼の如く正し」というふうに、偏執狂的になっても議会のことを筋道を立てて話せることである。③の感想も、抱一庵訳にある坑夫の若克の鉱山主に対する恨みについての叙述から生まれたと思われる。④⑤は小説の主たる内容である人食い事件についての感想である。⑥は中年男性が話す人食い事件の話を聞いた「私」が、非常に怒って、「殺人犯」と思われる中年男性を捕まえようとした、ということから生じた感想だと考えられる。これもまた抱一庵訳の書き換えた筋書きである。⑦は陳景韓が抱いた危惧である。⑧は陳景韓がこの小説を読んで、中国の歴史や現実に思いをめぐらせた結果、西洋より中国のほうが状況がひどいと嘆いているのである。⑨は、さらに、当時流行した「進化論」に結びつけ、広義の、あるいは比喩的な意味における「人食い」について意見を述べているのである。最後の⑩では、当時の小説家がしばしば使った言い方にならって、読者の意見を尋ねているのである。

内容の面からみれば、陳景韓訳「食人会」には中国人にとっていくつか新しい要素が含まれている。第一は議会であり、第二は列車、第三は西洋の哲学理念、特に進化論（所謂「生存競争、自然淘汰」）である。議会は抱一庵訳で強調される部分なので、自然に陳景韓の目をひきつけたと考えられる。また「人食い事件」が列車内で発生したことは、その奇怪性と冒険性を増幅させた。こうした怪異性は、上述したように、当時の中国の小説界が求めていたものである。最後の進化論については、当時厳復の訳『天演論』が大変反響を呼び、中国全土の知識人がこれに熱中したといえるほど人気だった。その背景のもとで、陳景韓は抱一庵訳で強調された強者対弱者の構図に、生物界における弱肉強食の世界の延長を見て取ったのであろう。以上のような要素が陳景韓に興味を呼び起こし、「食人会」を翻訳するにいたったのではあるまいか。

中国現代文学の開拓者である魯迅の処女作は「狂人日記」（『新青年』四巻五号、一九一八年五月十五日）である。「狂人日記」において、魯迅は中国の封建制度や儒教道徳が人を食うものだと批判している。魯迅が陳景韓訳「食人会」を読んでいるかどうか、にわかに判断しがたいが、陳景韓の感想⑧と感想⑨はまさに魯迅の意見と相通じると思われる。

陳景韓訳では、マーク・トウェインについて、何も紹介していない。また、これは大幅に書き換えられた日本語訳を底本としたため、トウェイン原作と大きく異なってしまっている。さらに、訳者批解からもわかるように、陳景韓の主要な目的はトウェイン文学の紹介ではなく、議会制度、人間の本性、進化論などを読者に考えさせることにあったとも言えそうである。結局、陳景韓訳「食人会」はトウェインのイメージを当時の読者に十分に伝えることはできなかったといえよう。

第三節　厳通訳「俄皇独語（ロシア皇帝の独白）」

一九〇五年一月二十二日、千人を超えるロシア民衆が殺戮された「血の日曜日」事件が発生した。この事件に触発され、マーク・トウェインは「ロシア皇帝の独白」（*The Czar's Soliloquy*）という小説を書き、一九〇五年三月に『The North American Review』（Vol. 180, No. 580）という雑誌に掲載した。その内容と主題について、里内克巳は『マーク・トウェイン文学／文化事典』において次のように解釈している。

裸で自分の姿を見つめる風呂上がりの皇帝の独白から成る作品だが、衣服や肩書きを剥ぎ取れば皇帝もただの人間であることや、そのような存在に奴隷化され盲目的に崇拝することを余儀なくされた民衆にも、真の愛国心が宿る兆しがあることが示される。（中略）晩年のトウェインは、民衆の蜂起によって帝政ロシアが転覆されることに期待をかけながらも、専制に服従し甘んじる人間という存在への諦念も抱いていたようである。[25]

れるのである。

概していえば、トウェインがこの小説を借りて、ロシアの専制を風刺し、民衆の反抗を鼓舞する意図が読み取

The Czar's Soliloquy が発表された三ヶ月後、中国ではその漢訳が現れた。これは厳通訳「俄皇独語」(『志学報』第二期、一九〇五年六月)である。厳通がどのような人物であるかは、まだ資料が見つけられず、一切わからない。掲載誌の『志学報』も発行期間が短く、流通範囲が狭いせいか、あまり重視されず、管見の限りでは、これについて専門的に研究する文章は見当たらない。しかし、訳者と掲載誌は翻訳を研究するための重要な手掛かりであり、見落とすことはできないと考えられる。以下では、「俄皇独語」の翻訳を検討するまえに、まずその掲載誌について考察を加えてみたい。

一　雑誌『志学報』への一考察

『志学報』は上海聖約翰書院(一九〇五年に聖約翰大学と改名した)より発行された隔月刊であり、一九〇五年四月に創刊され、合わせて四期が刊行された後、一九〇五年十二月に廃刊した。編集者は聖約翰書院の第二代学長のフランシス・L・H・ポット(Francis Lister Hawks Pott. 中国名は「卜舫済」)である。現在、中国において『志学報』が収蔵されている図書館は二つしかない。一つは上海図書館であり、第一期(一九〇五年四月二十日)と第二期(一九〇五年六月二十日)だけ収蔵しているが、破損がひどいため見られない状態である。もう一つは吉林大学図書館で、第一期が欠落し、第二期、第三期(一九〇五年九月二十日)と第四期(一九〇五年十二月二十日)は閲覧することができる。筆者は吉林大学図書館所蔵の『志学報』(本稿97頁図1)を参考にして、その雑誌の性格や趣旨などについて解釈してみたいと思う。

『志学報』の第二期、第三期、第四期ではいずれも巻頭において、「例言」が掲げられている。「例言」はまた

以下のように、「来歴」、「趣旨」、「ジャンル」「発行」、「定価」と「広告」の六項目から構成され、「例言」の後に編集者や担当者の名前も掲げられている。

志学報例言

第一　来歴

近来、日報が盛んに行われ、叢報も続々と現れるため、社会はその広く深い影響を受けている。本学院の英文新聞（約翰聲）は世に送り出したのは頗る早いが、英語に通じる人が少ないため、知っている人は極めて少ない。同人たちはこれを遺憾だと考えている。今はぶしつけを顧みず、同人たちは勤務の合間に、各自の収穫を以て、社会に貢献しようとする。学界において自信を持っているわけではないとはいえ、何か一つ補うことができれば幸いである。

第二　趣旨

智を磨き、徳を養うことは本誌の大旨である。しかし、同人たちは学齢期にあり、知恵がまだ幼稚であるため、この雑誌を主宰することは、我々の智識を増やすことにも役立つと考えられる。故に、孔子の文章「十五志學」の意味を取り、本誌は「志学報」という。

第三　ジャンル

草創の初期にあたり、ジャンルをはっきりさせることは難しい。いま大雑把に五種類に分ける。

一　巻頭言

二　論著
三　翻訳
四　小説
五　本学院の時事

第四　発行

本誌は隔月に一期を発行し、年に六冊、西暦の二十日に刊行する。

第五　定価

一冊は現金で一角、一年間で五角、郵送料は別。購読者には先に郵送料を支払って頂く。

第六　広告

半年で、全頁は現金で九元、半頁は現金で五元、四分の一頁は現金で三元、八分の一頁は現金で二元。西洋の学校新聞の例を習い、学生各位に広告を誘致させ、十元に達した者には、一割の控除金を謝金とする。

本誌の担当者

主　筆　本院の学長卜舫濟
書　記　陳君寶琦

事務担当　徐君維棨
発行担当　沈君楚臣
編集委員　劉君大猷
業務担当　王君相六
業務担当　辛君耀祥
〔注：第四期になると、王相六の代わりに宋慶瑺が業務担当となる。(26)〕

*【分析】　上海聖約翰書院は米国聖公会が一八七九年に創設したミッション系大学であり、清末から民国にかけての名門である。二代目の学長卜舫済が就任した後、一八八一年に始まった英語を主体とした授業を最高度まで高めたため、学生たちは皆優れた英語力を身につけたようである。「第一　来歴」において触れられた『約翰聲』は一八八九年に創刊された聖約翰書院の最初の刊行物であり、執筆者は聖約翰書院の学生と先生たちである。「来歴」からも窺えるように、当時の中国では英語に通じない人が多かったため（聖約翰書院は特殊な場所であるが）、英文の文章を掲載する『約翰聲』はあまり知られていなかった。しかし、聖約翰書院の先生と学生たちは自分たちが主催した刊行物で社会へ貢献しようと考え、中国語の雑誌『志学報』を創刊することに至ったのである。「第二　趣旨」において言及された『志学報』の同人の年齢から推測すると、『志学報』の執筆者もほとんど当該大学の学生たちであろう。掲載された文章のジャンルには「本学院の時事」があるため、やはり学校新聞（雑誌）の性格を持っているが、広告を誘致することからみれば、主催者たちは『志学報』を社会へ進出させようとする意識が非常に強かったと想像できる。
『志学報』の第二期から第四期までの総目は以下の通りである。

志學報第二期總目（一九〇五年六月二十日）

・本報領説
華工禁約解　卜舫濟
・論著
論學者當有一定宗旨　瞿同慶
論中國派遣出洋游學生　周寄梅
中國之大害　争時子
・譯稿
俄皇獨語　嚴通
女權之發達　徐維榮
・小説
俠女奇事第二回　死殤
・本院時事録　辛耀祥

志學報第三期總目（一九〇五年九月二十日）

・本報領説
李伯行京堂演辭　原稿
・論著
教育研究會　陳俊卿

蒙學為教育之根基論　愈慶恩
改革宦途之方針論　江南少年
結團體以禦外侮論　杞憂子
廢楷書説　劉大猷
論中國不能維新之原因　陳寶琦
論獨立　宋慶瑞
論停科擧　陳寶琦
・譯稿
瓜分波蘭記　瞿同慶
俄國立憲問題　沈楚臣
・小説
遊瀛列傳　剡曲閒鷗
・本院時事録　辛耀祥

志學報第四期總目（一九〇五年十二月二十日）
・本報廣告
・本報領説
衛生要義　周寄梅
・論著

改革官途(ママ)之方針（承前）　江南少年
日俄和約論　劉大猷
論中国将改立憲政體　愛　俠
論中国前途之影響　宋慶瑺
・譯稿
東郷平八郎傳　沈楚臣
今日之波蘭　徐維榮
・雜著
三趾物　辛耀祥
・小説
秘密結婚　葛增庠
・本院時事録　宋慶瑺

タイトルから見ると、掲載された文章は主に教育問題、中国の政治と社会、世界情勢に関するものである。ロシアと中国の立憲問題に目を配っている点は、「俄国独語」の翻訳と相通じるところがある。

二　附記から「俄皇独語」の翻訳を見る

『志学報』の性格から推測すれば、「俄皇独語（ロシア皇帝の独白）」の訳者である厳通はおそらく聖約翰書院の学生であろう。そうであれば、厳通はおそらく英語が得意で、「俄皇独語」はマーク・トウェインの原文から訳されたのだと推測できる。「俄皇独語」の附記である「譯者繫言」は千字あまりのもので、六段落から構成されている。その第二段落から、確かに、上記の推測を裏付けられる根拠を見付けることができる。

小生は英語の文章を読んで以来、こんなに痛快極まるものに遇ったことがない（中略）。小生はその文章を愛読し、この事件（「血の日曜日」――引用者）を嘆いたが、残念ながら、才能がなく、これに関する文章は書けず、自らも悔しく思う。にもかかわらず、私欲のみを満たすのはいけないと考え、この翻訳を以て我が同士の中で原文を読めない者を満足させたいと思う。[27]

ここで、厳通はトウェインの *The Czar's Soliloquy* の素晴しさを激賞し、ロシアの「血の日曜日」事件について、トウェインの文章に共感を覚え、愛読していることを表明している。その文章の素晴しさを自分だけ味わうのではなく、英語を読めない読者にも分かち合いたいと考えたという、「俄皇独語（ロシア皇帝の独白）」を翻訳した目的もはっきり説明している。英語の読めない読者に配慮することは、まさに『志学報』の例言で表明された方針に即している。

「俄皇独語」の附記から、さらに厳通のトウェイン観が読み取れる。第一段落では、「マーク・トウェインの名前はサミュエル・ラングホーン・クレメンズである。当世の文豪であり、滑稽な作風で名を馳せる。舌を働かせば、聴者が大笑いする。筆を握ると、文章が世に伝えられる」[28]というふうにトウェインを紹介している。作風はともかくとして、トウェインが当時の文豪であることを紹介し、その原名まで言及していることからみれば、厳通はトウェインについてかなりの知識を持っていた人であると考えられる。しかし、厳通はトウェインの文章を賞賛するだけではなく、批判することも忘れていない。

この文章が出て、〔トウェイン〕先生の名は益々評判されるようになったと存ずる。ロシアの民衆が暴政を恐れて久しい。近年、交通が便利になり、遊歴の範囲が広くなったにつれて、民智がしだいに進み、上流社会の民衆は皆、あくせくして民権を獲得しようとしている。しかし、政府は頑迷固陋で、政策を一つとしてめぐらすことができない。民衆を集め、直言しようとするが、厳しい警吏に壊される。本を著し、ひそかに流布させようとするが、才能がなく文章にできないため、ままならない。このたび、先生の文章を得て、机をたたいて、素晴らしいと、賞賛せずにいられない。先生の文章は先に私の心を引きつけたと感心する。私が上手く話せないことを、先生が滔々と話してくれたのであり、私がもつれて晦渋な文章しか書けないものは、先生は激越で悲壮な文章で思うぞんぶんに書いて下さった。

にもかかわらず、小生は遺憾に思うところがある。君子は、風刺・嘲罵することは落ち着かないやり方だと排斥する。むしろ体の欠陥は人生にとって最も辛いことである。我々はこれを非難・諷刺することを通して、我らの怒りを抑え、一時的に痛快だと感じられるが、我々の嘲笑う行為はおっちょこちょいと思われるのではなかろうか。曰く、無頓着で頑迷な人は「薬の瞑眩にあらざればその病愈えず」。私は風刺・嘲罵することを多く見たが、期待に背くことがしばしばあり、効果を収めることは非常に少ない。[29]

要するに、厳通はトウェインの文章の観点には同意するが、その風刺・皮肉のやり方に賛成していないのである。しかし、トウェインの最も特色のある要素は風刺と皮肉である。この批判と第一段落で紹介されたトウェインの「滑稽」な作風と照合してみれば、厳通はやはりトウェインの作品の真骨頂を理解できなかったといえるだろう。これは初期日本におけるトウェイン認識と共通するところがあると思われる。

附記の第五段落では、ロシアの暴政は皇帝のニコライ二世だけに罪を問うべきではないと述べている。

言うまでもなく、ニコライ二世は、ロシアの元首である。しかし、その国での暴政と虐殺は彼一人に罪を問うことはできない。体が弱く、天性が臆病で、傑出した知力と遠大な計略はないうえに、また強情で不遜である。不幸なことに、この乱世に生まれ、専制の末流に受け継ぎ、その国の人々と同様に天演〔「生存競争、自然淘汰」という進化論〕の大波にもまれ、自ら抜け出すことができないのである。[30]

「天演」という言葉は、厳復訳『天演論』（ダーウィンの『進化論』の訳）から由来し、清末時期に大流行した科学思想である。実際、「俄皇独語」の附記の第六段落において、厳通はかなり西洋の社会思想を引用し、専制を抑制するために民智と民権を発達させる必要があると論じている。

二三百年近くの間、天下は皆政治で騒然とした。専制が立憲に変わり、立憲が共和に変わった。愛国者たちが皆専制を蛇蝎のごとく嫌い、あくせくして抑制・排除する方法を求めている。今、地球が一つの家族になり、西力の東漸の中で、衰えかけている専制が、民権と戦い難いのは当然である。モンテスキューの言葉には、「①専制之保其國家，保其君王而已。其識闇，其氣驕，其情拘而衆忌諱，寇之至也。四郊多壘，土宇日侵，顧但使都市不驚，宮廷無恙，彼則以為吾之國土，固自若也（専制はその国と君主を守るのみである。その〔専制君主〕は学識が浅く、気風が傲慢で、固執して融通がきかず、忌むことが甚だしいため、敵に侵入されるのである。国境が頻繁に侵犯され、領土が日に日に占領されつつあるにもかかわらず、都を騒がさず、宮廷が変わらない限り、彼〔専制君主〕は我が国土が堅固で普段と変わらないと思っているのである）」というのがある。といえども、民権は民智の発達を待たなければならぬ。そうでないと、共和と同様である。南アメリカの諸國はなぜ衰えて委縮したのだろうか。これは専制というものが、必ず民衆を愚弄するからである。

専制を排除しないと、生存を競うことはできない。民権は民智を待たなければならない。民智が進んでいないなら、民権もきっと「橘、淮を踰えて北すれば枳と為る」ように、正常に進まない。今日最も重要で解決し難い問題に、これ以上のものがあろうか。小生は学識が浅く、遠くを見ることができない。理想的で妥当な方法は、次第に専制を抑制して民権を伸ばし、そのうえで、次第に民智を開いて民衆の品格を形成させ、ついでに緩やかに期するところに至ることである。これは、またスペンサー先生が言った「②么匿折己以従拓都，拓都折己以従么匿之旨也（個体は調和して全体に従い、全体は調和して個体に従う）」という旨である。社会気風は改めることができるので、次第に変化するのを期待すればよい。一躍強国の列にのし上がろうとするのは、身の程を知らないものに多く見えるのである。ああ、自由を愛し、専制を憎むのに、我々は他人と異なることはない。こうするよりほかはない[31]。

ここで、厳通は当時の世界情勢を分析している。その内容を要約すると、以下のようである。この二、三百年、世界各国の政治体制が専制から立憲へ、立憲から共和へと移りかわりつつある。中国においても、愛国者はみな専制を蛇蝎のごとく邪悪なものと看做し、除去される方法を求めている。西洋の勢力や学問が東洋に侵入しつつある情勢を鑑みるならば、西洋の侵略を防ぐには封建専制よりも民権を利用するほうが有効である。つまり、厳通はここで救国の方法を民権制度の確立に求めるべきだと主張している。これを証明するため、厳通はさらに啓蒙期のフランスの哲学者・政治思想家であるモンテスキューの『法の精神』から文章（傍線部①）を引用し、説明している。さらに、民智の発達は民権の発達の基礎であると強調し、民衆の知恵を啓蒙させ、しだいに進歩させることによって、民権の樹立を達成させ、終に専制の抑制を実現すると提唱している。また、自分の主張の正しさを証明するために、イギリスの哲学者・社会学者であるスペンサーの『社会学原理』から、「unity」と「total (aggregate)」が互いに促進・制約しあうという理論（傍線部②）を引用している。

しかし、上述した二つの引用はいずれも厳通自身の翻訳ではない。モンテスキューの『法の精神』の中の「①専制之保其國家，保其君王而已。其識闇，其氣驕，其情拘而衆忌諱，寇之至也。四郊多壘，土宇日侵，顧但使都市不驚，宮廷無恙。彼則以為吾之國土，固自若也。」という文章は、一九〇四年に商務印書館から出版された厳復訳[32]『法意』（第一冊）の第五巻第十四章「専制之法所與其精神合者何如」からの引用である。『法意』といえば、中国におけるモンテスキュー著『法の精神』の最初の完訳であり、厳復が訳した八種類の世界名著の一つで、『天演論』についで、中国社会に最も大きな影響を及ぼした翻訳である。「②么匿折己以従拓都，拓都折己以従么匿之旨也」という理論はスペンサーの『社会学原理』から抽出したものだと思われる。厳復訳『群学肄言』の「喩術第三」において「unity」は「么匿」と訳され、「total (aggregate)」は「拓都」と訳されているため、厳通は傍線部②の文章を書いた際、厳復訳『群学肄言』（一九〇三年、上海文明書局）を参照したと考えられる[33]。ちなみに、『群学肄言』は一九〇八年に商務印書館より訂正版が出版され、中国への社会学を紹介する重要な本となった。この附記は、当時、厳復の翻訳書が大きな影響力を持っていたことを改めて証明したといえるだろう。

上記した事実を踏まえると、厳通は英語に堪能なだけでなく、当時の世界各国の政治情勢にも関心を寄せていたことが分かる。また、厳通は厳復の翻訳書に親しみ、最先端の科学、哲学、社会学などに精通していたようである。しかし、今の段階では資料が非常に不十分で、厳通はいったいどんな人物であるか、まだはっきり分からない。

マーク・トウェインの翻訳と紹介に戻るが、米国聖公会に開設された大学で勉強していた厳通が、トウェインに親しんでいたことは当然なことだと思われる。しかし、彼がその代表作である『トム・ソーヤーの冒険』や『ハックルベリー・フィンの冒険』などを翻訳せず、ロシアの「血の日曜日」事件が起こった後に、トウェインの「ロシア皇帝の独白」を翻訳したのは、如何にも当時の「小説を利用して社会を改良し、民衆を啓発する」文学観にふさわしい行動である。これはまた、十九世紀九十年代の中国人アメリカ留学生が身近な存在であったトウェインの作品を翻訳しないことと相通じていると思われる。彼らはまだトウェインのユーモアというものを理解できておらず、「ロシア皇帝の独白」のような明らかに政治的観点をふくんだ作品でなければ、その真の意図が読み取れず、時間をつぶすための滑稽な読み物だとしか看做さなかったのだろう。

第四節　"The Californian's Tale" の翻訳をめぐって

"The Californian's Tale" の最初の中国語訳の題名は「山家奇遇」であり、呉檮の訳で一九〇六年の『繍像小説』の第七十期に掲載された。呉檮（生没年不詳）は、中国近代翻訳文学史において大きな成果を残した翻訳者であり、長期間にわたって活躍した書家でもある。[34] 日本に留学した経験はないが、独学で日本語を習得し、文学的素養が高く、独自の選択基準で、多くの有名作家の作品を翻訳した。彼の翻訳活動は概ね一九〇三年から始まっている。因みに、呉檮が勤めていた商務印書館は、当時、日本の大手の出版社金港堂との合弁会社で、商務印書館編訳所で働いていた呉檮は日本の書籍と雑誌を容易に入手出来る立場にあった。彼が生涯に翻訳した二十余りの小説は多種多様で、そのほとんどが当時日本における最大の総合雑誌『太陽』に掲載された日本語訳を底本としたものである。

「山家奇遇」はかなり流暢な白話文（中国語の口語体の文章）で訳出され、題名の左側に「馬克多槐音著，日本抱一庵主人譯，錢塘呉檮重演（マーク・トウェイン著、日本人抱一庵訳、銭塘呉檮重訳）」と出典が明記されている。当時、短篇小説は主に文語文で翻訳された上に、原著者名を記さずに翻訳を自分の「創作」とした翻訳者も少なくなかった。そうした中で、呉檮は原作者を明記することで規範のない翻訳界に優れた手本を示しただけでなく、口語体の白話文で訳すことで後の中国短篇小説の文体に示唆を与えた。「日本抱一庵主人譯」を手掛かりとして調べると、「山家奇遇」の底本は原抱一庵訳「山家の恋」（『太陽』第九巻第一号、明治三十六（一九〇三）年一月一日）であることがわかった。(35)

清末民初における"The Californian's Tale"の翻訳はもう一つある。これは一九一五年八月の『小説大観』第一集に掲載された周痩鵑訳「妻」である。「妻」には次のような紹介がつけられている。

【マーク・トウェイン小伝】サミュエル・ラングホーン・クレメンズはアメリカ近代作家の第一人者であり、筆名はマーク・トウェインである。一八三五年十一月三十日にミズーリ州フロリダに生まれる。最初は印刷工場で働いたが、後に離れてミシシッピー川を運行する蒸気船の水先案内人になる。水先案内をする時、いつも浅瀬にいる水夫が水深を量り、大きな声で「水深二尋」と呼ぶのを聞いたため、自ら「マーク・トウェイン」と名付け、その発音の相似するところを取ったのである。一八六一年から一八六五年にかけて戦争が起こり、ネヴァダへ銀鉱採掘に行く。二年後、ヴァージニア・シティの『エンタープライズ』報の主筆になるが、それ以前にも嘗てこの新聞に投稿したことがあり、著作が頗る多い。一八六四年にサンフランシスコへ行き、またニューヨークへ赴き、演説を以て名を馳せる。一八六七年に、友人達と一緒にフランス、イタリア、パレスチナなどを訪問し、『赤毛布外遊記』という本の中の材料を取材に行く。この本が出版された後、その名はますます著名になった。以降、再びニューヨーク州のバッファローで新聞業務に従事し、金持ちの娘ラングドンを娶って間もなく、コネティカット州のハートフォードへ行き、印刷書肆に投資したが、事業が失敗し、大きな挫折を経験した。幸いに、演説と著作によって建て直しをはかり、漸く次第に回復した。

一九一〇年四月二十一日に逝去し、今年は逝去してから五年目になる。其著作には、『西部放浪記』、『金めっき時代』、『トム・ソーヤーの冒険』、『放浪者外遊記』、『王子と乞食』、『ミシシッピー川の生活』、『新天道歴程』、『ハックルベリー・フィンの冒険』、『百万ポンド紙幣』、および『ジャンヌ・ダルクについての個人的回想』などがある。すべて不朽の作品である。(36)

ここから見れば、周痩鵑はかなり意識的にトウェイン作品を中国の読者に紹介したといえる。この伝記にはトウェインの経歴、ペンネームの由来、代表作品の列挙などが含まれ、作風などについては触れられていないとはいえ、当時としては比較的まとまったトウェイン紹介であった。周痩鵑は、翻訳と略伝の執筆に際し、トウェインに関する伝記を既に読んでいたと想像できる。しかし、"The Californian's Tale"はトウェインの代表作とは言い難く、単にトウェインの伝記を読んだだけで"The Californian's Tale"を知ることができたとは考えにくい。当時、呉檮の翻訳作品は非常な人気を博し、中国で強い影響力を持つ新聞紙『申報』や『時報』などに掲載された広告によってよく宣伝された。周痩鵑は『申報』の「自由談」の編集長を担当したことがあるので、呉檮を知っていたと考えられる。また、周痩鵑は呉檮と同時代の翻訳家陳景韓の翻訳「英国第一名著聖人歟盗賊歟」(一九〇四年九月十日の『新新小説』に掲載された。原抱一庵訳の「聖人か盗賊か」からの重訳)の中から、一部分を引用して自分の翻訳に生かしている。このような事実を勘案すれば、周痩鵑が呉檮訳の「山家奇遇」を読んで着想を得たという可能性も排除できないだろう。

「山家奇遇」の翻訳について、これまでの研究は、呉檮訳を直接トウェインの英語原文と比較検討し、呉檮が原文を省略したり、原文に無い内容を付け加えたりしたため、原作のユーモア的作風を改変してしまったと批判してきた。しかし、「山家奇遇」の底本は英語原作ではなく、日本語訳である。「山家奇遇」を「山家の恋」と比較せずに、原文の省略や書き加えは呉檮が行われたという結論を出したのはやや軽率だと思われる。なぜかというと、もし原抱一庵は英語原文に基づいて翻訳した際、大幅に書き換えたりしたならば、呉檮はいくら抱一庵訳に忠実に訳しても、原作を再現できないからである。そうであれば、従来の結論は大きく歪んでいるに違いないだろう。呉檮訳「山家奇遇」はいったいどのような翻訳であるのか。この問題を解決するには、原抱一庵訳「山家の恋」を英語原作と比較検討したうえで、「山家奇遇」を「山家の恋」と比較しなければならないと考えられる。本節では、このような研究方法によって呉檮訳を考察し、これまでの誤った結論を訂正していきたい。また、同じ“The Californian's Tale”の中国語訳であるが、日本語訳から重訳された「山家奇遇」は英語原作から翻訳された「妻」と絶好の比較対象になると考えられる。この二つの翻訳を比較対照して、照合し、それぞれの特徴をひきたてていくことも試みたい。

一　原抱一庵訳「山家の恋」の特徴

「山家の恋」は原抱一庵が手を染めた最初のトウェイン作品の翻訳である。彼は明治三十三（一九〇〇）年頃からトウェインの作品に触れるようになり、トウェイン作品が多く掲載された『ハーパーズ・マンスリー』誌(Harper's Monthly Magazine) に特に親しんでいたらしい。

> 偶(たまたま)人の話に渠は紐育(ニューヨーク)『ハーパース雑誌』の特別寄書家なる由聞及び候ふより彼處(かしこ)、此處、と同雑誌を捜し廻り、渠の文にして昨年〔一九〇二年〕一昨年〔一九〇一年〕両年間同雑誌に出でし文丈は悉く讀了致し候、特に昨年秋よりは小生朝日社に依頼し、直接に同雑誌を取寄せ置き候へば、渠の新作若し世に出づるときは、遅くも二十五日内には閲讀致し居候（如何にもハーパースはトワヱンは吾誌より以外には一筆を動

かさずと公言致し居候、然し今年になりてトワエンは未だ一筆も同雑誌に出し不申ず候[37]）

"The Californian's Tale" の初出は *The first book of the Authors Club: liber scriptorium*, New York: The Authors Club, 1893. であるが、一九〇二年三月の『ハーパーズ・マンスリー』誌（*Harper's Monthly Magazine*, Vol.CIV No. DCXXII, March, 1902.）に転載された。上記引用文の傍線部からみると、原抱一庵が『ハーパーズ・マンスリー』誌を通して "The Californian's Tale" を読み、後にこれを底本として、「山家の恋」を訳出したと推測できる。

"The Californian's Tale" の筋立ては次のとおりである。スタニスラウス川流域で砂金を採取している「私」はある日、珍しく活気に満ちた男ヘンリーに出会う。彼は「私」に親切にしてくれた上、最愛の妻に会わせようと妻が帰る予定の土曜日まで「私」を引きとめる。しかし土曜日の夜になっても妻は現れない。やがてヘンリーが眠ると、ヘンリーの友人の老坑夫の一人が真相を明らかにする。十九年前に妻が行方不明になって以来ヘンリーは精神を病んでしまい、妻が帰宅する予定だった日に毎年その症状が最もひどくなるため、その日は友人同士で彼を訪れて歓迎パーティーを行い、夜が近づくとこっそりと酒の中に睡眠薬を入れて彼を眠らせているというのだ。そして、すでに十九年間続けているという。

原作はこのような内容だが、「山家の恋」は一体どのような訳業だったのであろうか。以下では、原抱一庵訳をトウェインの原作と比較検討してみたい。また、呉檮訳「山家奇遇」も一緒に並べて考察し、呉檮訳はどれほど原抱一庵訳に忠実であるかを明らかにしたい。

なお、英語原作からの漢訳の参考として、周痩鵑訳「妻」を取り上げる。

【英】 Mark Twain. "The Californian's Tale". *Harper's Monthly Magazine*, Vol. CIV, No. DCXXII. March, 1902.

【原】原抱一庵訳「山家の恋」（『太陽』第九巻第一号、一九〇三年一月一日）
【呉】呉檮訳「山家奇遇」（『繍像小説』第七十期）
【周】周瘦鵑訳「妻」（『小説大観』第一集、一九一五年八月）

（1）題目が漂う神秘的な雰囲気："The Californian's Tale"から「山家の恋」へ

"The Californian's Tale"は直訳すれば、「カリフォルニア人の物語」になる。しかし、抱一庵は「山家の恋」に訳し、原作のタイトルと全く異なる雰囲気を作り上げた。"The Californian's Tale"は平板で、これを通して、小説はどんな人物の何の話を語ったかは想像がつかない。しかし、「山家の恋」は読者の興味をそそりやすい言葉であり、山奥という、どことなく神秘的なところの恋愛物語を想像させることができると思われる。

（2）ストーリー性重視

「山家の恋」は明治期に流行った所謂「豪傑訳」であり、物語の中核のみが訳出されている。特に、ストーリーの進展を速めるために、物語の展開に影響を及ぼさない心理描写が省略され、なくしても妨害しない内容が削除された。

①心理描写の省略

〔例文1〕
【英】I was feeling a deep, strong longing to see her--a longing so supplicating, so insistent, that it made me afraid. I said to myself, "I will go straight away from this place, for my peace of mind's sake." (pp.602-603)
【原】なし
【呉】なし

【周】一時心乃大熱，渴欲見個儂一面。既而虞心忽生，悄然自思曰：予當立去此間，俾鎮吾心。彼情詈足以絆人一生，不可嬰也。（五－六頁）

*【分析】引用文は主人公ヘンリーが「私」を引きとめたとき、「私」が迷っていた心理描写である。原抱一庵はこれを削除し、すぐにヘンリーが奥さんの肖像画を私に見せる内容に移り、物語の進展を速くした。にもかかわらず、小説の筋立ては原作と変わらない。

②ストーリー展開を妨害しない内容の削除

〔例文2〕

【英】One of those soft Japanese fabrics with which women drape with careful negligence the upper part of a picture-frame was out of adjustment. He noticed it, and rearranged it with cautious pains, stepping back several times to gauge the effect before he got it to suit him. Then he gave it a light finishing pat or two with his hand, and said: “She always does that. You can’t tell just what it lacks, but it does lack something until you’ve done that--you can see it yourself after it’s done, but that is all you know; you can’t find out the law of it. It’s like the finishing pats a mother gives the child’s hair after she’s got it combed and brushed, I reckon. I’ve seen her fix all these things so much that I can do them all just her way, though I don’t know the law of any of them. But she knows the law. She knows the why and the how both; but I don’t know the why; I only know the how.” (pp.602)

【原】なし

【呉】なし

【周】忽見一畫架少偏，則立至其前，展手整之。狀至着意，整後意猶未愜，又却立再四，端相弗已，良久始竟其事。架既正，復以手輕撫之。言曰：個人恒如是，故予亦如是。此等纖微之擧，吾人每易輕忽。初猶弗省，事後便覺，特個中初無定例，惟在人隨時留意。此一撫者，有如慈母為櫛其愛子之髮。櫛竟，則不覺輕撫其首。予時見個人展其纖纖玉指，敷陳百物，坐是偶一擧手，輒與彼肖。其敷陳果有何一定之則例。予初弗知，而個人則知之良稔。既知室中何由須加陳飾，亦知室中當如何陳飾始得。知其一，且知其二。顧予則但知其一而已。（四頁）

*【分析】英語原文には、主人公が写真フレームのカバーを整理する場面がある。一つ一つの動作から心の中の細かな思いまで描かれている。しかし、これは次の寝室案内および引き止める場面と繋がりが薄い。そして、この部分はほとんど主人公の独白で、読者にとって決して面白いとはいえない。むしろ、削除して直接次の話に進むと、ストーリーのテンポが速く、飽きさせない。

〔例文3〕

【英】As the reader finished, he glanced at Tom, and cried out: “Oho, you’re at it again! Take your hands away, and let me see your eyes. You always do that when I read a letter from her. I will write and tell her.”

“Oh no, you mustn’t, Henry. I’m getting old, you know, and any little disappointment makes me want to cry. I thought she’d be here herself, and now you’ve got only a letter.” (pp.603)

【原】なし

【呉】なし

【周】亨利讀已，卽視湯姆，呼曰：噫，汝故態復萌矣。趣去而手，容吾視汝雙眸。予每讀吾妻來書，汝輒作是状。予行且寓書告彼。湯姆揾其淚，言曰：亨利勿爾，無事告彼。汝當知汝友老矣。小失望即不期而哭，弗能自制。吾意彼必且自來，詎來者徒為此数行之書，烏得而弗悲。（六頁）

＊【分析】原抱一庵は英語原文にあるこの会話文を削除した。その代わりに、ヘンリーは手紙を読んだ後、トムが何度もこの手紙を聞いたが、また聞かせてもらうことを非難することになる。トムはその非難に対してだた「齢は老るまじきもの」と説明している。こうした改変は原作をやや短縮させたが、トムの女主人公への懐かしさは変わっていない。

〔例文４〕

【英】When Joe heard that there was a letter, he asked to have it read, and the loving messages in it for him broke the old fellow all up; but he said he was such an old wreck that that would happen to him if she only just mentioned his name. "Lord, we miss her so!" he said.（pp.603）

【原】なし

【呉】なし

【周】喬尋聞亨利言渠儂有書至，即嬲亨利讀之。聞書末亦祝彼多福，則大悲，幾欲失聲而哭。旋乃自言年老多感，每一聞渠儂芳名，輒悲従中来，亦不自知其所以然。繼又仰天言曰：天乎，吾輩惓念渠儂甚也。（七頁）

＊【分析】トウェインの原文では、ヘンリーがジョーに手紙を聞かせる場面がある。しかし、これはだいたい前のトムに手紙を聞かせる場面と同じだから、原抱一庵に削除され、物語の展開が速められた。

（３）風景・情景描写の改変：ゴールド・ラッシュの要素を薄め、山奥の神秘性を増やす

〔例文5〕

【英】 This was down toward Tuttletown. In the country neighborhood thereabouts, along the dusty roads, one found at intervals the prettiest little cottage homes, snug and cozy, and so cobwebbed with vines snowed thick with roses that the doors and windows were wholly hidden from sight — sign that these were deserted homes, forsaken years ago by defeated and disappointed families who could neither sell them nor give them away. Now and then, half an hour apart, one came across solitary log cabins of the earliest mining days, built by the first gold-miners, the predecessors of the cottage-builders. In some few cases these cabins were still occupied; and when this was so, you could depend upon it that the occupant was the very pioneer who had built the cabin; and you could depend on another thing, too — that he was there because he had once had his opportunity to go home to the States rich, and had not done it; had later lost his wealth, and had then in his humiliation resolved to sever all communication with his home relatives and friends, and be to them thenceforth as one dead. (pp.601)

【原】 然しながら少しく山奥に入れば三哩を隔て五哩を隔てゝ、アカシース樹の蔭、橄欖樹の陽に五戸七戸より成る山村ありて細き炊煙の上るを見る。蓋し此等の住民は以前山の盛りなりし頃栄華を極めたる身の、偶ま山の死したればとて其まゝ直ちに立去るに忍びず、山の再び気息吹き返して故の繁昌を見ることもやと、果敢なきことを頼みとして、其折以来は都の故舊親戚との往来をも絶ち、送るともなく年又年を心細くも送れるなり。（一一七－一一八頁）

【呉】 若是署入深山之處，或隔三邁羅，或隔五邁羅，一種阿加希斯樹之陰，橄欖樹之陽，有五七戸聚成的山村，遠望炊煙絲絲直上。此等住民，大抵都是以前山鑛興旺之時，過得很為快樂榮華。及至山脈已死，雖没有積富的指望，却還留戀着不忍立即分離，蔵着些鬼胎。還想那死山再經地氣吹回，重見先前的繁盛。但則自此以後，那許多親戚故舊，就斷絶了往来。一年一年，只自悠悠忽忽地把光陰送度。（一頁）

【周】可達一地，曰脱得爾鎮。鎮與郷為鄰，有途徑，埃壒四漫。沿途多小茆舎，相去各不数武。小而適，状絶可愛。屋角簷牙，都為葡萄所蒙絡，柔條蜿地，似欲撩人。墻顛玫瑰亂開，無言自芳，或嬌紅，或嫩白，并窗扉亦後隠於花中。然屋中則皆闃其無人，徒為鼬鼪所宅。数年前，屋殆屬諸中落之家，既未斥售，又不予人，遂空閉以至於今。更行半時許，則有小木屋駢立如櫛。半亦中空無人，屋都建於最初採鑛時。建者為最初之採金人，實為彼茆舎主人之先輩。故論其年事，當以木屋為長。間有数屋，尚有人居。居者率皆建屋之人。大抵前此嘗致富，将襆被歸州，未果。而所得尋喪，遂長羈斯地，不復作歸想。使其家人及戚都故舊，信彼為已死，遺忘其人。（二－三頁）

*【分析】英語原文では、小屋について、かなり詳しく描写している。部屋の周りの風景や持ち主の紹介を通して、前の繁栄と後の没落を鮮明に対比させ、ゴールド・ラッシュ後の寂しい情景を強調している。しかし、傍線部から見られるように、原抱一庵訳では小屋の風景描写が殆ど消されてしまった。その代わりに、山奥の神秘的な山村が形成された。こうした風景描写の改変により、原作のゴールド・ラッシュの背景が全然見えなくなり、トウェインがゴールド・ラッシュ後の人間関係の冷淡を風刺する意図も読み取れなくなる。一方、呉檮は抱一庵訳にかなり忠実に翻訳し、訳文はほぼ逐語訳といえる。

〔例文6〕

【英】It was a lonesome land! Not a sound in all those peaceful expanses of grass and woods but the drowsy hum of insects; no glimpse of man or beast; nothing to keep up your spirits and make you glad to be alive. And so, at last, in the early part of the afternoon, when I caught sight of a human creature, I felt a most grateful uplift. (pp.601)

【原】山に入りてより既に一ト月餘りも過ぎたり、多くは老坑夫の独棲の小舎に木枕を藉りて眠り、時には露宿に夜を明したることもありたる身の、麗かなる或日の午後、端なく一個活々とせる面有てる男子に際會せる折の余の驚きと喜びとは抑も如何なりしとする。（一一八頁）

【呉】我自從入山，倏忽過了一月有餘。多半找那老鑛夫獨棲的小屋，藉靠木節當枕而眠。有時候簡直一夜露宿到天明，也是常事。有一天氣候晴和，剛是午後。無端遇見一箇活潑潑地面容的男子。不禁又驚又喜，更不知怎樣是好。（一頁）

【周】夫以寂寞之人，居此寂寞之鄉，其無聊為何如。草野森林，寂然相對，既鮮人踪，且無獸跡。萬寂中但聞蟲吟，聲亦似含倦意，殆將入眠。似此荒蕪之地，直無一物足以振人精神，益人生趣。亭午乍過，予乃斗見一人。此時如旅人於沙漠中得沃壤，樂乃不翅。（三頁）

＊【分析】トウェインの原作では、土地が荒れ、人跡まれな風景が描かれ、寂しさが強調されている。しかし、原抱一庵訳では「私」の旅のつらさや野宿の苦しみが強調されている。呉檮は抱一庵訳に忠実に翻訳している。

（４）主人公ヘンリーの妻への愛を強調する

〔例文７〕

【英】I went to the little black-walnut bracket on the farther wall, and did find there what I had not yet noticed — a daguerreotype-case. It contained the sweetest girlish face, and the most beautiful, as it seemed to me, that I had ever seen. (pp.602)

【原】斯て渠は忙はしく床几に上り双手を高く伸べ、壁上遥かなるところより一枚の額面を取卸し叮嚀に埃を拂ふて余に示せるが、これ一個妙齢花顔の美人の肖像畫にして、下より眺めたるよりは、近いて之を見れば、其美はまた一しほ鮮やかなるものなりき。（一一九頁）

【呉】早慌忙立上擱几，高擡両手，従那壁上很高之處，卸下一面鏡框來，好好拂去塵埃，指示於我。原來好一箇妙齢玉貌美人的肖像。近前一看，比従下面眺望，更加一倍美麗鮮妍。（二頁）

【周】予趨至一隅視之，見墻上有黒胡桃木之托架，上寘一銀板寫真合（ママ）〔盒〕，中有女郎小影。其玉容之娟好，為予生平所未見。（四頁）

*【分析】原作では、「私」が自分で奥さんの写真を見に行く。しかし、抱一庵はこれを書き換え、主人公ヘンリーが丁寧に壁から写真フレームを取り外し、埃を拭いてから「私」にみせるということにした。原作と比べて、ヘンリーの妻への愛と誇りはより一層引き立てられたと考えられる。呉檮訳においても、ヘンリーの動作が原抱一庵訳に忠実に訳出されている。

〔例文8〕

【英】Saturday afternoon I found I was taking out my watch pretty often. Henry noticed it, and said, with a startled look: "You don't think she ought to be here soon, do you?" I felt caught, and a little embarrassed; but I laughed, and said it was a habit of mine when I was in a state of expenctancy. But he didn't seem quite satisfied; and from that time on he began to show uneasiness. (pp.603)

【原】早くも土曜日の午後となれり、晩暮となれり、主人が焦躁の態は轉た著るし。（一二〇頁）

【呉】一轉眼間，早是禮拜六午後，又是日暮黄昏了。主人等待焦躁形容，非常顕著。（四頁）

【周】來復六日之午后，予時輒出時計，觀弗已。亨利見狀，訝曰：汝心殆已急急耶。斯時個人尚不即歸，汝其少安毋躁。予見吾友已窺吾秘，微覺弗寧，已即囅然而笑，謂此為予之習性，脱有所盼，心恒急急，不特對於尊夫人為然。吾友聞言，似尚有所弗慊，後此渠為狀亦刺促不能寧貼。（七頁）

*【分析】原作では、土曜日の午後、「私」は待ちに待って奥さんがまだ来ないため、焦ってしょっちゅう時計を確認する。この動作はヘンリーの心配も引き起こした。一方、抱一庵はこの場面を削除し、時間が遅くなると、ヘンリーが自ら心配し始めることに設定した。この改変はストーリーのテンポを速めただけでなく、ヘンリーの妻への気がかりが原作より強調されるようになったと考えられる。呉檮訳はこの部分も原抱一庵訳に忠実である。

（5）結末の意外性を強める

〔例文9〕

【英】Joe brought the glasses on a waiter, and served the party. I reached for one of the two remaining glasses, but Joe growled, under his breath: "Drop that! Take the other." Which I did. Henry was served last. (pp.604)

【原】ジョンが持参のコップは卓上に陳べられ、チャーレーが持参のウイスキーは注がれ、銘々一杯ヅヽ挙げたるか、主人のヘンリーは最終に杯を傾けたりき。（一二一頁）

【呉】約翰隨将帯來的杯子，安在桌上。查理也将帯來的威斯機酒，斟滿其中。一箇一箇輪流而飲。主人亨利，末了兒傾了一杯。（四頁）

【周】喬遂以盤托酒具來，三人各取一觥盡之。尚餘二觥，予遂取其一，将飲。喬忽低語曰：寘之，取第二觥。予如言，取酒一飲而盡。亨利最後飲。（八頁）

*【分析】 原作では、お酒を飲む場面で、私が最後の二杯のお酒の中から一つを取ったが、ジョーに命じられ、もう一つに換えることにした。読者がここを読むと、さぞ何か異様な予感がするではなかろうか。つまり、ここは最後のお酒の中に麻酔薬を入れた真相がはっきりされた場面の伏線である。だが、原抱一庵はこの伏線を削除した。こうして、読者が最後の真相が分かった時、より一層驚かされると想像できるだろう。ここの呉檮訳も抱一庵訳の逐語訳といえる。

(6) 訳者の感想を付ける

〔例文10〕

【英】 なし

【原】 山家の人の情に濃かなること真に此の如きものあり。(一二二頁)

【呉】 原来山家之人，情深意厚，當真有這般的，也無足怪。(五頁)

【周】 なし

*【分析】 抱一庵は訳文の最後に一言で自分の感想を付けた。トウェイン原作を読んだことのない読者にとって、この文も小説の語り手である「私」の感想だと思い込むだろう。「山家の人の情に濃かなること真に此の如きものあり」という文章からみれば、トウェインの“The Californian's Tale”を読んで、抱一庵はヘンリーが妻への愛、および老坑夫たちが十九年に変わらないヘンリーへの愛に感心したことが読み取れるだろう。呉檮はこの感想を忠実に翻訳した。

上述してきたように、原抱一庵はもともとの内容を省略・改変したり、行動を付け足すなどして物語の展開を速め、主人公ヘンリーの妻に対する愛をさらに強調した上で、結末の意外性も増強された。このような特徴を加えることで、抱一庵は原作にあるゴールド・ラッシュの要素を弱めて、物語性を重視したテキストに改作したのである。

二　呉檮訳「山家奇遇」

原抱一庵訳「山家の恋」はトウェインの原作に忠実ではないとはいえ、物語性が強いテキストになったため、清末における中国人読者の目を引き付けやすいものになった。また、漢文調で翻訳されたため、漢語が多く、やや硬いが、当時の中国の翻訳者にとって、訳しやすい便利さがある。呉檮は『太陽』雑誌から「山家の恋」を見逃さず、漢訳して中国の読者に捧げた。以上の訳文の比較からも分かるように、呉檮訳はほぼ原抱一庵訳の逐語訳である。抱一庵が削除した内容は、呉檮訳にもないはずだし、抱一庵が書き直した部分は、呉檮もその通りに翻訳している。しかし、「山家奇遇」は「山家の恋」と相違はないわけではない。以下では、「山家奇遇」と「山家の恋」との相違を具体的に説明したい。

(1)　題目の相違：恋愛から冒険へ

まず呉檮は、「山家の恋」の「恋」を「山家奇遇」というように「奇遇」という言葉に置き換えた。なぜ日本語訳に忠実に「山家之恋」と訳さないのか。この問題を検討するには、「山家奇遇」を掲載した雑誌『繍像小説』の特徴を視野に入れなければならない。『繍像小説』は大衆向けの雑誌であり、一般読者の興味を大切にしている。つまり、啓発性と現実批判性を重視する一方、娯楽性も重視している。題名はいわば作品の顔であり、読者は題名から作品の第一印象を受ける。そのため、訳者達は題名に趣向を凝らすのが普通である。例えば、『繍像小説』

に掲載された著名な外国冒険小説の中国語訳「環瀛誌険」は「神壇闘狼」「探穴遇水」「遠商嬰険」「林遊遇火」「山行陥阱」「遠畋遇盗」「獅口余生」「克遊記険」「入海遇険」「良医殉術」「烟突失墜」「墜崖折脛」という題名をもった十二の短い冒険談で構成されたが、それぞれが読者にスリルを感じさせる題名であるといえる。いずれも常ならざる事態であることがすぐに題名から分かるため、読者の興味をかきたてることができる。

「山家之恋」は一見して読者は恋愛小説と思い込むが、「山家奇遇」は上で挙げた「環瀛誌険」中の冒険談と似ており、何が起こるか分からないという神秘的な雰囲気が感じられる。面白くて入り込んだ物語を好む当時の読者にとって、やはり「奇遇」のほうが興味津々であろう。今となっては、当時の呉檮の考えを知る術はないが、彼が題名で読者の目を引く意識があったことは十分考えられる。

(2) 「山家奇遇」の誤訳

以下は「山家奇遇」にある九の誤訳例である。概して、誤訳の原因は呉檮が単語や日本語の文をよく理解しなかったことにある。また中には、中国語訳を合理的にするための誤訳もある。

(一) 【原】恐らくこれも渠以外の人の丹精なるべし。(一一八頁)

【呉】這箇人麽。箇直可算他們一夥裏的錚錚佼佼。非比尋常。(一頁)

(この人は、彼らの中で群を抜いており、人並みではない。)

*【分析】「丹精」の意味が分からずに、自分の解釈で訳したと思われる。

(二) 【原】婦人の繊手より、成る細工にあらずして亦何ぞや。(一一八頁)

【呉】任是婦女們纎纎細手。也造不成那樣精工。眞是可怪。（二頁）
（婦人の繊手によっても、そのような細かい細工が出来ない。実におかしい。）
*【分析】日本語訳は「他でもない女性のしなやかな手による細工でなくて、何であろう」という意味の反語である。中国語訳の意味はまったく逆になってしまっている。

㈢【原】余の面は斯く語りぬ、之を認めたる主人はまた〳〵大満足なりき。（一一八頁）
【呉】當時我只自不言不語（当時私は何も言わなかった）。主人見了。又大大心満意足。（二頁）
*【分析】「語りぬ」を「語らない」と誤解している。

㈣【原】主人「書面は到着せり、杜牟よ、御身は書状の文言を知り度き歟」
杜牟「御身に差支へなくば」（一二〇頁）
【呉】主人答道。書信早到了。杜姆你不早知道信上的話麽（トム、君は手紙の内容をとっくに知っているだろう）。原來杜姆是那老鑛夫之名。只聽他應道。你老既不錯誤。那……（御身は間違いないですが、それじゃ…）（三頁）
*【分析】「差し支えない」を「間違いない」という意味の中国語に訳している。また、主人と杜牟の会話の意味を合理的にするため、主人の「トムよ、そなたは書状の内容を知りたいか」という意味の文を、「トム、君は手紙の内容をとっくに知っているだろう」というまったく違った意味の中国語に訳している。

㈤【原】今日斯く訪問せるも實に渠女の歸を祝く準備を御身に相談せん為めなりしを。（中略）歓迎準備の

相談は何れ明晩重ねてのこと、すべし。（一一〇頁）

【呉】今兒前来探問。無非爲萬分盼望他回家。好准備和你老講話（今日訪問に来たのは、彼女の帰宅を待ち望んでいるからです。御身と話をするよう準備します）。（中略）准備歡迎的話。明晩不能再遲（歓迎の準備は明日の晩までにしなければなりません）。（三頁）

＊【分析】「今日訪問したのは、実際のところ彼女の帰宅を祝う準備を君に相談しようと思ったからだ」という意味の原文を右のように取り違えて解釈している。また、「歡迎準備の相談は何れ明晩重ねてのこと、すべし」という文も、呉檮はその意味を理解したとは言い難い。

(六)【原】其瞬間より以後渠の打萎れ打沈める態は、見るも氣の毒なるほどなりき。（一一〇頁）

【呉】一霎时。他就變做没精打采。好似很爲不安（いらいらしているようだ）。（四頁）

＊【分析】「見るも氣の毒なるほどなりき」をまったく違った意味に解釈している。

(七)【原】三個の客は渠の衣裳を半ば解き静かに抱きて奥の寝室には搬び行き、扉を閉ぢて再たび出来り、そこらを取方付け、斯くて直にも辭し去らんとする様子なる。（一一一頁）

【呉】三箇客人。半解了他的衣裳。静悄悄抱入裏邊寝室。閉上門。重又出来。關會着許多賓客。意欲一齊辭別回家（また出てきて、多くのお客様に別れを告げ、一緒に帰ろうとした）。（五頁）

＊【分析】中国語訳では賓客は三人だけではなく、たくさんの人がいるような印象を受ける。部屋を片づける話もない。原作も日本語訳も同様に、このパーティーに参加した人は「私」とヘンリーを除いて、Tom, Joe, Charley 三人だけである。ただし、小説中には、金曜日にヘンリーを訪ねにきた老坑夫が以下のような話を

する場面がある。日本語訳では、「村の若者は少姐歓迎の音楽の場を御身の庭前に設けんと騒ぎ居るなり、旅路の疲労に渠女は之を厭はしとせざるべき歟」となっており、「騒ぎ居るなり」といった表現が祝宴に参加する人が多いという錯覚を読者に与える。呉檮もこの日本語訳に惑わされたと窺える。

(八)【原】當初余等の此仲間は婦人を交ずに二十七人ありき。（一一二頁）

【呉】當初咱們這一夥兒。不和婦女交合的。共有二十七人（婦人と付き合わない人は二十七人いる）。（五頁）

＊【分析】日本語訳の意味は「婦人を除けば二十七人」という意味であり、呉檮は「交ずに」の意味が理解できず、意味を完全に取り違えている。

(九)【原】其品が渠の待受けのものなるべしと余は信じて疑はざりき、何となれば此時渠の喜の氣色の颺然として余の上に襲ひ到りたればなり。（一一九頁）

【呉】我料定是主人。確要待我詢問无疑。你道如何（貴方は何故じゃと聞くだろう）。只因我剛剛眼睛刮到其間。却好這時他一股欣喜的氣色。颺的渡過我的身上。（二一頁）

＊【分析】「你道如何」という訳文は中国の章回小説に登場する講談風の言い回しである。中国語訳では、読者はまるで講談の聞き手として想定されているようだ。また、「なぜならば」という意味を持つ「何となれば」という日本語の意味も理解していない。

(3)「山家奇遇」における省略と書き足し

「山家奇遇」には呉檮が単純に訳し忘れたと思われる文もある一方で、敢えて訳さなかったと思われる文も存在する。また、読者の理解を配慮して、日本語訳にない文を追加したり、白話文の特徴に応じて文を書き加えることもしている。いくつか例を挙げておこう。

(一)【原】さらばお言葉に従ふてと云ふも余りに無躾と思ふものから、余は速に答を出し得ざりし中に、主人は暫し部屋を去れるが忽ち一帖の寫眞ブックを携帯し来り。(一一九頁)

【呉】我當下急切還没回答(私は焦っていて、まだ答えていないうちに)。主人暫時離了此屋。忽然拿一幅寫眞影像册子前來。(三頁)

*【分析】ここでは、「さらばお言葉に従ふてと云ふも余りに無躾と思ふものから」の部分がすべて抜け落ちている。呉檮がこの文を見落としたか、理解しなかったかは不明である。

(二)【原】主人は大事そうに内懐より一通の書状を取出し、披き展べ『吾親愛なる…』より、末筆の、『杜牟。ジョン。チャーレー。其他懇親の皆々様に宜しく』の添書に至るまで一字残さず叮嚀に讀了れる(一二〇頁)

【呉】主人不等說完。連忙打懷裏取出一封書信來。展開從起頭「我親愛的……」直到末了兒「杜姆約翰査理以及親熱的各位均好」一字不遺的念了一遍。(三頁)

*【分析】日本語訳の「大事そうに」から窺えるのは、主人の妻に対する愛情である。しかし、中国語訳では、「連忙」(すぐに)の前に「不等説完」(主人は話の終わりも待たずに)という言葉が書き足され、早く手紙

をみせようとする主人の姿に変わっている。日本語訳では主人が丁寧に手紙を読んでいたが、中国語訳では「叮嚀（ていねい）」にあたる訳語がないために、読むという動作の様相の説明がなくなっている。呉檮が「大事」と「叮嚀」という基本的な日本語を知らなかったとは考えにくいので、むしろこの部分については、意味が取れなかったというよりも故意に訳さなかったとみるべきだろう。日本語訳は主人が妻のことを大切にしていることを通して、題名にもなっている「恋」を強調する物語となっているのに対し、呉檮の中国語訳は題名から「恋」を外したことから分かるように男女間の情愛に重点を置いていない。結局、この違いが、妻への愛情を軽視したこのような改変を引き起こしたといえるのではないか。

(三)【原】主人「書面は到着せり、杜牟よ、御身は書状の文言を知り度き歟」（一一〇頁）
【呉】主人答道。書面早到了。杜姆你不早知道信上的話麼。原來杜姆是那老鑛夫之名（なるほど、トムはあの老坑夫の名前だ）。（三頁）
＊【分析】「杜姆」が人名であることが多くの読者にとって分からない当時の状況に配慮して、呉檮は「原來杜姆是那老鑛夫之名」という文を追加している。

(四)【原】山家の人の情に濃かなること眞に此の如きものあり。（一一二頁）
【呉】原來山家之人，情深意厚，當眞有這般的，也無足怪（驚くには当たらない）。（五頁）
＊【分析】実際、「山家の人の情に濃かなること眞に此の如きものあり」という文章は、英語原作にはなく、原抱一庵が書き加えたものである。この文は、抱一庵が“The Californian's Tale”を読んだ後の感想だと思われる。呉檮の中国語訳と日本語訳の意味はほぼ同じであるが、「也無足怪」に対応する日本語の文章はない。

おそらく、当時の中国語の白話文は現在と異なり、感嘆を表す際に「也無足怪」を加えないと坐りの悪い文章になっていたために書き加えられたのだろう。

以上のように、「山家奇遇」には誤訳、省略、書き足しなどがあるにもかかわらず、小説全体の意味や特徴は、日本語訳とそれほど変わらないことも付言しておく。

マーク・トウェインは一八六四年から一八六五年までの冬の間、“Angels Camp” (Stanislaus River の近くにある最も大きい鉱山の集落である) に滞在したことがある。そこには長年にわたって金鉱を探す老坑夫が数多く住み、ゴールド・ラッシュが終わったあとも、西部を離れなかったらしい。トウェインはそこからインスピレーションを得て、“The Californian's Tale” の粗筋を構想したのである。実は、トウェインは主人公ヘンリーの妻への永遠なる愛、および老坑夫たちのヘンリーへの無私の思いやりを通して、ゴールド・ラッシュ期に、ほとんどの人が金銭を崇拝し、他人に対して無関心だったことを風刺しようとしたのである。

しかし、大幅に書き換えられた日本語訳を底本とした呉檮訳「山家奇遇」は「山家の恋」同様、読者を驚かす結末の効果と登場人物の間の愛を再現したが、ゴールド・ラッシュへの風刺というトウェインの意図をぼかしてしまったといえるだろう。

三　周痩鵑訳「妻」

民国初期、辛亥革命の失敗を経て、中国社会が激動していた。政局の混乱腐敗と、社会的理想における価値観の喪失・崩壊のために、情に惑溺する暇つぶしの道具として、文学をあつかう雑誌が大量に現れる。文学史では従来これを「鴛鴦蝴蝶派」の氾濫と称する。多くの刊行物の中で、周痩鵑と王鈍根が編集した週刊『礼拝六』が当時流行した哀情の潮流を最も強力に導いていた雑誌であり、「妻」の掲載誌である包天笑編集の『小説大観』も民国初頭の「五大小説雑誌」の一つに数えられる。この時期に、これまで圧迫されてきていた文学の娯楽機能は、「鴛鴦蝴蝶・礼拝六派」によって十分に発揮されるようになり、才子佳人の恋愛物語から発展してきた恋愛・婚姻の悲劇を描いた「哀情小説」はもっとも人気を博したものとなった。

『小説大観』第一集（一九一五年八月）に掲載された周瘦鵑訳「妻」は、まさに「名家短篇哀情小説」に分類されている。“The Californian's Tale”の内容からみると、これは確かに悲しい恋物語であり、突飛なストーリーと読者を驚かす結末から構成されたため、改変を加えなくても、一般市民の興味を引き起こす力を持っている。この点が「鴛鴦蝴蝶派」の代表作家である周瘦鵑の注目を引きつけたのではないだろうか。周瘦鵑が主人公ヘンリーと妻の悲劇に感銘を覚えたからこそ、「妻」を「哀情小説」とみなしたわけである。「一　原抱一庵訳「山家の恋」の特徴」の部分で挙げられている十の例文をさらに検討すれば、周瘦鵑の訳文は、トウェインの英語原作に忠実に翻訳されていることが分かる。実に、周瘦鵑訳「妻」では、書き直しや添削などは一切されなかったのである。これと訳文の前に付けられた詳しいトウェイン紹介と合わせて考えると、周瘦鵑は心からトウェイン文学を推奨し、できるだけ原作を損なわずに中国の読者に捧げようとしたのである。周瘦鵑が清末民初におけるトウェイン翻訳と紹介に果たした役割が大きかったことは明らかである。

まとめ

上述してきたように、清末民初におけるマーク・トウェイン翻訳と紹介においては、アメリカ通の者が翻訳したのではなく、英語に通じない者が日本語訳から重訳した、という興味深い構図が見てとれる。厳通と周瘦鵑はトウェインについて、かなり知識を持っていると思われるが、その代表作を翻訳せず、各自の関心と興味に応じて翻訳対象を選択した。一方、陳景韓と呉檮が注目したのはトウェインがどんな作家であるかということではなく、新奇と冒険に富む小説の内容である。また、厳通と陳景韓は二人ともトウェインの小説から社会の啓蒙に利用できる点を見つけ、中国の現実と結びつけようとした。翻訳というものがいかに時代状況から影響を受ける仕事であるかということが、ここからわかる。当時の中国においては、等身大のマーク・トウェイン理解を実現させるにはまだ遠い道を辿らなければならなかったのである。

【注】

（1）Henry Nash Smith and William M.Gibson. *Mark Twain/Howells letters: the correspondence of Samuel L.Clemens and William D.Howells, 1872-1910.* Cambridge, Massachusetts: Belknap Press of Harvard University Press, 1960, pp. 339-341.

（2）施蟄存は「『俄皇独語』解題」（『中国近代文学大系・翻訳文学集１』上海書店、一九九〇年、八四五頁）において、以下のように述べている。「马可曲恒，今通译马克・吐温（一八三五—一九一〇），美国著名之讽刺作家，其名著数种，今皆有译本，然在一九一九年以前，仅见此篇」。

（3）文珊「美国早期小説訳介在中国」（『湘潭大学学報（哲学社会科学版）』第二八巻第二期、二〇〇四年三月）を参照。

（4）Li, Xilao. "The Adventures of Mark Twain in China: Translation and Appreciation of More than a Century". *The Mark Twain Annual*, 6.1, 2008. pp.65-77.

（5）郭延礼『中国近代翻訳文学概論』湖北教育出版社、一九九八年、四二三～四二四頁。

（6）Li, Xilao. "The Adventures of Mark Twain in China: Translation and Appreciation of More than a Century." *The Mark Twain Annual* 6.1, 2008. pp. 65-66.

（7）厳通訳「俄皇独語」の「譯者繋言」（『志学報』第二期、一九〇五年六月）を参照。

（8）一般的に、中国人の氏名は苗字→名前という順で書く。「克來門斯・撒墨爾・蘭洪」という訳も中国人の氏名の順序となっている。つまり、克來門斯＝トウェインの苗字Clemens、撒墨爾・蘭洪＝トウェインの名前Samuel Langhorne。

(9) 文⽥・屠国元「美国早期小説翻訳在中国」(『外国文学翻訳在中国』安徽文芸出版社、二〇〇三年)、六十頁。

(10) 周桂笙「新盦譯萃・英美二小説家」(『月月小説』第二年第七期(原十九号)、一九〇八年八月)。原文は以下の通りである。

余猶憶其一九零七年六月二十七日，嘗發一榜，計同時得進士學位者五人。(中略)

一　英國威爾斯親王　　康　諾

一　英國現任首相　　班鼐門

一　英國大将　　　　鮑　富

一　美國現代小説巨子克來門　即人稱麥徳温(Mark Twain)者也

一　英國現代小説巨子紀伯林

(11) 周桂笙「新庵譯屑」の「弁言」(『新盦筆記』(巻一)・「新庵譯屑(上)」、上海・古今図書局、一九一四年八月)、一頁を参照。原文は以下の通りである。「此編皆平日讀英法叢報時所選小品之有味者，随筆譯成。無條理、無宗旨、亦猶夫曩者所譯諸篇也。拉雑之在我，推焼之一聴諸人」。

(12) 中華民国初期から五四運動時期にかけて活躍した通俗文学のグループ。作品は才子佳人の恋愛物語が多い。

(13) 孫俍工は「例言」において「本書以日本多恵文雄所編的世界二百文豪為根據」と述べている。従って、この本は多恵文雄編の『世界二百文豪』(春陽堂、一九二四年七月)に基づいて書かれたと考えられる。

(14) 勝浦吉雄「マーク・トウェインの翻訳」(『まぬけのウィルソンとかの異形双生児』彩流社、一九九四年十月)、三二七頁を参照。

(15) 佐藤加与子「作家・翻訳家として児童文学も手がけた原抱一庵」『ふくしまの児童文学者たち5原抱一庵』(二〇〇二年四月発行)、福島県立図書館・児童図書研究室：http://www.library.fks.ed.jp/ippan/jiken/Kj/Kj5.htm (二〇一四年十二月二十四日)

(16) 「トワヱン論」(『東京朝日新聞』明治三六年四月二十日)にある蠡湖生(山縣五十雄)が明治三十六年四月十四日に原抱一庵に書いた書簡を参照。

(17) 原抱一庵「特別通信助言(トワヱン文集中の一)」序文(『東京朝日新聞』明治三六(一九〇三)年三月三十日)

(18) 前掲「トワヱン論」を参照。

(19) 原抱一庵訳「落機山下の一怪譚」序文(『文芸界』三巻十三号、明治三七年十二月一日)を参照。

(20) 前掲「トワヱン論」を参照。

(21) 亀井俊介(監修)『マーク・トウェイン文学／文化事典』(彩流社、二〇一〇年十月二十五日)、六九頁。

（22）陳景韓「世界奇談第二巴黎之秘密」附記（『新新小説』第一年第二号、一九〇四年十一月二十六日）を参照。
原文は以下の通りである。「抱一庵主人，日本有数之文学家也。其翻譯欧文小説，多奇氣有筆力，余每喜讀之。讀之不已，每思漢譯之，以貢我國嗜奇之士。（中略）惜主人已於西曆八月罹病逝世。自後不得復睹佳作，以貢讀者。是則余之不幸，抑亦讀者之不幸也。」

（23）陳景韓「世界奇談・叙言」（『新新小説』第一年第一号、一九〇四年九月）を参照。原文は以下の通りである。句読点は引用者による。

「世界奇談 敘言

春風，一境也。秋雨，一境也。山清水秀，一境也。波濤洶湧，一境也。朝起聞鮮花，一境也。夜半看大火，一境也。與妻子同飲，一境也。與兵卒共冒霜雪，一境也。坐安樂椅，一境也。行崎嶇山道，一境也。窗頭弄貓，一境也。山間獵猛虎，一境也。聽鶯啼燕語，一境也。被人呼叱，一境也。作嬌婿，一境也。坐黑牢暗獄，一境也。讀紅樓夢，一境也。讀水滸，一境也。讀西廂，一境也。讀西游記，一境也。讀茶花女遺事，一境也。讀包探案，一境也。天下之境，無盡止。天下之好探境者，亦無盡止。我願共搜索世界之奇境異境，以與天下好探新境者共領略。我乃采譯世界奇談。」

（24）陳景韓「食人会」批解（『新新小説』第一年第一号、一九〇四年九月）を参照。原文は以下の通りである。

「我譯此篇，我知凡為議會事，皆欲使人為其難者，而已為其易者，為之一感。我譯此篇，我知凡有條理人，即至極紊亂時，亦有條理，為之一感。我譯此篇，我知怨毒之於人甚，遇有機會，無不發洩，又為之一感。我譯此篇，我知至最緊急時，無論如何文明，如何道德，如何高尚，而皆難靠，又為之一感。我譯此篇，我知人生最緊要之事，無過口腹，故西諺有云，道德麵包，又為之一感。我譯此篇，我知人類所以不滅者，唯有此愛同類之心，所以聞而色變，欲告發，又為之一感。我譯此篇，我知人世雖無此實事，然既有此思想，難免有此實事之時之地，又為之一感。我譯此篇，我知西人僅有此思想，而我國饑饉之歲，赤地千里，人相食者，時有所聞，又為之一感。我譯此篇，我知食人之事，雖不多見，然世界物競，無一非食，食人名譽，食人財產，食人事業，食人心思才力者，無時蔑有，又為之一感。我譯此篇，而我諸感交集，試問讀者！」

（25）亀井俊介（監修）『マーク・トウェイン文学／文化事典』（彩流社、二〇一〇年十月二十五日）、三三二頁。

（26）「志学報例言」（『志学報』第二期、一九〇五年六月二十日）を参照。原文は以下の通りである。

志學報例言

第一 來歴（ママ）

爾來，日報風行，叢報疊出，社会被其影響廣而且深。本院英文報（約翰聲）問世頗蚤，惟通英文者不多，故知者極尠，同人憾焉。今不揣檮昧，同人於公退之暇，各以所得者，貢諸社會。雖不敢自信於學界，或有補於萬一也。

第二　宗旨

濬智養徳，為報章之大旨。然同人年在學期，智尚幼稺，組織茲報，亦資以増我知識。故取孔子十五志學之義名，茲報曰志學報。

第三　門類

草創伊始，眉目難清。今姑巖為五類。

一　領説　二　論著　三　譯件　四　小説　五　本院時事

第四　發行

本報對月一出，年出六冊，於陽歴二十號發行。

第五　價目

冊取洋一角，全年五角，郵費在外，購閲者乞先恵報郵費。

第六　廣告

半年　全頁　洋九元　半頁　洋五元　四一　洋三元　八一　洋二元

視西國學堂報章之例，諸生中有介紹廣告至洋十元者，提一成為酬勞。

本報任事員

總主筆　本院監院卜舫濟
記　員　陳君寶琦
事務員　徐君維榮
發行員　沈君楚臣
司稿員　劉君大猷
義務員　王君相六
義務員　辛君耀祥

(27)　厳通「俄皇獨語」附記（『志学報』第二期、一九〇五年六月二十日）を参照。原文は以下の通りである。「鄙人自讀英文以來，從未遇淋漓暢快之如斯文者（中略）。鄙人愛其文，感其事，唯自恨不才無文（中略）。雖然，焉敢自私，用是以餉我同志之未能讀其原文者。」

(28)　前掲厳通「俄皇獨語」附記を参照。原文は以下の通りである。「馬可曲桓，名克來門斯・撒墨爾・蘭洪，當世文豪，以滑稽

聞世，一動舌，聞者解頤，一握管，文遍天下。」

（29） 前掲厳通「俄皇獨語」附記を参照。原文は以下の通りである。

「斯文出，我知先生之名益隆也。俄民跼蹐於暴政久矣。以近年交通之便，游歴之廣，民智以之漸進，上流之民，皆汲汲焉謀伸民權。然以政府之冥頑剛愎，謀無一濟。欲集衆昌言，則債於警吏之苛刻。欲私著暗布，則有梗於不才而無文。今得先生文，不禁拍案叫絶，而嘆先生之先得我心也。我之繆舌呿口而不能達者，先生則江河直下一瀉千里矣。我之葛藤晦澁而不文者，先生則激昂悲壯淋漓盡致矣。

雖然，鄙人不無遺憾也。夫戯笑謾罵，君子斥為浮囂，況體之缺憾，為人生之至不獲已。而我指摘之，戯笑之，以澆我方寸中之塊壘，一時固有雨後涼風之概，然我之軽浮寡薄如何哉？曰：彼麻木冥頑者，非藥之瞑眩，無以瘳其疾。然我見戯笑謾罵多矣，其効徑反其所期者，已屢見不一，而奏功者，蓋寡也。」

（30） 前掲厳通「俄皇獨語」附記を参照。原文は以下の通りである。

「尼古拉二世，固俄之元首也。然其國之横暴屠戮，不能歸罪一人。體氣羸弱，天性怯懦，既無雄才大略，又不桀黠鷙悍，不幸生此亂世，而承專制之末流，與其國上下同遊天演潮流之中，而不能自抜。」

（31） 前掲厳通「俄皇獨語」附記を参照。原文は以下の通りである。

「近二三百年中，天下皆擾擾於政治。専制變為立憲，立憲變為公治。愛国之士，皆蛇蝎専制，汲汲焉謀所以芟夷鋤剗之之法。顧今員輿一家，西力東侵，陵夷之専制，固難與民權争焉！善夫孟達斯鳩之言曰：①専制之保其國家，保其君王而已。其識闇，其氣驕，其情拘而衆忌諱，寇之至也。四郊多壘，士宇日侵，顧但使都市不驚，宮廷無恙，彼則以為吾之國土，固自若也。雖然，民權必有待於民智之發達也。不然，同公治也。何南美諸國之陵夷萎縮乎？是以専制，勢必愚民。非祛之，則無以争存。民權必有待於民智，非已進，則必淮橘為枳。今日重要難決之問題，孰有過於此哉。鄙人謭陋，不能見遠。理想至妥之法，其漸抑専制而伸民權，且漸濬民智以鑄民格，順勢緩進以底於所期乎。亦斯賓塞先生之②么匿折己以従拓都，拓都折己以従么匿之旨也。羣俗可移，期之以漸。欲一躍而躋雄強之列，多見其不知量也。嗚呼！樂自繇而疾羈軛，我豈異於人哉？不得已耳！」

（32） 厳復（一八五三―一九二一）、中国清末の思想家。福建省の人。第一次英国留学生となる。帰国後、北洋水師学堂校長、京師大学堂翻訳局長を経て、一九一〇年資成院議員。T・ハクスリー、A・スミス、モンテスキューなどの名訳により、清末思想界に大きな影響を与えた。

（33） 一九〇三年版は筆者未見。『改訂群学肄言』（商務印書館、一九〇八年九月初版、一九二六年十月十四版）、三九―四二頁を参照。原文は以下の通りである。「群者謂之拓都譯言總會，一者謂之么匿譯言單個。拓都之性情形制，么匿為之。（中略）独么匿之所本無者，不能従拓都而成有，么匿之所同具者，不能以拓都而忽亡。」

(34) 樽本照雄（署名は沢本香子）「書家としての呉檮」（『清末小説』第三十二号、二〇〇九年十二月一日）

(35) 樽本照雄「呉梼翻訳目録」（『清末小説から』第十号、一九八八年）を参照。

(36) 周痩鵑訳「妻」における「馬克吐温小傳」（『小説大観』第一集、一九一五年八月）を参照。原文は以下の通りである。

「**【馬克吐温小傳】**薩茂爾蘭亨克利門司 Samuel Langhorne Clemens 為美國近代第一作家，別署馬克吐溫。以一八三五年十一月三十日生於密查利州 Missouri 之茀勞利達城 Florida. 初業印書，後去而為密西西泌河上之領港人。領港時，每聞河中淺灘上水手輩量水，高呼『水痕在二尋處』'By The Mark Two Fathoms' 聲蟬聯弗絶，因自名曰馬克吐溫 Mark Twain 蓋取其音相似也。一八六一年至一八六五年之戰事起，即赴尼凡達 Nevada 採銀鑛。後二年，為佛奇尼亞 Virginia 城中之『進取』報 "Enterprise" 主持筆政，先是亦嘗投稿於此報，著述頗富。一八六四年之聖茀蘭昔斯哥 San Francisco 又往紐約，以演説負盛名。一八六七年，與朋輩結隊作法蘭西意大利柏勒司汀之遊，採集其所著『海外天眞』者 "Innocents Abroad" 一書中之材料。書出名益著。厥後復從事報務於紐約之勃茀洛城 Buffalo 娶富家女密司蘭屯 Miss Langdon 為室，旋至康奈的克德州 Connecticut 之哈脱福 Hartford 投資於一印書肆中，營業失敗，大受折閲，幸以演説及著作為後盾，始少少復。以一九一零年四月二十一日卒。去今纔五稔也。其所著有『粗之』"Roughing It"『傳金之時代』"The Gilded Age"『湯姆掃葉』"Tom Sawyer"『海外之浪遊』"A Tramp Abroad"『太子與乞兒』"The Prince and the Pauper"『密西西泌河上之生活』"Life on the Mississippi"『新靈地歴程』"New Pigrims Progress"『赫格爾培萊芬』"Huckleberry Finn"『一百萬磅之銀票』"The £1,000,000 Bank-Note" 及『貞德憶語』"Recollections of Joan of Arc" 諸書。倶不朽之作。」

(37) 前掲「トワヱン論」を参照。

（図１）
『志学報』第二期表紙

第二章　ヴィクトル・ユゴーの翻訳と紹介

はじめに

中国におけるヴィクトル・ユゴー（一八〇二～一八八五）の移入は一九〇〇年代に遡ることができる。一九〇二年十二月、ユゴーの写真と紹介が日本に亡命した梁啓超が横浜で創刊した雑誌『新小説』第一年第二号に掲載されて以来、ユゴーの名前が中国人に知られるようになり、その後、ユゴーの作品が次々と中国に移入された。このように、中国におけるユゴーの翻訳と紹介は、最初から日本という媒介を抜きにしては語れないと思われる。清末民初におけるユゴーの移入は中国人日本留学生と深い関わりを持ち、明治期日本におけるユゴー・ブームから多大な影響をうけたということが、これまでの研究では、しばしば指摘されている。[1]

樽本照雄の調査によると、ユゴーに言及した最初の中国語の文章は梁啓超が徳富蘇峰の「インスピーレーション」（『国民之友』第二十二号、一八八八年五月）に基づいて訳した「烟士披里純（INSPIRATION）」（『清議報』第九十九冊、一九〇一年十二月一日）である。[2]それ以降、早い時期にユゴーの翻訳に着手した人は殆ど梁啓超のように日本と何らかの関わりを持っている。

例えば、最初にユゴーの詩（「茶餘随筆」所収の「非律賓之愛國者」『新民叢報』第二十七号、一九〇三年三月十二日）を漢訳した馬君武（一八八一～一九四〇）は一九〇一年冬から一九〇六年夏にかけて日本に留学していた。彼は横浜で梁啓超と知り合ったが、ユゴーの翻訳・紹介を始めたのも梁啓超から影響を受けたためだと言われている。[3]『侠奴血』（一九〇五年、小説林総発行所。原作は *Bug-Jargal*, 1826）と「鉄窗紅涙記」（『月月小説』一年一号～二年六期（十八号）。原作は *Le Dernier jour d'un condamné*, 1829）の訳者包天笑（一八七六～一九七三）は日本に留学したことがないとはいえ、日本語を独学し、友人を通じて日本で出版された本をたびたび入手し、特に森田思軒の翻訳に親しんでいる。「鉄窗紅涙記」の底本も森田思軒訳「死刑前の六時間」（一八九六年八月〜一八九七年二月、『国民之友』。一八九八年民友社『ユーゴー小品』所収）である。「噫有情」（『小説時報』七〜九期。原作は *Les Travaileurs de lamer*, 1866）の訳者狄葆賢（一八七三〜一九四一）は戊戌変法（一八九八）期間中梁啓超と付き合い、政変後日本に逃亡し、一九〇〇年に帰国した。「噫有情」という訳題は黒岩涙香の『レ・ミゼラブル』の翻案小説『噫無情』に倣ってつけられたと指摘されている。[4] さらに、フランス語原文から精力的にユゴー作品を翻訳した曾孟樸でさえ、『九十三年』（『時報』一九一二年二月二十一日〜九月十四日。単行本は一九一三年十月有正書局により刊行される）の翻訳に当たって、日本語訳を参照して注をつけたらしい。[5] 従って、ユゴー作品の漢訳を検討する場合、日本経由というルートは等閑にできないと思われる。

韓一宇の『清末民初漢訳法国文学研究』における統計データに基づいて、筆者はさらに調査を行い、一九〇三年から一九一八年にかけて翻訳されたユゴー作品の点数を調査したが、管見の限りでは、小説、詩歌、散文、戯曲は合わせて二十七点の翻訳があり、モーパッサン（三十四点）と大デュマ（三十一点）についで第三位を占めている。そのうち、小説がもっとも多く、十九点あるが、*Les Misérables*, 1862の訳は七点、*Notre-Dame de Paris*, 1831の訳は三点、*Bug-Jargal*, 1862の訳は一点、*Claude Gueux*, 1829の訳は三点、*Le dernier jour d'un condamné*, 1829の訳は一点、*Les Travailleurs de la Mer*, 1866の訳は一点、*Quatre-Vingt-Treize*, 1874の訳は一点、原作不明（「囂俄」が記されているため、ユゴーの作品だと判断されるが、どの作品の断片的な訳であるかはまだ確定できていない）の訳は二点ある。また、戯曲は三点（*Angelo, tyran de Padoue*, 1835の訳は二点、*Lucrèce Borgia*, 1832の訳は一点）、エッセーは二点（いずれも *Choses vues*（1887-1900）の部分訳）、詩は三点（原作不明）である。この統計から見られるように、一九一九年までの時点で『レ・ミゼラブル』がもっとも注目されていた。その七点の翻訳は、一点のダイジェスト版を除いて、ほかの六点はいずれも『レ・ミゼラブル』の断片であり、内容がそれぞれ異なっている。また、そのうちの四点は日本明治期におけるユゴー・ブームと深くかかわっているのである。したがって、『レ・ミゼラブル』の翻訳と紹介への考察を通して、当時ユゴー作品がどのように日本を経由して移入されたのかも垣間見ることができる。以下では、清末民初における『レ・ミゼラブル』の移入をめぐって、論を展開してみたい。

第一節　清末民初における『レ・ミゼラブル』翻訳の概観

清末民初（一八九八〜一九一九）における『レ・ミゼラブル』の七篇の漢訳は、蘇曼殊の翻案小説「惨社会」（『国民日日報』、一九〇三年十月八日〜十二月三日。一九〇四年、「惨世界」と改名され、鏡今書局より単行本として出版された）を先駆けに、周作人訳「天鷚児（ヒバリ）」（『女子世界』第二年第四、五期（原十六・十七期）の合併号）、商務印書館編訳所によって訳された『砥志小説孤星涙』（商務印書館、一九〇七年。単行本で上下二冊ある）、秋水訳「奇囚」（『神州日報』、一九〇七年四月十四日〜五月五日）、陳景韓訳「哀史之一節逸犯」（『時報』、一九〇七年八月十六日〜九月四日）、解吾訳「社会小説天民涙」（『娯閑録』二十二期、一九一五年六月）と孝宗訳「名家小説怪客」（『小説時報』第二十八号、一九一六年）である。これらの翻訳を検討するにあたり、まず明治期におけるユゴーの翻訳と紹介を押さえておく必要がある。

一　明治期日本における『レ・ミゼラブル』の翻訳

近代日本とユゴーとの出会いは自由民権運動家の板垣退助のユゴー訪問が最初とされる。明治十六（一八八三）年、板垣はフランスから日本に帰るとき、西洋の政治小説、ユゴーの小説や英語の小説を多く持ち帰った。そして、ユゴーの忠告に従って、国民に広く自由民権の思想を普及するために、日本の自由民権系の新聞にユゴーの『九十三年』をはじめとする作品を翻訳・掲載させた。つまり、ユゴーとユゴー作品は最初は極めて政治色の濃いものとなった。[6]

明治二十年代に入ると、これがかなり文学のほうに傾くことになり、ユゴー受容は文学と政治の両面にわたった。[7] 徳富蘇峰を中心とする『国民之友』はユゴー作品の全体に気配りをし、ユゴー作品を日本で普及することに重要な役割を果たした。この時期に、蘇峰に文才を高く評価された森田思軒がいなければ、こうした普及はなかったと言わなければならない。「明治の翻訳王」と称された森田思軒（一八六一～一八九七）は初めてヴィクトル・ユゴーの人道主義を紹介した功労者であり、ユゴーが生涯訴え続けた死刑廃止という重いテーマを扱った作品を精力的に紹介した。彼が訳したユゴーの作品はあわせて五編で、初出はすべて『国民之友』である。具体的に挙げると、「随見録」（『国民之友』第二十二号～第三十二号、明治二十一年五月十八日～十月十九日）をはじめ、「探偵ユーベル」（『国民之友』第三十七号附録～第四十三号、明治二十二年一月一日～三月二日）、「クラウド」（『国民之友』第六十九号～第七十三号、明治二十三年一月三日～二月十三日）、「懐旧」（『国民之友』第百四十二号附録～第百七十号、明治二十五年一月十三日～明治二十五年十月二十三日）と「死刑前の六時間」（『国民之友』第三〇九号附録～第三三五号、明治二十九年八月十五日～明治三十年二月十三日）である。そのうち、「クラウド」（ユゴーの原作は *Claude Gueux*）と「死刑前の六時間」（ユゴーの原作は *Le Dernier jour d'um condamné*）は『レ・ミゼラブル』に先立つ小説で、いずれも主人公はジャン・ヴァルジャンのモデルである。思軒は早くから『レ・ミゼラブル』を愛読し、『レ・ミゼラブル』に深い関心を寄せ、ユゴー作品翻訳の序文や注釈の中で、たびたび『レ・ミゼラブル』（思軒は「哀史」と訳す）に触れている。彼は、四十才になったら『レ・ミゼラブル』の翻訳に手をつけたいと身近な人に漏らしていたが、夢は叶わず、三十六才で若死にした。にもかかわらず、ユゴーの人道主義や社会思想から導き出した「社会の罪」という思軒独自の思想は、当時の若い文学者たちに強い影響を与えた。

思軒の弟子にあたる原抱一庵（一八六六〜一九〇四）はその中の一人である。彼は社会小説の傑作『闇中政治家』を書いたのみならず、森田思軒に劣らず非常に真摯な態度で『レ・ミゼラブル』を翻訳し、部分訳「ジャンバルジアン」、「哀史の片鱗」、「ＡＢＣ組合」、「『水、冥』篇」や翻案「暁鐘」を続々と発表した。そのうち、「ＡＢＣ組合」は明治三十五年内外出版協会によって単行本としても出版された。そればかりでなく、原抱一庵は『早稲田文学』（第九十九号と第百号、明治二十八年十一月）に「『哀史』を読む」という文章を寄せ、『レ・ミゼラブル』の内容や登場人物を紹介し、ユゴーの思想について述べ、抱一庵自身の翻訳と感想も語っている。当時、樋口一葉も原抱一庵訳「ジャンバルジアン」を読んだようで、「琴の音」という作品の創作が抱一庵訳と関連があると指摘されている。(8)

原抱一庵がユゴーの『レ・ミゼラブル』に興味を持ったのは森田思軒から影響を受けたためだけでなく、福島事件の巻き添えで未決監に入れられた経験とも関係していると思われる。抱一庵は「『哀史』を読む」（『早稲田文学』第百号）の最後では以下のように記している。

今歳十月郷里に歸省す、郷人諡げて曰く「今年に入りて福島監獄に於て死刑を執行する前後八回、蓋し監獄ありてより未曾有のこと」と余は端なくユーゴー先生の『造化が一個人に賦したる所のものは願くは社會をして之を成就せしめよ』の句を憶ひ起し慚恨啻に背に汗するのみにあらざりき。感愴悲苦ある毎に余は輙ち『哀史』を讀む。歸省半月閉戸客と絶ち親む所只だ此の一本のみ。讀むこと幾たびにして感恒ねに新たなり。閑窓孤坐思緒のゆくに任かせ漫筆随記して遥かに『早稲田文學』記者に寄す。

ユーゴー文學に就て不肖の見る所何ぞ之に盡きむ。記者若し之を許さば既に半ばを稿脱せる『哀史片鱗』（哀史の抄譯）とともに再び貴紙を瀆さんかな。

乙未十月下澣郷里福島に於て　原　生　誌す。(9)

「乙未十月」は明治二十八年十月である。この時期は抱一庵が貧困のどん底に陥り、福島と東京間をしばしば往復していたらしい。当時福島監獄の死刑執行に関心を寄せ、ユゴーの「社会の罪」と「死刑廃止」の考え方に共鳴していたと見られる。

明治三十年代には政治的傾向が弱まり、もっぱらユゴーの文学的側面が衆目を集めるに至る。思軒の死後（明治三十年十一月）、彼の晩年の知己である黒岩涙香（一八六二〜一九二〇）がその遺志を受け継ぎ、思軒手沢の英訳本から『レ・ミゼラブル』を訳出し、『噫無情』と題して明治三十五（一九〇二）年十月八日から明治三十六（一九〇三）年八月二十二日にかけて『萬朝報』に連載する。これが爆発的な人気を博したために、『萬朝報』の発行部数が倍増しただけでなく、明治三十九（一九〇六）年には扶桑堂より単行本（二冊で、前編は一月に刊行、後編は二月に刊行）も出された。この訳業は、明治期におけるユゴー作品の翻訳が絶頂期を迎えたことを象徴的に表わし、明治・大正・昭和を通じての不朽の名作となった。

明治期における『レ・ミゼラブル』（*Les Misérables*, 1862）の日本語訳や翻案を統計すれば、以下の通りである。

・眉嶺山撫（井上勤）訳「寸断分裂／美人之腸」（『文学之花』明治二十年十二月）
・渺茫居士（長沢別天）訳「落魄」（『筆之力』明治二十二年六月）
・採菊散人補綴「配所の月」（『やまと新聞』明治二十四年四月〜六月十三日）

・古桐軒主人（田山花袋）翻案「山水家」（『千紫万紅』第八号、明治二十五年三月二十五日）
・原抱一庵訳「ジャンバルジアン」（『国民新聞』明治二十五年五月八日〜八月二十八日）
・無名氏（原抱一庵）訳「哀史の片鱗」（『自由新聞』明治二十六年一月十五日〜二月二日）[10]
・原抱一庵訳「ＡＢＣ組合」（『少年園』明治二十七年十一月三日〜明治二十八年四月十八日）
・福地桜痴翻案「噫浮世」（『朝野新聞』明治二十八年十一月）
・原抱一庵翻案「暁鐘」（『太陽』明治二十九年四月）
・原抱一庵訳「『水、冥』篇」（『文芸倶楽部』第二巻第九編、明治二十九年七月二十五日）
・福地桜痴翻案「あわれ浮世」（『太陽』明治三十年一月〜四月）
・原抱一庵訳『ＡＢＣ組合』（単行本）（内外出版協会、明治三十五年二月）
・原抱一庵訳「ミリエル僧正（ユーゴー理想の人格）」（『中央公論』明治三十五年九月）
・黒岩涙香訳「噫無情」（『萬朝報』明治三十五年十月（小引八日）九日〜明治三十六年八月二十二日）
・山路愛山訳『懺悔』（『民友社』明治三十六年二月）
・高安月郊訳「浮世之責」（『文芸界』明治三十六年六月）
・黒岩涙香訳『噫無情』（単行本、二冊）（扶桑堂、明治三十九年一月、後編二月刊）
・雨絃訳「恋の魔」（「哀史」より）（『文庫』明治三十九年四月）

二　清末民初における『レ・ミゼラブル』の漢訳と明治期のユゴー・ブーム

魯迅訳「哀塵」（『浙江潮』第五期、一九〇三年六月十五日）はまさに日本でのこういうユゴー・ブームに乗って登場して来たと工藤貴正は指摘している。[11] いうまでもなく、魯迅（一八八一〜一九三六）は一九〇二年四月から一九〇九年八月にかけて日本に留学し、日本との関係が非常に深かった。涙香訳『噫無情』の連載中も、その単行本が出される際も、魯迅はちょうど日本に留学していた。しかし、「哀塵」の底本に使用されたのは涙香訳ではなく、「周密文体」の完成者といわれる森田思軒の日本語訳「随見録――フハンティーン Fantine のもと(千八百四十一年)」である。[12] そして、魯迅は「哀塵」の「附記」において、思軒の日本語訳題「哀史」をそのまま引用して、ユゴーの代表作『レ・ミゼラブル』に言及している。[13] これはまた中国における『レ・ミゼラブル』に触れた最初の文章だと言われている。魯迅は後に森田思軒訳『懐旧』も購入している。いつごろから定着されたかをつきとめるのは難しいが、中国において『レ・ミゼラブル』は長い間「哀史」という訳名で広く知られていたことは確実である。[14]

　蘇曼殊の翻案小説「惨社会」も黒岩涙香訳『噫無情』がもたらしたユゴー・ブームに促されて誕生したものと考えられる。蘇曼殊は一九〇二年に早稲田大学に留学し、一九〇三年に「拒俄義勇隊」への参加のため、九月に帰国を強いられたが、同年十月八日から十二月三日にかけて、「惨社会」を『国民日日報』に連載した。これは半分創作半分翻訳の小説でありながら、『レ・ミゼラブル』の最初の中国語訳となっている。「惨社会」は後に「惨世界」と改名され、一九〇四年に鏡今書局より単行本として出版された。当時、この蘇曼殊訳は広範に読まれ、一般の読者に大きな反響を呼んだだけでなく、魯迅と周作人兄弟までその影響を受けてユゴー作品の愛読者となった。[15]『惨社会』を皮切りに、『レ・ミゼラブル』は次から次へと中国語に翻訳される。清末民初時代、『惨世界』以外にもう一種類の『レ・ミゼラブル』漢訳の単行本がある。これは商務印書館編訳所によって訳された『（砺志小説）孤星涙』(一九〇七年、商務印書館。上下二冊、全部で五十回)である。残った五種類はいずれも断片的なもので、新聞雑誌に掲載されているものである。

　『（砺志小説）孤星涙』は豪傑訳とはいえ、小説のもとの筋立てが全部残っており、『レ・ミゼラブル』の中国語のダイジェスト版と言える。『砺志小説孤星涙』が当時の読者に深い感銘を与えたことは『小説林』や『小説月報』に寄せられた文章から読み取ることができる。[16] その底本は確定されていないが、当時の商務印書館が日本の金港堂と合併していることから推測すると、この訳も日本と関わっているのではないか。しかし、訳文の中に西洋文が残されているため、日本語訳を使用して翻訳に当たったたとは想像しがたい。

『女子世界』第二年第四、五期（原十六・十七期）の合併号に周作人訳「天鷚児（ヒバリ）」が載せられた。周作人は当時まだ日本語を解さないにもかかわらず、魯迅を通して日本のユゴー翻訳状況を十分に把握していたらしい。[17] 周作人は「魯迅与清末文壇」において、魯迅が彼のためにアメリカで出版された八冊本の英語訳ユゴー選集を買ってくれたと語っている。[18] もしかすると、「天鷚兒（ヒバリ）」の翻訳に使われた底本もアメリカ版ユゴー選集かもしれない。

一九〇七年四月二日に『神州日報』が創刊されてまもなく、四月十四日から秋水訳「奇囚」を連載しはじめ、五月五日に第二十二回訳載後、未完のまま幕切れを迎えた。中国における『神州日報』を調査した結果、残念ながら、現在では「奇囚」の第十八回（五月一日）〜第二十二回（五月五日）しか入手できない。この五回を読んでみると、注目に値するのは、第二十二回では「ファンテイーヌ」は「華姑娘」と、「コゼット」は「小雪」と訳されていることである。これはどうしても黒岩涙香訳『噫無情』を思い出させずにはおかない。『噫無情』では、主要登場人物について、涙香は音の要素と人物設定を巧みに案配し、読者に親しみやすい漢字に置き換えている。例えば、「ファンテイーヌ」を「華子」、「コゼット」を「小雪」、「ジャン・ヴァルジャン」を「戎瓦戎」、「ジャヴェール」を「蛇兵太」と訳している。この「華姑娘」と「小雪」の訳し方は涙香訳「華子」と「小雪」を彷彿させるのではないだろうか。「奇囚」の第十八回〜第二十二回の内容を『噫無情』に照合してみれば、『噫無情』の「(十五) 蛇兵太」、「(十六) 星部父老」、「(十七) 死でも此御恩は」に相当する。資料不足のため速断は慎みたいが、秋水が「奇囚」の翻訳に際して『噫無情』を参照した可能性は否定できないと思う。

一九〇七年八月十六日から九月四日にかけて、陳景韓は「哀史之一節逸犯」という題でマドレーヌ市長が様々な困難を克服して自首し、無辜なシャンマティユーを救う部分の内容を訳出し、『時報』に連載した。日本留学の経験を持ち、日本語が堪能な彼には日本語訳に基づいて重訳した欧米作品が数多くある。こうした背景を鑑みるに、「哀史之一節逸犯」の底本は日本語訳である可能性が非常に高い。これについて、第三節で詳述したいと思う。さらに、一九一五年六月、『娯閑録』二十二期に載せられた解吾訳「社会小説天民涙」はミリエル司教に関する内容であり、一九一六年『小説時報』第二十八号に掲載されている孝宗訳「名家小説怪客」は、マドレーヌ市長がコゼットをテルナディエ夫婦のところから請け出す内容である。解吾訳「社会小説天民涙」と孝宗訳「名家小説怪客」について、殆ど資料が見つけられていないため、日本語訳と関係があるかどうか、現在のところは明らかでない。

『レ・ミゼラブル』の漢訳について、従来の研究は殆ど蘇曼殊訳『惨世界』に集中しており、他の訳本ついては、『レ・ミゼラブル』の漢訳であることが認識されている段階にとどまっている。ゆえに、『レ・ミゼラブル』の中国への移入について、明らかになっていないところが数多くある。以下では、これまであまり注目を集めてこなかった周作人訳「天鷚兒（ヒバリ）」と陳景韓訳「哀史之一節逸犯」に対象を絞り、考察を試みてみたい。なお、この二点の翻訳はいずれも明治期日本におけるユゴー・ブームと深く関わっているものであり、日本経由というルートを考察するための二つのジャンルの好事例だと考えられる。

第二節　周作人訳「天鷚児（ヒバリ）」

周作人（一八八五～一九七六）は一九〇一年五月から一九〇六年六月にかけて（所謂南京修学時代）江南水師

学堂で勉強し、英語で書かれた教科書を使ったため、英語が得意になった。この時期に鍛えられた英語力はのちに、彼の生涯にわたって、外国文学を吸収するに欠かせない有効な手段となった。周作人の翻訳活動は在学中の一九〇四年ごろから始められたのである。「天鷚兒（ヒバリ）」（署名は黒石、『女子世界』第二年第四、五期の合併号（原十六・十七期））はまさにこの時期に発表されたものであり、これ以外に、また「侠女奴」（『女子世界』第八・九・十一・十二期、一九〇四年）、「女猟人」（『女子世界』第二年第一期、一九〇五年）、『玉虫縁』（小説林社、一九〇五年五月）、「荒磯」（『女子世界』第二年二、三期、一九〇五年）などが挙げられる。言うまでもなく、これらの作品はすべて英語訳を通して翻訳されたのである。

周作人のヴィクトル・ユゴーの受容については、工藤貴正がその「半分創作、半分盗作」の『孤児記』（小説林社、一九〇六年）をめぐって、周作人自身の言説に基づき、詳細な考察を行っている。[19]『孤児記』は第一章から第八章までが創作、第九章から第十四章までがヴィクトル・ユゴー *Claude Gueux* からの訳述・模作であると指摘され、周作人『孤児記』執筆の動機となったユゴーへの共感の周縁には、兄魯迅のユゴー翻訳作品『哀塵』と魯迅から寄せられた日本におけるユゴー作品翻訳ブームの情報が影響していたことも指摘されている。また、周作人と『レ・ミゼラブル』との関わりについて、以下のように指摘する。

『孤児記』は西の文人の記述である「ユーゴーの『哀史』に感動し」、「ひそかにその感慨に基づき」、「世の中に対する不平」すなわち「孤独、奴隷、乞食、病気、窃盗、殺人は現状でもやはりそのままである」原因を「小説に託し」、「孤児という設定で強調して」書いたものである。ところが、資料〔2〕で、「八冊一揃えのアメリカ版のユーゴー選集」が「これは今までみたことも無い大著だったし、量も多く一篇が長かったので、多くを読むことはできなかった」と書いている。その中一番長いのが『レ・ミゼラブル』五巻で、周作人も「『哀史』はユーゴーの名著で合わせて五巻ある」と書く。この二つの内容は矛盾するが、同時にここから、周作人が感動した『哀史』とは、『レ・ミゼラブル』の作品世界全体ではなく、『レ・ミゼラブル』について触れる周辺の文章、仮に『レ・ミゼラブル』を読んでいたとしても部分読みかせいぜい第一巻「ファンテーヌ」ぐらいまでであろうと、推測される。しかし、『孤児記』成立の時期までに、『Claude Gueux』は完読していたことは確かである。資料〔2〕の周作人の言説に従えば、『死刑囚最後の日』(『死囚的末日』)もかなり読んでいたのだろう。[20]

簡単にいえば、周作人は『レ・ミゼラブル』に感動したとはいえ、その小説を全部読んだのではなく、第一巻ぐらいしか読まなかったという推測である。さらに、『レ・ミゼラブル』の部分訳である「天鷚兒（ヒバリ）」を視野に入れて分析すれば、周作人は確かにその第一巻を読んだということが分かる。

「天鷚兒（ヒバリ）」の内容は次のようである。ファンティーヌは愛人のトロミエスに捨てられた後、貧しい生活を送り、やむを得ず、私生児である娘を飲食店のテルナディエ夫婦のところに預け、一人で故郷へ戻り、工場で働くようになる。テルナディエ夫婦はコゼットを預かったが、ファンティーヌのお金を詐取し、コゼットを酷使、虐待したという話である。この内容は豊島与志雄訳『レ・ミゼラブル』(全四冊、岩波書店、一九八七年四月)を参照するなら、その第一部「ファンティーヌ」の第四編「委託は時に放棄となる」の第一節「母と母の出会い」と第三節「アルーエット」に相当する。Isabel F. Hapgood 訳 *Les Misérables* (translated from the French, in five volumes, New York: Thomas Y. Crowell & co. 1887) を参照すると、その Vol.1 の Book fourth—To Confide is sometimes to deliver into a person's power. の 1.One Mother meets Another Mother と3. The Lark に相当する。したがって、これは周作人が『レ・ミゼラブル』の第一巻「ファンティーヌ」を読んだ証拠になる。

南京修学時代、周作人は梁啓超の文学をもって民衆を啓蒙するという思想の影響を受けたため、初期の翻訳はほとんど啓蒙的な色彩を帯びている。この時期に、彼は女性や子供の社会における存在や生存についての問題意識を持ち、原稿をほとんど婦人の啓蒙を重視した雑誌『女子世界』へ投稿した。「天鷚兒（ヒバリ）」も、初期の文筆活動の共通する特徴を有し、当時の中国の女性と子供への関心を示した翻訳である。この点は「天鷚兒（ヒバリ）」に付けられた附記から窺える。

訳者曰く、これパリの秘密なり。又曰く、これ中国の常事なり。記者をこの世に生かしむれば、吾れ思へらく、多忙なきを得んや、嫁や、妾や、孤児や、下女や、多きかな。多忙なり！[21]

周作人は「天鷚兒（ヒバリ）」の内容を当時の中国社会と結びつけ、中国においてファンティーヌのような捨てられた女性とコゼットのような子供の時から酷使された女の子（例えば「童養媳」）が多かったという現実を風刺したのである。これを孤児の惨状を描いた『孤児記』と照合してみれば、周作人は『レ・ミゼラブル』から、婦人と子供を発見し、中国社会が人として生きていけない世界であることを告発しようと意図したということが読み取れるだろう。

ところが、周作人はファンティーヌが騙され、コゼットが虐待される内容を選んで翻訳したのは、やはり魯迅訳「哀塵」から影響を受けたためだと思われる。「哀塵」附記において、魯迅は森田思軒訳「随見録－ファンティーン（千八百四十一年）」の序文の前半を忠実に翻訳し、ファンティーヌについて「芳梯者，哀史中之一人。生而為無心薄命之賤女子，復不幸舉一女，閲盡為母之哀，而転輾苦痛於社會之陷穽者其人也（ファンティーヌは『レ・

ミゼラブル』の中の一人である。無心なる薄命なる賤しい女子として生まれ、また不幸に一女児を挙げ、母なる者の哀を閲し盡し、転々と社会の陥穽（弊習欠陥）に苦しめられる人物である）[22]」と述べている。これは周作人訳「天鷚兒（ヒバリ）」の内容の概括と看做しても構わないであろう。また、魯迅はここで「ファンティーヌ」を「芳梯」と訳し、周作人は「天鷚兒（ヒバリ）」においても、「ファンティーヌ」を「芳梯」と訳している。これは偶然の一致とは考えられず、周作人が魯迅の訳を援用したと考えられる。それればかりでなく、魯迅は「哀塵」附記の最後において、「使嚣俄而生斯世也，則剖南山之竹，會有窮時，而哀史輟書，其在何日歟，其在何日歟（ユゴーをしてこの世に生かしむれば、すなわち南山の竹をきりてこれを窮むる時あろうとも、『レ・ミゼラブル』（哀史）の書くをやむること、それ何れの日にあらんや、それ何れの日にあらんや[23]）」というふうに自分の感想を語っている。周作人が「天鷚兒（ヒバリ）」の附記において語った「使記者生此世，吾思得無忙煞，忙煞！（記者をこの世に生かしむれば、吾れ思へらく、多忙なきを得んや、多忙なり！）」という言葉は、まさに魯迅の感想の言い換えだと考えられる。

なお、「天鷚兒（ヒバリ）」ではファンティーヌを除いて、またテナルディエ、トロミエス、コゼットの名前が出てくる。周作人はそれぞれを覃那大、多羅抹、康雪と訳している。このうち、特に注目すべきは、「康雪」という訳し方である。「芳梯」、「覃那大」、「多羅抹」というような名前は、すぐに外国人の名前であると考えられるが、「康雪」はどうしても中国人の女の子の名前のようにみえる。「康」は「コゼット（Cosette）」の「Co」の音訳だと想像できるが、「雪」はどこに由来しているのだろうか。もし、魯迅から、日本において黒岩涙香訳『噫無情』が大流行しているという情報を入手できたとするならば、「雪」という訳は黒岩涙香訳「小雪」からの借用であるという解釈が成立するかもしれない。しかし、今の段階では、まだ証拠が不十分で、仮説を提起するだけに留めたい。

上述してきたことを踏まえ、さらに魯迅のユゴー翻訳について考えたい。なぜ当時日本にいた魯迅が人気を博していた『噫無情』を底本とせず、森田思軒訳を底本として使ったのだろうか。単に思軒の訳のほうが原文に忠実であったという理由からではなく、その序文に述べられた「社会の罪」という思想が魯迅の感銘を引き起こしたことがもっとも重要な理由だと考えられる。「哀塵」の附記にしても、「天鵝児（ヒバリ）」の附記にしても、周氏兄弟の社会啓蒙意識がかなり読み取れるのである。日本においては、すでに『レ・ミゼラブル』の文学性を重視する段階に入ったにもかかわらず、梁啓超の「小説は民智を啓発するための有効な道具である」という論調の影響を受けた魯迅と周作人は、やはり明治二十年代のユゴー観に従い、『レ・ミゼラブル』を中国の現実と結びつけ、民衆の啓蒙に利用したのである。

第三節　陳景韓訳「哀史之一節逸犯」

一　陳景韓のユゴー翻訳と日本

清末民初における『レ・ミゼラブル』の漢訳は多かれ少なかれ日本と関わっている。陳景韓訳「哀史之一節逸犯」も例外なく、日本と深い関係を持っている。「哀史之一節逸犯」がどういうふうに日本と関係付けられているかを究明するには、まず、訳者の陳景韓について見てみる必要がある。

陳景韓（一八七八～一九六五）は江蘇松江（現在上海に属している）の出身で、近代中国における著名なジャーナリストであり、小説家かつ翻訳家である。一八九九年暮から一九〇二年にかけて日本に留学し[24]、東京専門学校（早稲田大学の前身）で文学を専攻していた。早稲田大学の文学部といえば、文芸雑誌『早稲田文学』の揺籃の地に当たり、坪内逍遥、島村抱月などの多くの文学者がそこに集まっていた。こうした環境の下で、陳景韓は日本語を身につけただけでなく、日本文壇の動向も把握していたと推測できる。帰国後、『大陸報』、『時報』、『申報』の主筆を歴任し、『新新小説』、『月月小説』、『小説時報』などの編集にも参与していた彼は、ジャーナリストとして活躍していた一方、小説の創作と翻訳にも非常に力を入れていた。陳景韓は明治二十年代から三十年代にかけて日本の文壇で重要な役割を果たした森田思軒、黒岩涙香、原抱一庵らの訳作を下敷きに数多くの欧米小説の翻訳に手を染めたと指摘されている。[25] 日本留学の経験は彼の文学活動に大きく寄与していたのである。

陳景韓はまた森田思軒、原抱一庵、黒岩涙香と同様、ユゴー翻訳に熱心であった。彼は一九〇三年に「遊皮」（『偵探談一』時中書局、一九〇三年）を訳出し、一九〇七年にユゴーの『レ・ミゼラブル』の部分訳である「哀史之一節逸犯」を『時報』に連載した。のみならず、彼は『ノートル・ダム・ド・パリ』（*Notre-Dame de Paris*, 1831）の翻訳にも手を染め、その部分訳である「聾裁判」（『小説時報』第四期、一九一〇年）と「売解女児」（『小説時報』第九期、一九一一年）を発表するに至った。この二つの訳は断片的なものとはいえ、『ノートル・ダム・ド・パリ』の最初の中国語訳である。そういう意味では、陳景韓は清末民初におけるユゴー漢訳の先駆者であると言えよう。ちなみに、陳景韓訳『遊皮』の底本は森田思軒訳「探偵ユーベル」であると指摘されている。[26] 日本におけるユゴーの翻訳の実態を知る上で、陳景韓自身が日本留学中に蓄積した知識は重要であったが、周囲の人のユゴー翻訳も陳景韓に重要な情報源を提供したと考えられる。森田思軒訳を下敷きに、ユゴーの『死刑囚最後の日』を翻訳した包天笑は陳景韓の親友であり、同じく『時報』の主筆である。この二人はお互いに文筆活動の重要なパートナーであり、『時報』や『小説時報』の編集などに常に協力し合った。また、黒岩涙香訳『噫無情』から影響をうけた狄葆賢は『時報』の社長にあたり、陳景韓と深い関わりを持っていた。そのため、仮に陳景韓が森田思軒や黒岩涙香のユゴー翻訳に親しまなかったとしても、包天笑や狄葆賢から知ることができたと考えられる。したがって、「哀史之一節逸犯」の翻訳を検討する際、日本からの影響、特に森田思軒、原抱一庵及び黒岩涙香からの影響が看過できないと思われる。

二　「哀史之一節逸犯」の底本の考察

（一）可能性のある日本語訳

実は、「哀史之一節逸犯」の訳文には日本語的要素が見られる。例えば、「彼」、「田舎」、「果物」というような単語は明らかに日本語のままである。すでに述べてきたように、陳景韓のユゴー翻訳は明治期日本におけるユゴー翻訳と切っても切れない関係である。「哀史之一節逸犯」の底本は日本語訳であるかもしれない。ならば、その底本はいったい誰の訳であろうか。

「哀史之一節逸犯」の底本を確定するために、まず内容の重なる日本語訳を選び出す必要がある。明治期における『レ・ミゼラブル』の日本語訳を確認した結果、「哀史之一節逸犯」の内容と重なるものは二つしかない。そして、この二つの訳はいずれも陳景韓が愛読し評価していた翻訳者の訳業である。すなわち、原抱一庵の翻案「暁鐘」と黒岩涙香訳『噫無情』である。

ストーリーからみれば、「哀史之一節逸犯」の梗概は「暁鐘」とほぼ同様であり、一方、『噫無情』のごく一部分（（十四）斑井の父老（二十三）運命の網（後半）（二十四）本統の戎瓦戎が（廿五）不思議な次第（二十六）難場の中の難場（二十七）永久の火（二十八）天國の悪魔、地獄の天人（二十九）運命の手（三十）聞けば兒守歌である（三十一）重懲役終身に（三十二）合議室（三十三）傍聴席一（三十四）傍聴席二（三十五）傍聴席三（三十六）傍聴席四（三十七）傍聴席五）に相当する。

また、小説の人物名に注目すれば、「哀史之一節逸犯」に登場する「馬十郎」は、「暁鐘」では「チヤブマソー」と記されるが、『噫無情』では同じく「馬十郎」という名前である。これは陳景韓が黒岩涙香訳『噫無情』を参照した最も重要な証拠だと考えられる。さらに、「哀史之一節逸犯」では「ジャヴェール」を「甲必丹」、「ジャン・ヴァルジャン」を「(野猫子) 金鉢兒」、「マドレーヌ」を「麦多」と訳している。これらの人物の訳名はいかにも『神州日報』連載の「奇囚」を彷彿させる。「奇囚」において、上記の登場人物はそれぞれ「甲必大」、「金鉢兒」、「麦迭」という訳名である。一つの仮説を立ててみれば、陳景韓は「哀史之一節逸犯」を翻訳する際、「奇囚」を意識していたと思われる。『神州日報』は一九〇七年四月二日に上海で創刊され、紙面と欄の設置は『時報』に倣ったところが多いと言われている。当時『時報』の主筆を務めていた陳景韓が、新聞界の動向を常に関心を持ち、『神州日報』の誕生及び『神州日報』に最初に掲載された翻訳小説「奇囚」に注目していたこともありうるであろう。「奇囚」の底本は『噫無情』である可能性があるということを思い合わせれば、当時の中国では『噫無情』が入手できたということも想像できる。「哀史之一節逸犯」の底本が『噫無情』である可能性はかなり高いと考えられる。しかし、これはあくまでも推測にすぎない。その底本を確定するには、さらに「哀史之一節逸犯」を「暁鐘」と、そして『噫無情』と詳しく比較する必要がある。

(二) 底本の推定

以下では、「人名・地名の比較」及び「プロットの比較」を通して、「哀史之一節逸犯」の底本を考察してみようと思う。比較するまえに、まず、使用されるテキストについて説明しておきたい。「哀史之一節逸犯」と「暁鐘」は初出版本を使用するが、『噫無情』は一九〇六年に出版された単行本を用いる。なぜなら、一九〇二年十月から一九〇三年八月にかけて連載されていた「噫無情」は保存することも、蒐集することも難しく、底本とされる可能性がひくい。帰国後も常に日本の文学界に関心を寄せ、情報をいち早く獲得できる立場にあった陳景韓にとって、むしろ、一九〇六年に刊行されたばかりの単行本『噫無情』のほうが入手しやすかったと思われる。(27) 従って、ここでは敢えて一九〇六年の単行本『噫無情』を取り上げる。ただし、紙幅の関係で、比較する際、原文を引用せず、内容を要約して説明するにとどめる場合もある。

【逸】陳景韓訳「哀史之一節 逸犯」(『時報』一九〇七年八月十六日～九月四日)
【暁】原抱一庵訳「暁鐘」(『太陽』第二巻第七号、一八九六年四月)
【噫】黒岩涙香訳『噫無情』(扶桑堂、一九〇六年)

(1) 人名・地名の比較

【逸】	【暁】	【噫】
甲必丹	ヂヤベル	蛇兵太(ちやびやうた)
麥多	マデライン	斑井(まだらゐ)
馬十郎	チヤブマソー	馬十郎(うま)
(野猫子)金鉢兒	ジヤンバルジヤン	戎瓦戎(ちやんばるちやん)
尼爾得	*なし	仙(せん)ニルドー
谷希培	*なし	古(こ)シエベル
白波馬車行	*なし	バループと云ふ馬車屋
蒙都市	m－市	モントリウル
愛琴驛	ヘスデンの一旅亭	ヘスヂンと云ふ驛
葛羅渓	エーリー、ル、ホー	クロチェ

*【分析】人名を検討してみると、「暁鐘」には、「哀史之一節逸犯」で登場する証人「尼爾得」と「谷希培」に当たる人物は存在しない。麦多市長が彼らと顔を突き合わせる場面もない。一方、『噫無情』ではこの二人に相当する人物が登場する。地名からみれば、「哀史之一節逸犯」の「白波馬車行」と『噫無情』の「バループと云ふ馬車屋」が似ているのに対して、「暁鐘」には馬車屋に相当する場所がない。その上、「蒙都市」の訳し方も恐らく「暁鐘」の「m－市」から来たものとは思われない。また、「哀史之一節逸犯」の中の「愛琴驛」の「驛」は日本語のままで、それも『噫無情』の訳を参照した証拠だと思われる。さらに、「哀史之一節逸犯」にある「葛羅渓」という地名の中国語の発音は『噫無情』の「クロチェ」の発音に近く、「暁鐘」の「エーリー、ル、ホー」に関係づけることは難しい。

（２）プロットの比較

①市長の来歴

【逸】且説、法國東西部蒙都市。夙為有名商埠、地産珠玉飾物、凡英徳等國婦女所用諸品、類能仿造、市面甚形繁盛。自後所出原料漸少、市面亦因而漸衰。至一千八百十五年、忽来一遠方客民、始營橡皮業、人甚勤懇、所出品物亦佳、遠近之人購者漸多。始僅設一小廠、後乃漸漸擴充至成一極大工場、蒙都市商業中推為巨擘、蒙都市之繁盛、亦頓復舊観。自客民来蒙都市五六年後、市中之民深得信用、屡願擧彼為市長、彼均辭不就。自後聲聞漸廣、所營之業益形發達、且宅心仁厚、諸凡慈善事業、無不盡力扶持。因之、巴黎政府聞之、准市民之請、特命授彼為蒙都市市長。再辭不獲、乃以客民之資格、一躍而據市長之位。市中之民聞之、莫不欣愛。市長姓麥名多、年近五十、沈默寡言、立身嚴正。自為市長後、不改常度。以故不第市内之人心誠悦服、即鄰近村市亦無不同聲欣羨。（八月十六日）

(さて、フランス東西部の蒙都市は、早くから有名な開港場であり、珠玉の飾り物を産出する土地である。凡そ英国や独逸などで婦人が使った諸物は、すべて模作できるから、市況は甚だ繁盛していた。後に産出する原料が次第に減ってきたため、市況も次第に衰えた。千八百十五年に至り、突然遠方から一人の旅人がやってきて、ゴム製造業を経営し始めたが、非常に勤勉かつ誠実で、製品も良いため、遠方からも近辺からも買いにくる者が次第に増えてきた。初めは、一つ小さな工場を設けただけだったが、後に次第に拡大して極めて大きい工場になり、蒙都市商業界の中でも大手に数えられるようになり、蒙都市の繁盛もにわかに以前の様子を取り戻した。この旅人が蒙都市に来て五、六年後、市民は彼を深く信用し、たびたび彼を市長に推挙したが、彼は尽く辞して就かなかった。その後、名声は次第に広がり、営む会社も益々発展していき、更には思いやりがあって心が寛大で、あらゆる慈善事業に尽力して援助しないことはない。そのため、パリ政府がこれを聞きつけ、市民の請願をいれて、特別に任命して彼に蒙都市市長の座を授けた。再び辞するも許されず、旅人の資格で、一躍して市長の地位に昇ったのである。市民はこのことを聞くと、みな欣喜雀躍した。市長は姓は麦、名は多、年は五十近く、寡黙で事を処することが厳正である。市長に就任してからも、いつもの態度は変わらなかった。ゆえに、蒙都市の人々が心から承服しているのみならず、近くの村や町でさえ羨ましく思わない者はなかった。)

【暁】＊相当する内容はない。

【噫】小雪の郷里モントリウルと云ふは、昔から英國産や獨逸産の珠玉や鎊物を摸作し、婦人の、装飾用として諸方へ積出す土地であるが、近来原料の直が騰貴した為め、自然商賣が衰へて、土地總躰に殆ど見る影も無い迄に疲弊して居た。所が、千八百十五年(戎瓦戎が僧正の家に宿つた年)の暮に何者とも知れぬ旅人が来て、木の脂や護謨などを以て其品を製造する事を初めた、誠に容易な改良では有るけれど、原料も安く、手間も少く、其上に出来揚りが見事なので、一時に聲價を高くして、寂れた町が纔の間に回復し土地總躰に、昔に幾倍する繁昌を来した、眞に工業的の革命が行はれたと云ふ者だ。（中略）彼れの年は五十左右と見受けられた、氣質は至て柔和で有る。（中略）地方廳から、彼れの功績を中央政府へ上申した、彼れは國王から土地の市長に任命せられた、けれど彼れは辭した。（中略）愈よ出て愈よ現はれるのは彼れの徳だ、終に市會が全會一致で彼れを市長に推選した、國王から再び其の任命が来た、彼れは又も之を辭した、けれど今度は地方廳が、其の辭表を取次がぬ、市中の重なる者は、或は自身で、或は總体を立てゝ、毎日の様に彼れの許へ、就職の勧告に来た（中略）彼れは終に就職した、善を行ひ功徳を積むと云ふ考へで就職したのだ、斑井父老と呼ばれた身が終に斑井市長と尊はるゝ事に成た。（五五〜五八頁）

*【分析】「哀史之一節逸犯」は冒頭で麦多市長の来歴について紹介している。しかしこの内容は「暁鐘」にはない。一方、『噫無情』では三頁くらいを費やしてこのことについて述べている。「哀史之一節逸犯」の冒頭の内容はすべて『噫無情』に見出せる。しかし、簡略化されており、むしろ『噫無情』のそれの要約と言える。

②前科者を見破った証拠

【逸】大凡多年監禁的人、歩履必然和平常人不同。多年監禁必然是個兇犯、兇犯必然常想越獄。官吏恐他越獄、必然常用重鐐鐐其雙足。雙足受鐐既久、歩履自然有異。現在下官細視市長歩履之間、郤和曾受重鐐的囚犯相同、因此又生一重疑惑。（八月十六日）

（およそ長い年月収監された人は歩き方が必ず普通の人と違う。長い年月収監されるというのは必ず兇悪な犯人である。兇悪な犯人は必ず常に脱獄しようとする。官吏は彼の脱獄を恐れ、必ず常に彼の両足に重い足かせをかける。久しく足かせをかけられていると、歩き方は自然と異様なものとなる。今私は市長殿の歩き方を細かく見るに、それはかつて重い足かせをかけられていた囚人と同じだ。そのため、より一層疑いを深めた。)

【暁】＊相当する内容はない。

【噫】第一貴方の歩み振が何だか足を引擦る様に見えるのです、是は牢の中に長く居て、足へ重い分銅を着けられて居た人の歩み振だと私しは此様に思ひました、御存じの通り、重い懲役人の中で、危険な奴と認められた者は足へ分銅を着けられるのです。分銅を着けられて長く居る間には、足の癖が違て異様な歩み方をする様に成り、人に依ると生涯其癖が抜けません、貴方の歩み振には何だか其様に見える所が有りますので扨は長く懲役に居た事の有る大變な前科者だと思ひました。(九二頁)

＊【分析】市長の歩き方について、『噫無情』では非常に詳しく描かれている。しかし、筆者は『レ・ミゼラブル』のフランス語原文を確認したが、その中には「votre jambe qui traîne un peu」[28]という短い文しかない。このような相違はいったいどのようにして生まれたのか。これを究明するには、まず黒岩涙香が利用した英語底本における市長の歩き方に関する描写を確認しておかなければならない。涙香が『噫無情』の翻訳に当たって、森田思軒の手沢の英語訳『レ・ミゼラブル』を底本として使用したことは明らかであるが、いったいどの英語訳であるかは不明である。当時、森田思軒と原抱一庵、そして黒岩涙香は非常に深い関係にあり、原抱一庵が訳したウジェーヌ・シューの『巴黎の秘密』(冨山房、明治三十七年一月)の自序によると「思軒居士在世の砌り、居士は後者の譯(『巴黎の秘密』)を涙香小史に奨めき、然れども、涙香辞して譯せず、翻って余に勧めぬ、余、譯を敢てせり」とあり、訳本について互いに相談することがあったらしい。従って、『レ・ミゼラブル』の翻訳に手を染めた抱一庵が使用した英語底本は涙香と同じく、森田思軒の手沢本である可能性がたかい。筆者は

かつて原抱一庵が「ジャンバルジアン」を翻訳する際に参照した底本について考察したが、これはCharles E. Wilbour の英訳であると確定した。[29] 従って、森田思軒の手沢本もCharles E. Wilbour の英訳であるかもしれない。無論、確定するまでにはまだ考証が必要であるが、本稿では涙香訳の独自性を比較検討するために、一応Charles E. Wilbour の英訳を参照物として取り上げたいと考えている。

Charles E. Wilbour の英訳を見ると、そこにも「your leg which drags a little」[30] という一文しかない。こういうことを考慮すれば、市長の歩き方についての描写はおそらく黒岩涙香が独自の想像を発揮して書きくわえたものであろう。「哀史之一節逸犯」にせよ、『噫無情』にせよ、市長を前科者と判断する証拠として、市長の歩き方があげられている。しかし、「暁鐘」にも歩き方についての描写は見当たらない。そういう意味で、陳景韓は涙香独自の訳文を参照したと言わざるを得ない。相似した例をもう一つ挙げてみたい。フランス語原文とCharles E. Wilbour の英訳ではシャンマティユーという人物には一人娘がいる。しかし、『噫無情』では、馬十郎（シャンマティユーに相当する人物）は「独身の老人」であり、娘の存在についての記述はない。一方、「暁鐘」ではこのことについて一切触れていない。「哀史之一節逸犯」に登場する馬十郎は「無家無室」であるから、『噫無情』に一致していることは明らかである。

陳景韓が『噫無情』を底本とした証拠はまだある。例えば、「暁鐘」では市長が昔の物を焼き捨てる場面がないため、これについて陳景韓が「暁鐘」を参照した可能性はないと思われる。しかし、これは陳景韓独自の創作ともいえない。なぜなら『噫無情』にも類似した場面が存在しているからだ。しかし、両者の間には異なる箇所もある。『噫無情』では焼いたものは昔の服、杖、帽子などではなく、弥里耳僧からもらった銀の燭台である。それに対して、「哀史之一節逸犯」では市長は昔の囚人用の服と犯罪証明書を焼き捨てる。なぜこういう違いが存在するのか。原因は「哀史之一節逸犯」が『レ・ミゼラブル』の部分訳であることにある。陳景韓は小説前後の繋がりを配慮し、この部分の物語の完全性を保つために、わざとジャン・ヴァルジャンとミリエル司教の話、子どもの銀貨を奪う話、そしてファンティーヌやコゼットの話を削ってしまったのである。銀の燭台や金貨が出るはずがない故、陳景韓は『噫無情』を参照しながら焼き捨てたものを書き換えたと想像できる。

また、「暁鐘」には裁判の場面がない。最後に、市長の自白について一言述べられ、すぐに文章が終わっている。「暁鐘」は原抱一庵自身が語る通り、「これ『哀史』某處の脚色を藉りて余が恣まゝに作為せる小説なり。決して之を譯と云はず」（『太陽』第二巻第七号、一八九六年四月、一一九頁）とされるものである。従って、『レ・ミゼラブル』の原文にある裁判の場面が削られたのも唐突ではない。一方、『噫無情』において裁判の場面は非常に詳しく描かれる。馬十郎の供述から、証人の証言、市長の自首及び証人と突き合せの場面に至るまで全て揃っている。この部分の内容は「哀史之一節逸犯」にもあるが、『噫無情』のそれよりずっと簡略なものである。陳景韓はおそらく『噫無情』を参照しながら、筋立てだけを抄訳しただろう。

以上の比較を通して、陳景韓は「哀史之一節逸犯」を翻訳した際に、参照したのは原抱一庵訳「暁鐘」ではなく、黒岩涙香訳『噫無情』であると推定できる。ただし、前述したように、陳景韓が常に原抱一庵に関心を寄せ、彼の作品を数多く翻訳したことからみれば、陳景韓は「暁鐘」を目にした可能性は排除できないだろう。そして、上記の引用文からも窺えるように、「哀史之一節逸犯」は『噫無情』に忠実に翻訳されたのではなく、むしろ、『噫無情』における「哀史之一節逸犯」に相当する内容の粗筋として翻訳されたものと言えよう。

三　「哀史之一節逸犯」の翻訳動機

一八九八年、梁啓超（一八七三～一九二九）は『清議報』創刊号（一八九八年十二月）に「譯印政治小説序」を載せ、この雑誌において文学と政治、小説と啓蒙との結合を試みた。さらに、『新小説』創刊号（一九〇二年十一月）に「論小説與群治之関係」を発表し、「小説為文学之最上乗（小説は文学の最も上乗である）」、「欲新一国之民、不可不先新一国之小説（一国の国民を一新するには、まずその国の小説の革新が必要である）」と強調し、「小説界革命」[31]を唱導した。これをきっかけに、小説の価値が高く評価されるようになり、小説が啓蒙機能を有する道具として認められた。こうした梁啓超の小説論は当時の小説界の方向を明示したものである。多くの清末の知識人たちはこの小説論を継承し、様々な翻訳・創作の試行錯誤によって小説の内容と形式を摸索し、どのように政治思想と啓蒙思想を小説化するかを試みてきた。多くの研究者によって指摘されているとおり、清末における著名なジャーナリスト陳景韓（一八七八～一九六五）はその先駆者の一人である。『大陸報』、『時報』、『申報』の主筆を歴任し、『新新小説』、『月月小説』、『小説時報』などの編集にも参与した陳景韓は新聞や雑誌によって国民を啓蒙し、社会の改革を推進しようとした。彼は常に現実社会と下層市民に関心を払い、小説を創作・翻訳する際も、民智の啓発及び国民性の改造に努め、新聞に報道された社会問題や社会事件を直接的或いは間接的に小説の中に取り入れ、小説の題材や形式に工夫した。そのうち、「哀史之一節逸犯」はユゴーの代表作『レ・ミゼラブル』の部分訳として知られ、陳景韓の名家名作を選び抜く眼識の確かさが裏付けられる訳作だと指摘されている[32]。「哀史之一節逸犯」には翻訳意図を解明するための重要な手掛かりとなる訳者附記が二つ附いている。一箇所目は第四回の末尾にあり、二箇所目は最終回の最後にある。李志梅は最後の訳者附記に基づき、「哀史之一節逸犯」が社会の弊害をやり玉にあげる典型的な翻訳小説であると指摘し、その翻訳動機を徐錫麟事件と結びつけようとしている[33]。しかし、李志梅の論考では論理的な考察が展開されておらず、示唆的な数行の記述にとどまっている。「哀史之一節逸犯」の翻訳は本当に徐錫麟事件と関係があるのだろうか。この疑問を出発点として、以下では、「哀史之一節逸犯」翻訳の契機となった社会事件を改めて洗い出したい。その上で、訳者附記についての解釈を試み、「哀史之一節逸犯」の翻訳がどのように社会事件と結びつけられるのかを検討したい。そして、そうした考察を通して、清末における翻訳小説の啓蒙作用の一端を垣間見たいと考える。

(一)「哀史之一節逸犯」及びその周辺

一九〇七年八月十六日から九月四日にかけて、陳景韓は署名「冷」で翻訳小説「哀史之一節逸犯」を十五回にわたって『時報』の「小説」欄に連載した。訳題の角書きが示しているとおり、これはフランスの作家ヴィクトル・ユゴーの代表作『レ・ミゼラブル』の部分訳である。「哀史」というタイトルは、明治期日本において『レ・ミゼラブル』の邦題として使われていたものである。この訳名を最初に用いた人は恐らくユゴー作品を精力的に翻訳した森田思軒であろう。思軒は『レ・ミゼラブル』の翻訳には着手しなかったが、彼が訳した他のユゴー作品の序文や注釈の中でたびたび「哀史」と題して『レ・ミゼラブル』のことに触れている[34]。後に、思軒の弟子に当たる原抱一庵も「哀史」を使い、『早稲田文学』(第九十九号~第百号、一八九五年十一月)に「『哀史』を読む」という文章を寄せ、『レ・ミゼラブル』の内容と登場人物を紹介している。陳景韓は一八九九年から一九〇二年にかけて、日本に留学していた。早稲田大学文学科で勉強していた彼は当時の日本の文壇の状況をある程度把握し、日本の文壇から一定の影響を受けても不思議でない環境下にいた。帰国後、陳景韓は『大陸報』の記者を務めている時期から、小説の翻訳を発表しはじめ、一九〇三年に森田思軒訳「探偵ユーベル」(一八八九年一月~三月『国民之友』に連載。同年六月民友社から単行本で刊行)を底本として、ユゴーの『見聞録――ユベェール事件』を「遊皮」と題して訳した。彼はまた原抱一庵の翻訳作品を強く推奨していた[35]。これらの背景を鑑みるに、陳景韓が『レ・ミゼラブル』と出会ったのは日本留学中のことであり、角書きを「哀史之一節」にしたのも森田思軒や原抱一庵の訳に倣ったと考えられる。

ところで、「逸犯」は字面の通り、「逃げる犯人」という意味であるが、いったいどんなストーリーを語っているのか。以下、その筋立てをまとめてみたい。十九年の刑に服した囚人の野猫子金鉢兒（『レ・ミゼラブル』のジャンヴァルジャン）は出獄後、麦多（『レ・ミゼラブル』のマドレーヌ）と改名し、蒙都市で工場を建て、町の繁栄を復興させた。慈善活動にも尽力した彼は市民の深い信頼を獲得し、市長に推挙される。しかし、彼が前科者であることがやがて警察総長の甲必丹（『レ・ミゼラブル』のジャヴェル）に見抜かれる。甲必丹は中央政府に麦多を密告するが、野猫子金鉢兒はすでに捕えられていたという情報を入手する。間違って逮捕されたのは馬十郎（『レ・ミゼラブル』のシャンマティユー）である。謝罪に来た甲必丹からこのことを知った麦多市長は居ても立ってもいられない。馬十郎が無実であることをよく知っているからだ。さまざまな心理葛藤を経て麦多は決心し、馬十郎を救おうとする。法廷に赴く途中にも数々の予想外の困難や妨害に出くわすが、それらを次々と克服し、自分こそほんものの前科者であることを裁判官に自白する。以上が「哀史之一節逸犯」の梗概である。豊島与志雄訳『レ・ミゼラブル』（岩波文庫、一九八七年）を参照すれば、「哀史之一節逸犯」の内容はその第一部第五編「下降」の「一　黒飾玉の製法改良の話」「二　マドレーヌ」、第六編「ジャヴェル」の「二　ジャン変じてシャンとなる話」、第七編「シャンマティユー事件」の「二　スコーフレール親方の烱眼」「三　脳裏の暴風雨」「四　睡眠中に現われたる苦悶の象」「五　故障」「七　到着せる旅客ただちに出発の準備をなす」「八　好意の入場許可」「九　罪状決定中の場面」「十　否認の様式」「十一　シャンマティユーますます驚く」に相当する。とすれば、かえってそれゆえにこそ、なぜ陳景韓が選び出して訳したのが他の部分ではなく、まさにこの部分なのかという疑問が出てくる。その意図が潜在するはずである。これについて、陳景韓自身は「哀史之一節逸犯」の最終回に付け加えられている附記の中でこう打ち明けている。

冷曰く、蒙都市市長の自首を描いたが、彼の心根はなんと明るく、義理人情はなんと行き届いたものなのだろう。この世にかような人がいないならともかく、いるなら、それはまるで仏や、イエスや、孔子の如きものであり、彼らにもあまり遜色はないと言えよう。又曰く、私がこの文章を訳したのは偶然ではない。災いが自分に及ぶのを恐れ、友人を殺して口止めをするというような卑怯なやからを恥じさせることを旨とする。卑怯なやからはこれを読むがよい。[36]

このように、陳景韓は個人の利益を度外視した麦多市長の自首行為を大いに称賛し、麦多を聖賢に比肩するほどの人物として尊んでいる。さらに、麦多のその有徳な行為を借りて「卑怯なやから」の「自分に及ぶのを恐れ、友人を殺して口止めをする」という卑劣な行為を恥じさせることが目的だと言っている。しかし、「卑怯なやから」とは誰を指すのか、そしてどういういきさつで「友人を殺して口止めを」したのかについては一切触れていない。これらのことが明らかにならない以上、その意図を正確に解明することはできない。陳景韓はジャーナリストであるため、毎日大量のニュースに接していた。民衆の啓発を常に念頭に置いていた彼は、ニュースや報道に触発され、社会問題や社会事件を素材として創作・翻訳の中に取り入れ、自分の意見を何らかの形で読者に発信しようとしていたと想像される。従って、陳景韓の動機を解明するには、「逸犯（哀史之一節）」が連載される前の新聞報道に注意を払わなければならない。「逸犯（哀史之一節）」の掲載紙『時報』を繙いてみれば、一九〇七年七月に清国全土を騒がす徐錫麟事件と秋瑾事件が相次いで起きたことがわかる。多くの先行研究が指摘しているとおり、当時、『時報』と『申報』をはじめとする主要新聞が徐錫麟・秋瑾事件について迅速且つ広汎な報道を行っていた。『時報』の主筆である陳景韓はこれらの事件が発生した当初から関心を寄せ、「報餘閒評」「社論」などの欄に文章を発表し、事件についての意見を表明していた。[37]「逸犯（哀史之一節）」の連載が終了した直後、九月五日から翻訳小説「王妃怨」の連載を始め、その第十八回（『時報』一九〇七年九月二十二日）において、古勒納達国王を怨んでいる三番目の王妃美那が短刀を懐に忍ばせる場面がある。これについて、陳景韓はすぐ後ろに「看官、這不是秋瑾、不須替那古勒納達国王担恐（読者の皆さま、この人は秋瑾ではないから、古勒納達国王を心配する必要はない）」という一文を挿入した。ここから陳景韓が小説を翻訳する時に秋瑾を意識していたことが窺える。それゆえに、「哀史之一節逸犯」の翻訳意図を推し量る上で、徐錫麟事件だけでなく、秋瑾事件もまた重視しなければならない重要な手掛かりとなるではないか。

(二)「哀史之一節逸犯」に見られる徐錫麟・秋瑾事件の影

(1) 秋瑾事件に対する陳景韓の見方

清朝末期は激動の時代である。日清戦争（一八九四年七月～一八九五年三月）に敗北したことは清国の人々に大きな衝撃を与えた。戦争が終わるか終らないうちに、種々の救国的運動が勃興した。康有為・梁啓超によって推し進められた戊戌変法（一八九八年）が挫折した後、有識の士は遂に清朝によって改革を行うことを期待するのが愚だと悟り、満州族の政府をくつがえし、漢民族を復興しようとする「排満興漢」の思想を主張した。一九〇五年八月、日本に亡命した「排満興漢」の三大勢力（孫文一派の興中会、黄興一派の華興会、章炳麟一派の光復会）が東京において「中国同盟会」を結成した。それ以来、革命分子の活動が俄然活発となり、諸事件が次々に発生した。

徐錫麟による安徽巡撫恩銘暗殺事件もその一例である。徐錫麟[38]（一八七三～一九〇七）は一九〇三年に日本を遊歴し、留日学生の運動に加わり、反清革命の思想に目覚めた。翌年上海で光復会に加入し、一九〇五年に紹興で大通学堂を創設し、革命勢力を集めた。清政府の内部に入り込んで活動するために、親戚に当たる元の湖南巡撫兪廉三を通じて、資金を寄付し、道員の官職を得て安慶（当時の安徽省都）に行った。後に安徽巡撫恩銘の信頼を得て、巡警処会辦に任命され、巡警学堂監督を兼任することになった。一九〇七年七月六日、徐錫麟は巡警学堂の卒業式の機会を利用して巡撫恩銘を銃殺し、軍械局を占領して清軍と激戦したが、敗れて捕えられ、壮烈な死を遂げた。これは「安慶蜂起[39]」とも呼ばれる。

安慶蜂起の発生後、当局は徐錫麟の残党を厳しく捜査した。紹興紳士の密告により、秋瑾の蜂起計画も察知された。秋瑾[40]（一八七五～一九〇七）は一九〇四年に封建的な家の束縛を突破して日本に留学し、東京にいる間に陶成章に会い、一時帰国中には上海で蔡元培に、故郷紹興で徐錫麟に会って光復会に加入した。一九〇六年に秋瑾は帰国し、上海で『中国女報』を発刊し、婦人の権利を提唱した。一九〇七年に紹興に戻り、大通学堂を主宰して学生の軍事訓練を指揮し、同時に浙江各地の会党に繋がりをつけ、光復軍を組織し、浙江における蜂起戦術の検討を行った。同年、徐錫麟と約定して九月に安慶と紹興で同時に蜂起しようとした。しかし情報が漏れたため、徐錫麟はやむなく急ぎ事を挙げ、結局逮捕・処刑された。七月十三日に清軍が大通学堂を包囲し、秋瑾は一部の学生を率いて激しく抵抗したが、不幸にも捕えられた。革命の秘密について「堅く吐供せず」、七月十五日早朝に紹興の軒亭口で処刑された。

現在、秋瑾は近代中国における国民的女性英雄として知られ、辛亥革命前夜の革命家であることも明らかである。しかし、「秋瑾事件」が発生した当初、彼女が革命家であったことは公には全く知られていない状態だった。当時の輿論の認識では、秋瑾は一介のか弱い女教員にすぎず、政治革命に参与するはずはなかった。新思想を有する新女性であるとはいえ、主張したのはフェミニズム、男女平等の革命にすぎず、民族的な革命ではない。革命家である確実な証拠がなく、本人の供述もないまま処刑された秋瑾は浙江の官吏たちに無実の罪を着せられたに違いないと当時の各新聞は一致して述べた[41]。『申報』、『時報』をはじめ、多くの民間新聞は「秋瑾事件」について報道する際に「徐錫麟株連案」、「紹興冤獄」、「秋瑾冤殺」のような言葉遣いで、明らかに秋瑾の処刑を「徐錫麟事件」に連座したためとしている。事件については連日報道され、秋瑾を革命家と誣告した人物が紹興紳士胡道南・袁翼であることや、紹興知府貴福が子分に指示して、秋瑾の供述書を偽造させたなどの裏話が暴露された。秋瑾の知人をはじめ、報館の記者から見知らぬ読者に至るまで、秋瑾に同情を寄せ、不平を鳴らす文章が次々に掲載され、人命を塵のごとく疎略に扱う紹興官吏の行為を非難し、密告者の良心に問いかけた。これについては、多くの研究者が新聞記事を引用して論じているので、贅言を要しない。[42] ここでは、やはり事件直後に書かれた陳景韓自身の「時事雑感」（一九〇七年七月二十二日）を引用して、秋瑾事件に対する彼の見方を確認するにとどめたい。

> 徐錫麟が巡撫恩銘を殺したため、官吏は徐錫麟を殺した。徐錫麟のために巻き添えを食った人物は巡撫恩銘を殺したわけではない。にもかかわらず、官吏はまた徐錫麟が巡撫恩銘を殺したがゆえに、理由なくその人物を一緒に殺した。（中略）巡撫恩銘を殺したわけではないのに巻き添えを食ったその人物について、その両親、妻子、兄弟、姉妹、友人はただ冷淡に全く無関心でいられるだろうか。（中略）今の官吏が革命党を治めようとしても、現場で徐錫麟と一緒に巡撫恩銘を殺したわけではない人物を同党と言うことはできない。確証がないならば、内情を知っていると言うことはできない。確証があっても、明白に宣言していないならば、確証だと言うことはできない。確証が得られず確実な供述がないならば、ゆえなくしてみだりに人を捕えたり、殺したりすることはできない。[43]

ここからわかるように、陳景韓も秋瑾の死を徐錫麟事件に連座したためと認識し、官吏の確証なしに人を逮捕・処刑することを批判していた。この事情を念頭において、次の検討に移りたい。

(2)「哀史之一節逸犯」の登場人物と徐錫麟・秋瑾事件の当事者との共通点

武田泰淳は『秋風秋雨人を愁殺す』において、安慶蜂起で徐錫麟に殺された顧松という人物を『レ・ミゼラブル』の警察官ジャヴェルに類比して次のように述べている。

> 逃亡者、あるいは秘密運動者がいれば、かならず彼を追跡するジェラード警部もあらわれずにはすまされない。これはユウゴオの「レ・ミゼラブル」のジャン・バルジャンにジャベルがつきまとって離れなかった時代、いやそれよりずっと昔の、おそらくギリシャ悲劇の時代からの宿命なのである。フランス警官ジャベルも、アメリカ警官ジェラードも、職務に忠実なきまじめな男で、喰いついたら放さないタチであるから、一たん疑ったら、とことんまで「疑う」という「信念」をすてようとはしない。（中略）徐錫麟の追跡者としては、わずかに一人、陸軍学校の収支委員（経理係であろうか）顧松の名がのこっている。[44]

ここからわかるように、秘密運動者の追跡者である点が顧松とジャベルに共通している。ジャベルと言えば、「哀史之一節逸犯」の甲必丹に相当する人物である。このように、「哀史之一節逸犯」の登場人物と徐錫麟事件の当事者との間に類似点が存在するという発想は示唆に富んでいる。

徐錫麟事件の背景を押さえれば、確かにジャベル＝甲必丹の背後に顧松の影が見える。そればかりか、「哀史之一節逸犯」の麦多市長と徐錫麟にも相通ずるところが見出せる。麦多市長は市民及びパリ市政府の信任を得て市長に選ばれた一方、前科者という身分を隠している。それにもかかわらず、警察総長の甲必丹によって見破られ、中央政府に告発された。これは徐錫麟の境遇とまったく同様である。徐錫麟は日ごろから官界に入り込んだ真意がばれぬように細心の注意を払い、まじめな仕事ぶりで恩銘以下の高い評価を得ていた。しかし、それでも革命党員だと疑う者がいた。その人は収支委員の顧松である。顧松は日本からきた徐錫麟宛ての手紙のうち、封筒ののりがはがれて、中がのぞいていたのを何通か盗み見して、徐錫麟が革命党員であることを知った。顧松は徐錫麟の日ごろの特異な行動を疑い、恩銘に訴えたことがあるが、恩銘はそれを信じなかった。ならば、真実の身分を見事に隠すという点が麦多と徐錫麟の共通したところと言えよう。

更に検討すれば、馬十郎の境遇は如何にも秋瑾を彷彿させる。貧乏な老人馬十郎は地面に落ちた果物を拾っただけで、警察に盗人として捕えられた。容貌が前科者の野猫子金鉢兒に酷似しているため、証人にも見分けられず、無実の罪に落とされ、ほんものの前科者として審判を受けるようになる。既述の如く、当時秋瑾の処刑も世間に冤罪と認められ、秋瑾が革命党のぬれぎぬを着せられたと言われていた。要するに、無辜の人であるのに罪を着せられた点が馬十郎と秋瑾に共通している。

従って、「哀史之一節逸犯」（＝『レ・ミゼラブル』）の人物設定は偶然にも、徐錫麟・秋瑾事件の場合と類似していると言えよう。以上の実情を踏まえれば、次のような推測が可能かもしれない。徐錫麟・秋瑾事件発生後、陳景韓は数年前に日本で出会った『レ・ミゼラブル』のストーリーを思い出した。『レ・ミゼラブル』には徐錫麟・秋瑾事件の当事者に似通っている人物が登場するだけでなく、立派な人格を持ち、よい手本になれる人物もいる。そして、審判の場面があり、読者の読書興味を引きつける通俗性も備えている。こういうことに気づいた陳景韓は『レ・ミゼラブル』のマドレーヌ（「哀史之一節逸犯」の麦多市長）が自首に行く部分を民衆啓蒙のうってつけの素材と見なし、「哀史之一節逸犯」の翻訳を実践に移した。そうであれば、彼はいったい何を啓蒙しようとしたのか。以下では前述の訳者附記を分析することによって解明していきたい。

(三) 訳者附記に読み取れる翻訳意図

以上分析してきたように、「哀史之一節逸犯」の登場人物には徐錫麟・秋瑾事件の当事者との類似点を見出すことができる。陳景韓は早くから『レ・ミゼラブル』の人物と徐錫麟・秋瑾らとの類似性を見抜き、わざとこの部分を訳出し、読者に事件を連想させようとしたと考えられる。夏暁虹が指摘しているとおり、秋瑾事件が発生した後、徐錫麟事件をめぐって報道していた各新聞がすばやく方向転換し、報道の重点を秋瑾に置くようになった[45]。七月下旬から十月にかけて、『時報』も社論、時評、緊要新聞、報餘閒評、来稿など様々な欄において、様々な形で秋瑾事件をめぐって報道している。そうした背景の下、『時報』の読者が「哀史之一節逸犯」を読んで、徐錫麟・秋瑾事件を想起し、小説の登場人物に当て嵌めてみることもあったと容易に想像される。もし、そうであるならば、陳景韓の意図は容易に察知できるのではないか。

最終回の訳者附記では、陳景韓は「哀史之一節逸犯」を翻訳した目的が「災いが自分に及ぶのを恐れ、友人を殺して口止めをするというような卑怯なやからを恥じさせることを旨とする」と言っている。新聞に披露されたように、同じく日本留学経験を持つ紹興紳士胡道南・袁翼は秋瑾の知り合いである。彼らは普段より徐錫麟と頻繁に連絡を取り、安慶蜂起発生後、連座することを恐れ、嘘をついて秋瑾を売った[46]。ならば、陳景韓がいう「卑怯なやから」は明らかに胡道南と袁翼を指している。しかし、秋瑾事件の審理過程に光を当てて見れば、紹興知府の貴福も「卑怯なやから」と見なすべき人物である。実は秋瑾が大通学堂の督弁に選ばれた際、貴福がお祝いの意をこめて、開学式の日に彼女に『競争世界、雄冠地球』の対聯を贈り、一緒に写真までとったことがある。貴福が秋瑾を取り調べた時、秋瑾は自白を拒んだばかりか、貴福を「義父」とよび、「義父は私の仲間です」と言い切った。貴福は巻き添えを恐れ、供述書を偽造するまでの卑劣な手段を用い、急いで秋瑾を処刑したと新聞で報道されている[47]。その事実を考慮するならば、貴福も陳景韓の風刺対象となるだろう。

「哀史之一節逸犯」にはもう一つの附記がある。第四回の連載が完了した後、陳景韓は以下のような附記を付けている。

冷曰く、読者は自分の良心に尋ね、これを考えてみよう。いったいこの両者はどちらが正しく、どちらが間違っているのか。これは所謂天道が勝つか人事が勝つかの分かれ目である。(48)

第四回では、麦多市長の自首に行く前の激しい心理葛藤が描かれている。第四回が終わるところは、ちょうど麦多市長の自首に行く決心がぐらついているところである。陳景韓が「麦多市長は一体どうすればいいか」という質問を読者に投げかけ、読者に判断を任せている。一見、これは当時の新聞連載小説の作家が読者の興味をかきたてるための常套手段であるが、秋瑾事件の報道が氾濫していた背景を考慮すれば、そう簡単ではない。

秋瑾の冤罪をめぐって、批判の鉾先は主として三種類の人に向けられていた。前述したように、無辜の民をぞんざいに殺した浙江巡撫張曾敭、紹興知府貴福、第一標標統李益智等の官吏、密告者の紹興紳士胡道南・袁翼はもちろん、秋瑾が不当な扱いで処刑されたことを知りながら、当局の不正行為に抗議せず、口を閉ざしていた浙江の有力者も批判の的となった。「哀史之一節逸犯」の連載が始まる八月十六日、『時報』の社説では袖手傍観した浙江の有力者を以下のように批判している。

監査官は官吏を正すことや諌めることを問わず、司法官は無実の罪を破棄しようとしない。全浙江省の有力者は凝視しながら見えないふりをし、何とかしようとする勇気はない。扼腕して率直な意見を訴え、天下の人に呼び掛けて冤罪を正そうとするのは、ただ一つ二つの新聞社の執筆者たちである。私はここまで思うと、涙は枯れ、目尻は裂け、これ以上言葉がひとつも出せなくなる。（中略）有力者たちは浙江の東部を故郷としているが、いま匍匐輾転として、迫害者の下で死に赴く者は、有力者たちの郷里の親しい者たちではないか。死者はすでに往き、生者にも一日の安寧すら得られてはいない。有力者たちがこれをみても平気で、聞こえないふりをしているのは、官吏の暴威を恐れ、連座を怖がるからではないだろうか。（中略）昔の楊乃武葛畢氏の獄は匹夫匹婦の冤罪にすぎなかった。しかし、浙江省の有力者は義憤をかき立てられ、連名で上奏し、遂に雪ぐことができた。院司守令はすべて厳しく譴責された。都の人士はいまなおこれを語ると、生気に溢れ威風がある。現在紹興の冤罪の深刻さは楊葛の百倍以上にも及ぶが、諸公は黙って何も言わない。人間はたった二十、三十年でこれほど異なるのか。ああ、余は言いたくても、言葉がない。(49)

ここでは、楊乃武の冤罪を晴らすに浙江の有力者が大きく寄与したことが言及されている。それと対比して、秋瑾の冤罪の深刻さは楊乃武を遥かに越えたにもかかわらず、立ちあがって正義を実現しようとする浙江の有力者は誰もいなかった。社説の執筆者が浙江の有力者に対して痛恨の思いを表明したのは、勇敢に官吏の不正と闘う有識者の出現を期待したからではないだろうか。この社説には署名がないため執筆者が不明であるが、当時『時報』の主筆を務めていた陳景韓がそれを書いた可能性は排除できない。いずれにせよ、当時、秋瑾の冤罪を雪ぐよう呼び掛けがあったのは事実である。

前文で引用した最後の訳者附記において、陳景韓が麦多市長の自首行為を激賞している。これは袖手傍観した浙江の有力者のよい手本となったのではないだろうか。第四回では、麦多市長の複雑な心理活動が描写されている。自首に行くならば、やっと獲得した名誉と財産を失い、つらい牢獄生活に戻るに違いない。行かないならば、無辜の馬十郎を悲惨な目に遭わせ、良心を悩ませる。ずっと黙っている浙江の有力者もこういうジレンマに直面していただろう。一方では秋瑾の同郷であるため冤罪を座視するわけにはいかないが、他方では巻き添えを恐れ、なかなか当局に立ち向かう勇気がない。陳景韓は彼らの進退きわまる心理状態をよく察していた。彼が第四回のところで、上記の附記を付けたことには、彼らを啓蒙しようとする意図が窺える。上海の三大紙に数えられる『時報』の読者には浙江の有力者がいたはずである。彼らがここまで読んだら、麦多市長の身に自分自身を置き換えて考えるようになるかもしれない。さらに麦多市長の有徳の行為に感動し、自ら反省し、秋瑾の冤罪を晴らすため官吏に抗議するようになる可能性もある。これが陳景韓が望んだことである。最終回の附記で麦多市長を絶賛するのも、麦多の高尚な品格を借りて読者を覚醒させようとしたのではなかろうか。

以上、陳景韓が「哀史之一節逸犯」を翻訳した目的は、麦多市長の立派な人格をもって、裏切者の胡道南・袁翼、軽率に秋瑾を処刑した知府貴福を辱めるためであったと考える根拠について考察した。また、浙江の有力者によい手本を示して、秋瑾の冤罪を雪ごうとする呼びかけもほのめかされていたと考えられる。このように「哀史之一節逸犯」と秋瑾事件の関連性は非常に深く、「哀史之一節逸犯」の直接的な翻訳契機は徐錫麟事件というより、むしろ秋瑾事件だと言えよう。

ジャーナリストが社会事件や社会問題に敏感に反応するのは極めて自然なことである。『時報』の主筆であった陳景韓は秋瑾事件の暗い内幕を目撃し、社会の弊害を容赦できず、ついに翻訳小説を利用して批判・啓蒙の目的を達成しようとしたのだろう。彼が「哀史之一節逸犯」のストーリー及び登場人物と徐錫麟・秋瑾事件との相似点を掴んで、読者に連想させ、啓蒙する目的を達成しようとしたことはまさに梁啓超が「論小説與群治之関係」において言及した「熏」「浸」「刺」「提」という小説の四種類の力を利用して社会を改善するといった思想に期せずして一致している。梁啓超は次のように指摘していた。

> 人がある小説を読むと、知らず知らずの間に眼識はそのためにちらつき、頭脳はそのために振り動かされるが、しかし神経はそれに集中する。(中略)ながい間に、その小説の世界が、ついにその人の霊魂の中に入っ

て位置を占め、一種特別な元素の種子となる。この種子あるが故に、その後また経験することがあると、常に薫じられて、種子はいよいよ活動し、そしてそのことによってまた他の人をも薫じる。かくしてこの種子は世界にあまねく行きわたることになり、一さいの国土や人間が成立し、居住するのは、みなこれが因縁となるのである。（中略）およそ小説を読むものは、必ず自分が別の人間のようになるのを常とする。書物の中にとけ込んで、その小説の主人公になってしまうのである。[50]

繰り返すが、「哀史之一節逸犯」の翻訳における人物間の共通点やプロットという絆によって小説世界と現実世界を結びつけることが出来たのである。陳景韓は「哀史之一節逸犯」の翻訳によって、小説が、啓蒙作用を発揮するための有効な手段であることを証明したといえるだろう。

まとめ

以上みてきたように、「哀史之一節逸犯」の翻訳は確かに『噫無情』から影響を受けた。しかし、陳景韓は翻訳に際して、『噫無情』をそのまま受動的に受けとめるのではなく、中国の現状を考慮しながら、個人的理念や目的に合わせて自分なりのものに変容させた。このことは、まず訳題の角書に表われている読者への配慮から窺える。また『噫無情』を底本として利用したにもかかわらず、『レ・ミゼラブル』のことを「噫無情」と訳せず、当時の大衆に広く知られた定訳「哀史」にしている。この題名が読者の注意を引き付けたか、読者に親しみを感じさせたかどうかは分らないが、一応読者を強く意識していたことが想像できる。『噫無情』を全部訳出するのではなく、市長が無辜な馬十郎を救出した部分だけを翻訳したことと、翻訳動機とを照合してみれば、陳景韓が重視しているのは『レ・ミゼラブル』の文学性ではなく、その小説が民衆の啓蒙に利用できる点である。
このように常に中国社会を意識した『レ・ミゼラブル』の漢訳は、「逸犯（哀史之一節）」と「天鷚兒」以外に、まだある。例えば、蘇曼殊訳『惨世界』は中国の政治、社会、人物を風刺した翻案と評されている。また、『娯閑録』二十二期に載せられた解吾訳「天民涙（社會小説）」は社会小説に分類されている。訳者は序文において、次のように述べている。

この本は全部で十万字余りある。社会の状態を描写し、その醜態を丸出しにさせただけでなく、その原因も推し量っているのである。過去の原因から未来の結果に至って、種々の難題を苦心して研究している。世界中の小説家は多くが文章の感情と詞藻を追求するが、大して世の中に裨益しない。ユゴー先生は十九世紀の著名な大家である。人類を愛する心を以て、救世の論をなす。一切の旧習を取り除き、心身と生命の中において、もっぱら自然真理の深さを発揚させ、社会への功績は多大である。文章構成の巧みさ、文筆の奇妙さ、味わいの深さは、特に付属物である。フランス人はほとんど一家に一部を持ち、欧米諸国も競って翻訳、印刷し、世間に公表する。訳者は我が国の現状を目撃し、憂慮せずにはいられない。この訳をもって社会に貢献し、他山の石以て玉を攻むべし。我々が社会を創造した以上、当然ながら社会は我々を離れて存在することはできない。(51)

訳者がこれを翻訳したのは、ユゴーの文章のうまさを読者に伝えようとしたのではなく、その救世の力を利用して、中国社会を救助するためである。
しかし、この点こそ黒岩涙香の『噫無情』の翻訳と異なっている。日本におけるユゴー受容は、最初は極めて政治色の濃いものであったが、明治二十年代に入って、蘇峰を中心とする『国民之友』一派、つまり森田思軒や原抱一庵らのユゴー受容は文学と政治の両面にわたった。明治三十年代になると、政治的傾向が弱まり、もっぱらユゴーの文学的側面が衆目を集めるに至った。『噫無情』がその集大成である。つまり、『レ・ミゼラブル』は日本という媒介を経由して中国に移入されたとき、その文学価値は日本において既に重視されるようになっていた。それにもかかわらず、『レ・ミゼラブル』は中国への移入に伴い、日本と異なる受容様相を呈した。これも明らかに当時の中国の受け入れる環境と深くかかわっているのではないだろうか。「小説は啓蒙機能を有する道具である」という一般的な小説観を背景に据えているからこそ、現実性の強い『レ・ミゼラブル』を移入する際、その啓蒙性だけを重視したわけである。

【注】

（1）このような指摘は下記の著書や論文に見られる。鄒振環「名著名訳『悲惨世界』的中訳本」（『影響中国近代社會的一百種譯作』中国対外翻訳出版公司、一九九六年）、韓一宇『清末民初漢訳法国文学研究（一八九七ー一九一六）』（中国社会科学出版社、二〇〇八年）、工藤貴正「魯迅の翻訳研究（4）——外国文学の受容と思想形成への影響、そして展開——日本留学時期（『哀塵』）——」（『大阪教育大学紀要・第I部門』第四十一巻第二号、一九九三年二月）。

（2）樽本照雄「ユゴーの漢訳名囂俄について（下）」（『清末小説から』98、二〇一〇年七月一日）。なお、梁啓超の「煙士披里純」は、翻訳であるにもかかわらず、原文を明示しなかったため盗用と批判された。樽本氏は「梁啓超の盗用」（『清末小説から』第二十号、一九九一年一月一日）において、その日本語原文を特定し中国語訳と比較対照した。

（3）陳春香「馬君武的外国文学訳介与日本影響」（『広西大学学報（哲学社会科学版）』第二十九巻第三期、二〇〇七年六月）。

（4）前掲『清末民初漢訳法国文学研究（一八九七ー一九一六）』、八七頁。

（5）樽本照雄「曾孟樸の初期翻訳（下）」『清末小説』（第三十四号、二〇一一年十二月一日）、八九頁。

（6）稲垣直樹「ユゴーと日本」『図説翻訳文学総合事典』第五巻（大空社、二〇〇九年十一月）、二〇七～二〇八頁。

（7）同右、稲垣直樹「ユゴーと日本」『図説翻訳文学総合事典』第五巻、二一一頁。
（8）屋木瑞穂「樋口一葉『琴の音』に関する一考察：ヴィクトル・ユゴー『哀史』との比較を通して」（『三重大学日本語学文学』10、一九九九年六月）を参照。
（9）原抱一庵「『哀史』を読む」（『早稲田文学』第百号、明治二八年十一月）、四二～四三頁を参照。
（10）前掲屋木瑞穂「樋口一葉『琴の音』に関する一考察：ヴィクトル・ユゴー『哀史』との比較を通して」の注（8）において、「哀史の片鱗」の訳者は原抱一庵だと推定されている。また、抱一庵は「『哀史』を読む」において、「半ばを稿脱せる『哀史片鱗』」と書いているため「哀史の片鱗」は抱庵の訳だと断定できる。
（11）前掲工藤貴正「魯迅の翻訳研究（4）――外国文学の受容と思想形成への影響、そして展開――日本留学時期（『哀塵』）」――」、七八頁。
（12）同（11）。
（13）具体的な文章をあげれば、下記の通りである。「作者常于諸鐵耳譚發其一、于哀史表其二、令于此示其三云。芳梯者、哀史中之一人（作者は嘗てノートルダムに於いて第一者を発し、哀史に於いて第二者を表わし、今この書に於いて第三者を示す。ファンティーンは哀史の中の一人である）」。
（14）魯迅以外に、周作人は『孤児記』（小説林社、一九〇六年）の「凡例」において『レ・ミゼラブル』に言及した時「哀史」という訳題を使っている。一九二七年、穆儒丐が『噫無情』を底本として『レ・ミゼラブル』を翻訳した際にも、「社会小説哀史」（『盛京時報』一九二七年三月九日～一九二八年二月二十一日）という訳題にしている。さらに、一九三五年に茅盾は「雨果和『哀史』」（『中学生』一九三五年第五十三、五十四期）という文章を発表し、一九五二年に「為什麼我們喜愛雨果的作品」（『文芸報』一九五二年四期）という文章においても引き続き「哀史」という訳題にしている。
（15）周作人は「関于魯迅之二」（周啓明『魯迅的青年時代』中国青年出版社、一九五七年三月、一二七頁）において、こう語っている。「蘇曼殊又在上海報上譯登『慘世界』、于是一時囂俄成為我們的愛読書（蘇曼殊が上海の新聞に『惨世界』を訳載したので、一時ユゴー（の作品）は私達の愛読書になった）」。
（16）徐念慈は「小説管窺録・孤児記」（『小説林』第一巻、一九〇七年～一九〇八年）において「讀至此、未有不下涙者。實近数月中不経見之名作也（ここまで読んで、涙をこぼさない者はいない。確かに最近数カ月に見られない名作である）」と評価している。侗生は「小説叢話」（『小説月報』第二巻第三期、一九一一年）において、「囂俄氏善作悲哀文字、是書尤沈痛不忍讀。余讀是書、三舎三讀、未終篇也（ユゴー氏は悲しい文章を作るのが得意で、此の書は殊に沈痛で読んでいられない。余は此の書を読んでいる間、三度止め、三度読んだが、全篇を読みおわっていない）」と語っている。

（17） 工藤貴正「周作人『孤児記』の周縁――ヴィクトル・ユゴーの受容を巡る魯迅との関係より」（『学大国文』四十号、一九九七年二月）参照。

（18） 前掲『魯迅的青年時代』、七八頁を参照。

（19） 前掲工藤貴正「周作人『孤児記』の周縁――ヴィクトル・ユゴーの受容を巡る魯迅との関係より」以外に、「原典『孤児記』九章・十章・十一章・十四章――ユゴー著、英訳版『Claude Gueux』」（『大阪教育大学紀要』第I部門46巻2号、一九九八年一月）、「周作人『孤児記』第十二章・第十三章の位置づけ――創作・模作の接合の為の改編部」（大阪教育大学『学大国文』41号、一九九八年二月）を参照。

（20） 同（17）。

（21） 周作人「天鷚兒」附記（『女子世界』第二年第四、五期の合併号）を参照。原文は以下の通り。「譯者曰，此巴黎之秘密。又曰，此中國之常事。媳也、妾也、孤兒也、婢也，多矣。使記者生此世，吾思得無忙煞、忙煞！」

（22） 魯迅「哀塵」附記（『浙江潮』第五期、一九〇三年六月）を参照。

（23） 同（22）。

（24） 陳景韓の日本留学について、これまで詳細に研究されていないため、具体的な帰国期日は不明である。

（25） 李艶麗「冷血の作品における日本の可能性――〝写情退治〟から論じる」、二〇〇九年十一月二十二日。http://www.sass.org.cn/szyjy/articleshow.jsp?dinji=89&sortid=153&artid=39508

（26） 樽本照雄「ユゴーの漢訳名囂俄について（上）」（『清末小説から』97、二〇一〇年四月一日）参照。

（27） 陳景韓は原抱一庵の翻訳を称賛し、帰国後も原抱一庵の状況に注意を払っていた。一九〇四年八月二十三日に逝去後、陳景韓はまもなく同年十一月に刊行された『新新小説』第一年第二号から抱一庵の『世界奇談第二巴黎之秘密』を訳載し始める。そして、その序文において、「惜主人已於西曆八月罹病逝世。自後不得復睹佳作、以貢讀者。是則余之不幸、抑亦讀者之不幸也（惜しいことに、主人は既に新暦の八月に病気に罹って世を去った。今後二度と彼の佳作は見ることが出来ないため、読者に供するものもなくなる。これは私の不幸であるが、そもそも読者の不幸でもある。）」と述べ、哀悼の意を表している。こういうことを鑑みるに、陳景韓は当時中国に帰国していたにもかかわらず、日本の文学界の情報をいち早く獲得できる立場にあったと考えられる。

（28） Victor Hugo. *Les misérables, pt. 1, Fantine.* Édition Ollendorff, 1862, pp.275.

(29) 原抱一庵が使用した底本について、拙稿「原抱一庵訳『ジャンバルジアン』の底本について」(『Comparatio』第十四号、二〇一〇年十二月)参照。

(30) Victor Hugo. *Les misérables* (translated from the original French, by Chas. E.Wilbour). NewYork: Carleton, Publisher, 413 Broadway (late RUDD & CARLETON), 1864, pp.119.

(31) 日本語訳は増田渉訳「小説と政治との関係」(『中国現代文学選集1　清末・五四前夜集』所収、平凡社、一九六三年)参照、三六三〜三六四頁。

(32) 校来満「陳冷血翻訳小説研究」(『安徽文学』二〇〇七年第六期)を参照。

(33) 李志梅『報人作家陳景韓及其小説研究』(華東師範大学博士論文、二〇〇五年)、一四四頁。

(34) 例えば、思軒は『随見録』(明治二十一年五月〜十月『国民之友』連載。原作はユゴーのChoses Vues)の第三編「フハンティーン Fantine のもと(千八百四十一年)」の前書きで、「フハンティーンは哀史中の一人にて即ち社會の弊習缺陥に苦めらる、一人なり」と記している。また、増補版『探偵ユーベル及クラウド』(明治二十四年十月、民友社)の序文では、「著者いたく其遇に感じ、他日哀史をつくるに及び、之を演繹敷衍して一個のジャンワルジャンを描きしのみ」と記している。

(35) 陳景韓は原抱一庵訳を底本にして、『食人会』(『新新小説』第一年第一号)、『世界奇談第二巴黎之秘密』(『新新小説』第一年第二号〜第五号、第八号〜第九号)、「英国第一名著聖人歟盗賊歟」(『新新小説』第一年第一号――第二号、「心理小説」欄)、「譎詐談聖人歟盗賊歟」(同上、第三号)を訳出した。そして、『世界奇談第二巴黎之秘密』の附記において、こう語っている。「抱一庵主人、日本有数之文學家也。其翻譯欧文小説、多奇氣有筆力。余毎喜讀之。讀之不已、毎思漢譯之、以貢我國嗜奇之士」(『新新小説』第一年第二号)。

(36) 陳景韓「哀史之一節逸犯(十五)」(『時報』、一九〇七年九月四日)を参照。原文は次の通り。

「冷曰、寫蒙都市長自首、心地何等光明、人情何等周緻。世無此人則已、世有此人、若佛、若耶、若孔、無多讓哉。又曰、我譯此文、非偶然也。蓋以愧彼、恐禍及己、殺友滅口之卑怯小人也。卑怯小人其善讀之。」

(37) 例えば、陳景韓は『時報』において「報餘閒評：怪事十三・十四・十五」(一九〇七年七月九日)、「報餘閒評：怪事十六・十七・十八」(一九〇七年七月十日)、「報餘閒評：豫言九・十」(一九〇七年七月十一日)、「報餘閒評：豫言十一・十二／怪事十九・二十」「報餘釈画：政府之心」(一九〇七年七月十二日)、「報餘閒評：徐之餘党・徐之弟・徐之父」(一九〇七年七月十四日)、「報餘閒評：徐之家産・徐之家産中之店舗・徐之店舗中之経手人・徐之家産之學堂・徐之學堂之學生・徐之家産所助之學堂・徐之家産所助之學堂之教員」(一九〇七年七月二十日)、「社論：時事雑感」(一九〇七年七月二十二日)、「報餘閒評：釈預備立憲」(一九〇七年七月二十四日)、「報餘閒評：疑問十四」(一九〇七年八月三十一日)などの文章を発表した。

(38) 孟慶遠等編・小島晋治等訳『中国歴史文化事典』(新潮社、一九九八年)、五一二頁。

(39)『中華民国史大辞典』(江蘇古籍出版社、二〇〇一年)、八〇五頁。

(40) 前掲『中国歴史文化事典』(新潮社、一九九八年)、四四三〜四四四頁。

(41) 馬自毅「冤哉、秋瑾女士－析時論対秋瑾案的評説」(『安徽史学』二〇〇五年第二期)を参照。

(42) 夏暁虹「晩清人眼中的秋瑾之死」(『晩清社会与文化』湖北教育出版社、二〇〇〇年)、李細珠「清末民間輿論与官府作為之互動関係－以張曾敭与秋瑾案為例」(『近代史研究』二〇〇四年第二期)などの先行研究がある。

(43) 陳景韓(署名冷)「時事雜感」(『時報』社論、一九〇七年七月二十二日)を参照。原文は以下の通り。

「徐錫麟殺恩撫、而官吏乃殺徐錫麟。因徐錫麟而被株連者、未嘗殺恩撫也。而官吏乃亦以徐錫麟殺恩撫之故、無端而并殺。(中略)其未嘗殺恩撫而被株連之人、其父母妻子兄弟姊妹親戚朋友、獨能漠然無所動於中耶。(中略)今之官吏之治黨人也、不與徐錫麟在場同殺恩撫者、不得謂之同黨。不有鐵証者不得謂之知情。有鐵証而未明白宣布者、不得謂之鐵証。未得鐵証未有實供者、不得無故妄捕人、無故妄殺人。」

(44) 武田泰淳『秋風秋雨人を愁殺す』(筑摩書房、一九七六年)、一七〇〜一七一頁。

(45) 前掲夏暁虹「晩清人眼中的秋瑾之死」、二〇八頁を参照。

(46)「秋瑾女士冤殺之歴史」(『申報』、一九〇七年七月二十八日)参照。

(47)「徐錫麟株連案餘聞」(『時報』緊要新聞、一九〇七年七月二十四日)参照。原文は以下の通りである。

「紹興友人来函云、女教員秋瑾被殺、浙中官場皆謂與徐案分為両起、毫無關涉。官場謂其與嵊縣金華衢州等處土匪同謀起事。金華匪首就擒後、解省研訊、供出女士為同黨。故張撫大懼、亟電紹興貴守、派兵查抄、并将女士擒獲。當時貴守親自訊供、女士説、你也是同黨的。於是發交會稽。收監當晩、會稽李令提訊女士、并無供詞、只寫古詩秋雨秋風愁煞人一句、次日被殺。此一事也。(中略)又此事在山陰轄境、本應山陰縣辦理。該縣令李祝椵稍有人心、上台謂其庸劣無能、統歸會稽縣李令承辦。現山陰李令撤差已。(中略)又紹興友人来函、謂該省官場因外間人言嘖嘖、羣為秋女士訟冤、大吏痛恨山陰縣之不能刑迫口供、擬以事奏劾之。又授意某某求秋女士書函等件、仿其筆蹟、造通匪等函件、以掩飾天下耳目。此説若真、官吏之用心不可問矣。」

(48) 陳景韓「哀史之一節 逸犯(四)」附記(『時報』、一九〇七年八月二十一日)を参照。原文は以下の通り。「冷曰、閲者試捫心思之、二者果孰是而孰非也。此之謂天人之際。」

(49) 社論「論浙吏罔民事再敬告全浙士紳」(『時報』、一九〇七年八月十六日)を参照。原文は以下の通り。

「臺諫不問糾劾、司法不肯平反。闔省之士紳、瞠目熟視、而莫敢誰何。其扼腕訟直、呼九天以為正者、僅出於一二報館執筆之疇耳。吾思至此、涙枯眥裂、而不能復措一辭。（中略）夫諸公既以浙東為桑梓之邦、今之匍匐宛轉、以就戮於刀俎之下者、非諸公之郷里戚黨也耶。死者已矣、而生者猶未獲一日之苟安。諸公所以視之夷然、若罔聞知者、豈非怵官吏之淫威、懼其波及也耶。（中略）昔者楊乃武葛畢氏之獄、不過匹夫匹婦之含冤耳。而浙之士紳、激於義憤、聯名奏掲、卒獲申雪。院司守令、咸獲嚴譴。都人士至今談之、凛凛有生氣。今紹興之獄、其重大於楊葛者、何止百倍、而諸公獨緘口無言。豈古今人之不相及、二三十年而已然耶。嗟夫、予欲無言。」

(50)　同（31）、梁啓超著・増田渉訳「小説と政治との関係」参照、三六四～三六五頁。

(51)　解吾訳「社會小説天民涙」序文（『娯閑録』二十二期、一九一五年六月）を参照。原文は以下の通りである。
「是書都十萬餘言，描寫社會状態，窮形盡相，而又能推極其所以然之故。過去之因，未來之果，種種難題，苦心研究。世界小說家多馳騖乎情文，無甚裨於世道。嚣俄先生，十九世紀名大家也。以愛人之心，為救世之論，掃去一切舊習，獨於身心性命之中，發揚自然真理之微妙，有功社會不少。至其結構之精，思筆之奇，神味之永，特為餘事。法人幾家手一編，歐美各國，靡不競相翻印，以公諸世。譯者目撃吾國現状，不盡惄傷，用以貢献，借作他山。我輩欲造社會，社會自不能離我輩而独立也。譯者識。」

第三章　アンドレーエフの翻訳と紹介

はじめに

レオニード・アンドレーエフ（Леонид Николаевич Андреев, 1871-1919）は、二十世紀初めのロシアにおいて流行作家として名声を馳せた。彼は一九〇〇年代に入って、ゴーリキーと知り合い、「ズナーニエ（知識）」派に加わり、社会民主党員とも交わった。生来、憂鬱と孤独の人で、厭世観に支配されていたアンドレーエフは、革命を前にした時代の不安と、おりからのモダニズム文学隆盛の中で、リアリズムの手法によりながらも、生と死、意識と無意識、夢と現、狂気と正気、肉欲と理性といった形而上学的な二元的主題を取り上げ、『深淵』（一九〇二）、『思想』（一九〇二）、『霧の中』（一九〇二）、『ワシーリイ・フィヴェーイスキイの一生』（一九〇三）、『赤い笑い』（一九〇四）、『イスカリオテのユダとその他の人びと』（一九〇七）、『獣の呪い』（一九〇八）、『七人の死刑囚の物語』（一九〇八）といった、読者の心理を極度に刺激する作品を次々と発表した。これらの作品には、つねに恐怖が倍音として伴う。しかし、一九〇五年の革命の敗北を境に彼はモダニズムに接近し、ポーやニーチェなどの影響のもとに、その作品は次第にペシミスティックな色調を色濃く留めるようになっていった。塚原孝の研究によると、一九〇〇年代の最初の十年間、アンドレーエフは本国ロシアにおいて時代の寵児であっただけでなく、ヨーロッパ諸国はもちろん、遠く日本においても、同時代的に翻訳紹介され、よく知られた作家となった[1]。

中国におけるアンドレーエフの翻訳と紹介は、一九〇九年に遡ることができる。その年、東京に留学していた魯迅と周作人は外国小説翻訳の最初の試みとして、『域外小説集』を出版した。その第一冊に収録されている「謾」と「黙」は、魯迅がドイツ語版テキストを底本として翻訳したものであり、原作はアンドレーエフの「嘘」

なった。

（*Ложь*, 1900）と「沈黙」（*Молчание*,1900）である。当時、魯迅はアンドレーエフの「赤い笑」（*Красный смех*, 1904）の翻訳にも着手したらしいが、結局は完成できず、『域外小説集』第一冊の「新訳予告」欄に「赤咲記」という訳題が残されるのみだった。これを皮切りに、アンドレーエフの作品は次々と中国語に翻訳されるようになった。

一九一九年までの中国におけるアンドレーエフ作品の翻訳状況を振り返ってみると、以下のようなものがある。一九一〇年に、日本留学経験を持つ陳景韓が上田敏訳「心」（『心』春陽堂、一九〇九年六月）を底本として、同じ「心」（『小説時報』第六期、一九一〇年八月五日）という訳題でアンドレーエフの「思想」（*Мысль*, 1902）という作品を翻訳した。[2] 一九一四年に、劉半農が英語訳を通して、アンドレーエフの「沈黙」（*Молчание*, 1900）を「黙然」という訳題で翻訳し、「哀情小説」として『中華小説界』第一年第十期に掲載した。一九一七年二月に、中華書局より刊行された周痩鵑の三巻本の翻訳小説集『欧美名家短篇小説叢刊』には、「紅笑」という小説が収録されている。これはアンドレーエフの代表作品「赤い笑」（*Красный смех*, 1904）の部分訳であり、英語訳からの重訳である。五四以前の中国におけるアンドレーエフの翻訳は、一九一九年に『新青年』七巻一号に掲載された周作人訳「歯痛」（原作は「ベン・トビット」（*Бен-Товит*, 1903）である）をもって途切れるのである。

五四以前に、アンドレーエフの翻訳と紹介に携わった文学者は魯迅、陳景韓、劉半農、周痩鵑と周作人の五人しかいなかったが、一九二〇年代に入ってから、文学研究会の推奨および魯迅の引き立てにより、茅盾、沈澤民、耿済之、李霽野をはじめとする文学者たちがアンドレーエフの代表的な作品を翻訳し始めるようになり、中国においてアンドレーエフ翻訳の高潮期が到来した。

第一節　周氏兄弟のアンドレーエフ翻訳と紹介

『域外小説集』をきっかけとして、魯迅とアンドレーエフの間には強い絆が結ばれた。一九二一年九月に、魯迅は「黯澹的煙靄里」と「書籍」と題して、アンドレーエフの「薄暗い遠方へ」(*В Темную даль*, 1900) と「書物」(*Книга*, 1901) を翻訳し、一九二二年に上海商務印書館より刊行された周氏兄弟共訳の『現代小説譯叢』(第一集)に収録した。後に、魯迅は『中国新文学大系・小説二集』の「導言」において「『薬』のまとめ方は明らかにアンドレーエフの陰鬱を留めている[3]」と語り、自分の創作はアンドレーエフから影響を受けたと打ち明けている。また、魯迅の弟子として知られる孫伏園の回想によれば、魯迅は「薬」がアンドレーエフの「歯痛」と似通っていると語ったそうである。[4]また、アンドレーエフの肖像画が魯迅の西三条にある寓居の壁に飾られていたと言われている。[5]中国におけるアンドレーエフの翻訳と受容に関するこれまでの研究は、ほとんど魯迅とアンドレーエフとの関係を中心に展開されてきた。詳しく言えば、これらの研究は主に二種類に分けられる。一つは、魯迅による翻訳の研究[6]であり、魯迅がどのようにアンドレーエフの作品を翻訳・紹介したかについて考察するものである。もう一つは、魯迅に関する比較文学研究[7]であり、アンドレーエフの作品がどういうふうに魯迅の創作に影響を及ぼしたかということについて検討するものである。このように従来、アンドレーエフの翻訳研究は、魯迅研究という枠組みの中で行われてきたため、その全体像がはっきり見えないのは不思議ではない。[8]

アンドレーエフの翻訳者のうち、まず研究対象として取り上げられるべき人は、周作人であろう。魯迅と同じ時期に日本でロシア文学に接触し、ロシア文学に関する翻訳と紹介に尽力したにもかかわらず、周作人はアンドレーエフについてあまり強い興味を持たなかったようである。例えば、「関於魯迅之二」(『宇宙風』三十期、一九三六年十二月一日）において、周作人は次のように述べている。

豫才は何故か分らないが、アンドレーエフが大好きだった。私が理解でき、好きなのは短篇の「歯痛」（Ben Tobit）、および『七個絞死的人』と『大時代的小人物的懺悔』という二冊の本だけである。[9]

ここに見える周作人のアンドレーエフに対する態度は冷淡である。アンドレーエフの作品を四篇翻訳し、自分の創作が彼から影響を受けたとはっきり表明する魯迅と、鮮明な対比をなしている。周作人が生涯に手を染めたアンドレーエフ作品の翻訳は「歯痛」しかない。「歯痛」は非常に短いものであり、周作人によって付けられた附記が小説そのものよりずっと長くなっている。『七個絞死的人』（日本語訳題は「七死刑囚物語」であり、原作は *Рассказ о семи повешенных*, 1908である）と『大時代的小人物的懺悔』（日本語訳題は「大戦中の告白」であり、原作は *Иго войны*, 1916である）も、この附記において言及されている。「豫才は何故か分らないが、アンドレーエフが大好きだった。」という文章からも窺われるように、魯迅が訳した四編のアンドレーエフ作品はいずれも周作人の共鳴を引き起こすことができなかった。一方、先にも触れたが、周作人が訳した唯一のアンドレーエフの作品「歯痛」は魯迅の小説「薬」に影響を及ぼした。そればかりか、周作人が愛読した『七死刑囚物語』は、魯迅にも好まれていた。一九一九年四月に周作人が妻を東京の実家に送っていく目的で渡日した時、魯迅はわざわざ手紙を書き送り、『七死刑囚物語』の日本語訳の購入を依頼している。[10] 以上のような点を踏まえると、魯迅のアンドレーエフ翻訳と受容の背後に周作人のアンドレーエフ認識が大きく作用していたのではないだろうかと考えられる。以下では、魯迅と周作人のアンドレーエフ翻訳と紹介について考察し、それぞれのアンドレーエフ認識を検討していきたい。

一　周作人のアンドレーエフ翻訳と紹介

上述してきたように、従来の研究は、ほとんど魯迅とアンドレーエフを中心に論じ、周作人のアンドレーエフ観について考察したものは、管見の限り見当たらない。周作人の興味を引くのがなぜ「歯痛」、『七個絞死的人』、『大時代的小人物的懺悔』にだけ限定されるのか。これを解明するには、「歯痛」の翻訳および周作人によって付けられた長い附記を考察しなければならないと思われる。以下では、「周作人日記」と周作人「讀書、購書書目」を手掛かりとして、「歯痛」の底本およびその翻訳過程を明らかにしたい。さらに、「歯痛」附記の材源を考察し、「歯痛」が翻訳される前後に、周作人がアンドレーエフに言及した文章を「歯痛」附記と照合しながら分析し、周作人のアンドレーエフ観を徹底的に読み解いていきたい。

(一)「歯痛」の翻訳過程およびその底本

周作人訳「歯痛」はアンドレーエフの短編小説 *Бен-Товит* の初めての中国語訳であり、当初『新青年』七巻一号（一九一九年十二月）に掲載された。一九二〇年に翻訳小説集『点滴』（国立北京大学出版部、一九二〇年八月）に収録されたのち、一九二八年に『点滴』の改定版である『空大鼓』（開明書店、一九二八年十一月）にも収録された。

では、周作人が、なぜ一九一九年の時点でこの小説を翻訳したのか。これについては、「歯痛」附記の冒頭に答を見つけることができる。

外国の新聞によると、Leonid N. Andreev（1871-1919）が九月三十日にフィンランドで逝去した。私は彼を記念するために、この小説を翻訳した。[11]

ここからわかるように、周作人は「歯痛」の翻訳をもって、アンドレーエフの逝去を記念しようとした。しかし、アンドレーエフが亡くなったのは一九一九年九月三十日ではなく、九月十二日である。周作人はどのような外国新聞を参照したかについて、明言していないが、そのアンドレーエフの逝去に関する記事が日にちを間違えたのか、もしくは、その記事にはもともと逝去の日にちが書いておらず、九月三十日に掲載されたため、周作人が誤って、その日をアンドレーエフの逝去の日としたのかもしれない。

さて、「歯痛」はどういう翻訳過程を経て成立したのか。一九一九年の周作人日記を紐解くと、一目瞭然である。

一九一九年十月二十五日　下午譯アンドレヱフ小説，易名歯痛。
(午後、アンドレーエフの小説を訳した。題目を「歯痛」に変えた。)
一九一九年十月二十六日 上午譯歯痛，了。
(午前、「歯痛」を訳し終わった。)
一九一九年十月二十八日 作歯痛跋語，晩了。[12]
(「歯痛」の跋文を書き、夜にやっと終わった。)

「易名歯痛」という記述からも窺えるように、周作人が使った底本のタイトルは「歯痛」ではない。「歯痛」附記の冒頭部分を確認すると、「原題は Ben Tobit であるが、今回、題名を変えた。[13]」という記述がある。Ben Tobit は明らかにキリル文字ではなく、ラテン文字である。キリル文字をラテン文字化して書いた可能性も排除できないが、周作人の言語能力から推測すると、参照した底本は英語訳である可能性が高いと考えられる。さらに確実な情報を確認するために、周作人「讀書、購書書目」を調べた結果、一九一九年に周作人が入手したアンドレーエフの小説は以下の四点であることがわかった。

・一九一九年四月　人之一生　アンドレエフ　ホガート譯　又〔英文〕
・一九一九年五月　小人物之自白　アンドレエフ　トンセンド譯　又〔英文〕
・一九一九年五月　猶大等　又〔アンドレーエフ〕　ロオ譯　又〔英文〕
・一九一九年七月　露国十六家小説集　セルチェル編　藤澤譯[14]
〔アンドレーエフの「ラザルス」が収録されている。〕

周作人の「讀書、購書書目」は日本語で記録されたため、これらの本は日本語のものだと思われがちである。しかし、日本語の本は『露国十六家小説集』のみで、「人之一生」、「小人物之自白」、「猶大等」は英語の本である。『露国十六家小説集』の正しいタイトルは『露国十六文豪集〈世界短篇傑作叢書(1)〉』であり、「トーマス・セルチエル編、衛藤利夫譯」と示され、一九一九年七月十二日に新潮社より出版されたものである。一方、三点の英語の本は出版社も、出版年月も一切記されていないため、どのような書物であるかは依然として分からない。筆者は一九一九年までに出版されたアンドレーエフ作品の英語訳を調査し、訳者の英語表記と周作人の日本語表記と比較した。その結果、この三点の本を下記のものに絞った。

1、ホガート譯「人之一生」の英訳原本：

The life of man: *a play in five acts*
by Leonidas Andreiev;translated from the Russian by C. J. Hogarth
London: G. Allen & Unwin; New York: Macmillan Co., 1915.

2、トンセンド譯「小人物之自白」の英訳原本：

The confessions of a little man during great days
by Leonid Andreyev; translated from the Russian by R.S. Townsend
London: Duckworth, 1917.

3、ロオ譯「猶大等」の英訳原本：

Judas Iscariot: Forming, with 'Eleazar (Lazarus)' and 'Ben Tobit', a biblical trilogy
by L.N. Andreyev; transtrated from the Russian by W.H. Lowe
London: Francis Griffiths, 1910.

上記の本のうち、特に注目すべきは3番の*Judas Iscariot*である。その中には*Ben Tobit*をはじめ、*Judas Iscariot*と*Eleazar*(*Lazarus*)、合わせて三篇の聖書に関連する小説が収録されている。ここに至って、「歯痛」の底本はW.H.Lowe訳*Judas Iscariot*に収録されている*Ben Tobit*であると考えて間違いないだろう。

ところが、周作人日記および「讀書、購書書目」には、アンドレーエフの名前がすべて日本語の片仮名で記されているため、「歯痛」という小説の日本語訳を視野に入れずに、その底本が英語訳であると断定するのはやや軽率の誹りを免れないであろう。それゆえ、筆者は一九一九年十二月までに出された「歯痛」の日本語訳を調査し、その結果、下記のものが見つかった。

＊一九一〇・三・一　森鷗外訳「歯痛」（『趣味』第五巻第三号、易風社）
＊一九一〇・十・五　森林太郎（森鷗外）訳「歯痛」（『現代小品』、弘文館）
＊一九一四・八・一　森脇白夜訳「ベン・トビット」（『新人』第十五巻第八号、新人社）
＊一九一五・三・一　西宮藤朝訳「ベン・トビット」（『早稲田講演』第五巻第三号）

この三人の日本語訳はいずれも周作人に言及されたことがなく、しかも周作人日記や書目にも記載されていない。にもかかわらず、周作人訳が森鷗外訳と同じ訳題であることは非常に興味深い。また、森脇白夜訳「ベン・トビット」の序文にも周作人訳と関連づけられる要素が存在する。

アンドレーエフのこの作は「イスカリオテのユダ」及「ラザオ」と併せて聖書の記事を取扱つた氏の三部作である。①三部作の中でこの作が最も短くて併も尤も面白いものである。（中略）たしか数年前に②鷗外博士に依て何かに記載されたと記憶するが、あまり廣くも讀まれなかつたと思ふから、茲に記載するのもあながち徒爾ではあるまい。③W. H. Lowe 氏の英譯によつた。[15]

「歯痛」について、周作人は附記において「是他短篇中最短的，但是頗有意義的一篇小説（この小説はアンドレーエフの短編小説の中でも最も短いものであるが、頗る意義深い小説である）」と述べている。これは上記の引用文①の意味に非常に近いといえるだろう。さらに、森脇白夜がこの小説を翻訳する際、森鷗外訳をかなり意識しているのみならず、利用した底本も周作人の手元にあるのと同様に、W.H.Lowe の英語訳 *Ben Tobit* である。

周作人が日本語訳を参照したかどうかを明らかにするために、筆者は W.H.Lowe の英語訳、森鷗外訳、森脇白夜訳および周作人訳を並べて比較してみた。森鷗外訳の底本はドイツ語訳であるため、W.H.Lowe の英語訳と意味がずれているところがある。森脇訳は W.H.Lowe の英語訳に忠実に訳されているとはいえ、時々意訳された文章が存在する。一方、周作人訳はかなり英語訳に忠実に翻訳されており、鷗外訳や、森脇訳を参照した痕跡が一切見られず、英語訳の意味と語順の通りに直訳されている。典型的な比較の例を挙げれば、下記のような箇所がある。

【英訳】①But the water had got warm, and in the course of five minutes the pain returned worse than ever, and Ben Tobit sat up in his bed, and rocked himself like a pendulum. His whole face became wrinkled, and gathered up to his big nose,on which, ②paled as it was with suffering, had settled a drop of cold sweat. Thus rocking himself, and groaning with pain, ③he met the first rays of that sun, which was doomed to see Golgotha with its three crosses, and to grow dark with horror and grief.

【鷗外】①併し水は餘り冷たい水ではなかつた。五分ばかりたつと思ふと、痛みは又前より劇しく起つて来た。ベン・トヰットは寐床の上へ坐つて、體を懸錘のやうにゆさぶり始めた。この男の顔はこの時四方から縮んで真中の大きな鼻の方へ寄つて来た。②そしてその鼻の上には、冷たい汗が玉のやうになつて湧き出てゐる。こんな風に體をゆさぶつて、痛さの餘りにうめいてゐるうちに、③太陽の最初の光線がこの男の顔を照して来た。この日の太陽は三本の十字架の立つてゐるゴルガタを照さねばならない否運、その為めに驚き悲んで、ひとりでに又暗くならなくてはならない否運を持つてゐる太陽なのである。

【森脇】①水がまた温まつてもの、五分間もすると、苦痛は前よりも更に烈しくやつて来たのである。ベン・トビットは寝臺に仰向に寝てゐながら、振子のやうに身體を揺ぶつた。顔といふ顔が變に歪んで、大きな鼻ばかりになつて居る。②苦痛で蒼白くなつた鼻の頂邊には冷汗が一滴ポチリと浮んで居る。彼がかく身體を揺ぶつたり、苦痛に呻吟いたりするうちに、③到頭旭日は影を表はしたのである。その旭日こそは三つの十字架の立てるゴルゴダを照らし、そして恐怖と哀愁に暗くなるやうに呪はれて居たのであつた。

【周訳】①但凉水已經變温，五分鐘之内，疼痛重復發作，比前回更兇了；般妥別忒在牀上坐起，左右揺擺，像一個鐘墜子。他的全面龐都發皺，聚在他的大鼻子的周圍；②鼻子也因為疼痛，變了蒼白色，上面擱着一粒冷汗。他這様自己揺擺，又呻吟着，③迎接太陽的第一縷光線，——這便是規定去照臨那有三個十字架的各各他，因為恐怖與悲哀變了黒暗的太陽。

（しかし、水はもう温かくなり、五分間もしないうちに、苦痛が再発して、前よりずっと激しくなった。ベン・トビットはベッドに坐り、振り子のように身体を左右に揺さぶった。彼の顔全体には大きな鼻の方へしわが寄ってきた。鼻は苦痛で蒼白く変わり、その上には一粒の冷汗が見えている。彼はこのように自分を揺さぶり、また呻吟しながら、太陽の最初の光線を迎えた。——これがすなわち三本の十字架が立っているゴルゴタを照らさねばならず、恐怖と悲哀に暗くなった太陽である。）

森鷗外訳はドイツ語版テキストを基に訳されたため、英語訳とずれていても（例文①の「冷たい水」と「the water had got warm」とは意味が多少違う。また、例文②には、「paled as it was with suffering」の意味に当たる文章はない）、不思議ではない。一方、W.H. Lowe の英語訳を底本とした森脇訳にも、例文③のような主語を変えた意訳が存在するが、周作人訳は語順も意味も英語訳に準じている。

従って、「歯痛」の底本は W. H. Lowe の英語訳だと断定できるだろう。ただし、森鷗外訳が出されたのは一九一〇年で、周作人はまだ日本に留学していた。当時、熱心にロシア文学を収集し、森鷗外の翻訳にも注目していた周作人は、森鷗外訳を読んだ可能性が非常に高い[16]。そのため、「歯痛」という訳題が鷗外の訳題にちなんだという可能性は依然として排除できないと思われる。

なお、「歯痛」附記の冒頭では、「文章にある地名・人名は、『新約』に出るものが多いため、すべて〔『新約』の〕旧い訳本に基づいて翻訳する[17]」と述べている。一九一八年九月二十八日の周作人の日記を開くと、「下午往廣學會得 Brontes 詩集一本，又俗語譯新約一本（午後、廣學會で Brontes の詩集を一冊もらい、また俗語で訳された「新約」を一冊もらった）」という記述が見える。周作人が「歯痛」を翻訳した際に参照した「新訳」は、おそらくこの廣學會でもらった俗語で訳された「新約」であろう。

ちなみに、周作人日記にはもう一つアンドレーエフと直接関連する記録がある。つまり、一九一八年七月二十二日の日記において、「上午寄北京アンドレエフ一本附譯文（午前、北京へアンドレーエフの本を、訳文をつけて、一冊送った。）」という記述である。しかし、これがいったいどんな本であるのかは、未詳である。

(二)「歯痛」附記の成立経緯およびその材源

「歯痛」の附記ではアンドレーエフの生涯およびその作品（作風、文学観）が紹介されている。しかし、すべての作品が紹介されるわけではなく、戯曲「人の一生」（*Жизнь человека*, 1907）、小説「七死刑囚物語」（*Рассказ о семи повешенных*, 1908）、「赤い笑」（*Красный смех*, 1904）と「大戦中の告白」（*Иго войны*, 1916）だけが取り上げられている。「歯痛」が翻訳される以前、「赤い笑」を除いて、他の三つの作品はいずれも中国語に訳されていなかった。従って、「歯痛」附記に付けられたこの三つの作品の断片およびアンドレーエフの書簡からの引用は、いずれも周作人が翻訳したと考えられる。周作人は附記において、「Andreev は大体神秘派や、頽廃派の作家と称されている。ただし、彼の文学は依然として濃厚な人道主義的色彩を帯びている。[18]」と述べ、アンドレーエフ文学の人道主義的側面に特に注目していることが読み取れる。

(1)「人の一生」

「人の一生」は附記において「人的一生」と訳されている。周作人はこの小説の末尾の一断片を翻訳し、登場人物「灰色の人」の一生をアンドレーエフの一生に譬え、アンドレーエフの文学的業績を高く評価している。前述したとおり、周作人の「讀書、購書書目」には「ホガート譯『人之一生』」という記述があるため、附記に付けられた断片は、おそらく C. J. Hogarth の英訳 *The life of man: a play in five acts* を底本とした訳であろう。

「人の一生」への言及は、これが初めてではない。一九一九年四月十二日に周作人は『沙漠間的三個夢』譯記を書き、その中で文学への要求について、「我々に必要な文学とは、人生を解釈できるものであり、主義や流派はすべて枝葉である。そのため、人生の全体を描くなら、例えば、モーパッサンの『一生』の写実でもいいし、アンドレーエフの『人の一生』の神秘でもいい。[19]」と述べ、「人の一生」を神秘派の作品と見なし、人生を解釈するための理想的な文学の例として挙げている。要するに、「歯痛」附記において紹介する以前から、周作人は「人の一生」を中国文学に必要な要素を含んだ作品であると考えていたのである。

(2)「赤い笑」と「七死刑囚物語」

管見の限り、周作人が最も早く「赤い笑」と「七死刑囚物語」に触れたのは、一九一七年八月三十一日に書かれた随筆「俄国之戦争小説（小説叢話（四））」においてである。この文章は、ロシアの反戦小説をめぐって書かれたものであり、トルストイのクリミア戦争での体験を小説化した『セヴァストーポリ物語』とガルシンの露土戦争に取材した「四日間」が簡単に紹介され、またアンドレーエフの日露戦争の惨禍を描いた「赤い笑」について比較的詳しく述べられている。そして最後に、死刑廃止をテーマとした小説「七死刑囚物語」について力のこもった筆使いで論じられている。比較対照すると、「俄国之戦争小説」は「歯痛」附記における「赤い笑」と「七死刑囚物語」に関する紹介の前身に相当することが分かる。注目すべきは、「俄国之戦争小説」にせよ、「歯痛」附記にせよ、いずれにおいてもアメリカのPhelps教授の観点が引用されていることである。「周作人日記」では、一九一七年三月十七日に「閲フェルプ俄國小説家評傳数章（フェルプスの「俄國小説家評傳」を何章か読んだ）」と書かれており、一九一七年五月二十七日には「閲フェルプス俄國小説家論了（フェルプスの「俄國小説家論」を読み終わった）」という記録が残されている。つまり、周作人は「赤い笑」と「七死刑囚物語」について紹介する際、William Lyon Phelpsの本 *Essays on Russian novelists*, New York: The Macmillan, 1911 を参照したらしいことがわかる。

A「赤い笑」に関する紹介

「赤い笑」は日露戦争を背景に、前編と後編とに分かれている。前編は戦場で怪我をして両足を失った兄が護送されて故郷に帰り、文筆家としての活動を始めようとして発狂するに至る過程の回想であり、後編は兄が亡くなった後、その弟による兄についての回想から、やがては弟のほうも狂気に陥っていくという内容になっている。周作人はPhelpsの指摘を踏襲し、「赤い笑」を最も激しく戦争に反対する小説と看做している。

【俄国之戦争小説】 日俄之戦，有安特來夫之《赤笑》。（中略）美國菲尔普教授謂Ⓐ讀《赤笑》不能不憶及《四日》。（中略）②戦争惨象，在肉体上者已極凶厲，爾於精神上乃尤甚焉。（中略）①論者謂反対戦争文学中，未有猛烈如《赤笑》者也。[20]

【「歯痛」附記】一九〇四年日俄戰後，Andrejev〔ママ〕作了一部紅笑。用筆蘸了血，寫出戰争的罪惡。美國Phelps教授説，①歴來非戰的文學中，要推此篇為最猛烈。②這不但描畫許多肉體上的苦痛與凶惨，尤能寫出精神上的悲劇。③原書起首這一行，便是「瘋狂與恐怖」這幾個字，實在可以包括全書大意，也可以當作他全集的題詞。[21]

【Phelps】In this gruesome tale of the realities of war, ② Andreev has givenshocking physical details of torn and bleeding bodies, but true to the theme that animates all his books, he has concentrated the main interest on the Mind. Soldiers suffer in the flesh, but infinitely more in the mind.（中略）① No more terrible protest against war has ever been written than Andreev's Red Laugh.（中略）③ The first two words of the book are Madness and Horror! and they might serve as a text for Andreev's complete works.[22]

＊【分析】上記の引用文から見られるように、「歯痛」附記における「赤い笑」に関する紹介は、「俄国之戦争小説」を基に、古文を白話文に書き直したり、内容を書き加えたりしたとはいえ、ほとんどPhelpsの文章の翻訳であると言える。文章①と③はPhelpsの英語原文の直訳と見えるが、②は英語文章の意味の総括だと思われる。また、文章Ⓐは Phelps の文章「One cannot read Andreev's *Red Laugh* today without thinking of it〔*Four Days*[23]〕」の翻訳に当たる。

B 「七死刑囚物語」に関する紹介

「七死刑囚物語」はロシア第一革命前後を舞台として、反政府運動に参加した五人のインテリ、一人の極悪の犯罪者、自分の主を殺した一人の農奴が審判を受ける過程、および処刑される前に、それぞれの刑務所の部屋で死を待っている間の心理状況を描いている。下記の比較から、「七死刑囚物語」が死刑廃止を支持した小説であり、トルストイに献呈されているという情報を、周作人はPhelpsの文章を通して入手したらしいことが分かる。

【俄国之戦争小説】　安特來夫於一千九百〇八年著一書曰《七死囚記》，巻首署云，①「呈托尔斯多伯」，以表賛成托氏廢除死刑之意。書述五革命党人、一強盗、一殺人犯同日就刑，紀其犯事始末及在獄時心理的情狀。安氏有致美國譯者書云：③「吾著書之旨，在指示死刑之恐怖與不法，正直勇敢之人徒以過懐愛情，主持正義故，致罹刑戮，惨痛傷心，果為甚矣，然在蒙昧小人之繯首，其恐怖斯尤甚。吾於威尓納與穆薩等革命党人之死，視揚生（書中強盗殺人之白痴）支干諾克（韃靼種劇盗），傷痛之情猶為稍減耳。」④観此可知安氏之意見與陀斯多夫斯奇一致，Ⓑ慈悲與同情充満紙上，讀之感人至深，與陀氏著作相似，唯激刺極強，時不能終巻。Ⓒ或謂讀之能令冷汗發出，殆非虚語也。(24)

【「歯痛」附記】　一九〇八年所作七個絞死的故事，①是呈Tolstoj〔ママ〕的，書中記五個革命黨人、一個強盗、一個殺人犯同時處刑的事，①是一部根本的反對死刑的大箸作。箸者寄與美國譯者H. Bernstein的信中，有一段說：——

③「我的工作是在指出死刑的恐怖與不正，無論在什麼事情之下。死刑的恐怖本来很大，倘使這件事落在勇敢正直的人的身上，他們唯一的罪便只在他們的過於有愛與正義，——在這時候，令人良心震動。但那縄索作成了圈子，套在愚弱的平民的頸上時，尤其可怕了。說起來似乎有點奇異，我對於Werner與Musja等革命黨人的處刑，比那Janson與Tsiganok等思想情意都薄弱的，無知的殺人犯的絞死，還覺得少一點悲哀與痛苦。⑥對於不可免的漸漸近前的死刑最後的恐怖，Werner能夠用他的開明的思想和鐵的意志，Musja用伊的純浄與天眞來抵當他。……但在那弱的有罪的人，除了發狂與心靈的基本上的劇烈的

震動以外，還有什麼可以對付呢？」

④這幾句話，幾乎是Dostojevskij的口吻了。他又説：——

②「我們的不幸，便是大家對於別人的心靈，生命，苦痛，習慣，意向，願望，都很少理解，而且幾於全無。我是治文學的，我之所以覺得文學可尊者，便因其最高上的功業，是在拭去一切的界限與距離。」

⑤這正是他文學上的宗旨，也就可以代表俄國人道主義的文學者，作他們的宣言[25]。

【Phelps】 The most cheerful thing he has written is perhaps The Seven Who Were Hanged. Ⓒ This is horrible enough to bring out a cold sweat; Ⓑ but it is redeemed,as the work of Dostoevski is, by a vast pity and sympathy for the condemned wretches. ① This is the book he dedicated to Tolstoi, in recognition of the constant efforts of the old writer to have capital punishment abolished.（中略）The motive underlying this story is shown plainly by the author in an interesting letter which he wrote to the American translator, and which is published at the beginning of the book. ② “The misfortune of us all is that we know so little, even nothing, about one another — neither about the soul, nor the life, the sufferings, the habits, the inclinations, the aspirations, of one another. Literature,which I have the honour to serve, is dear to me just because the noblest task it sets before itself is that of wiping out boundaries and distances.” ⑤ That is, the aim of Andreev, like that of all prominent Russian novelists, is to study the secret of secrets, the human heart.（中略）Farther on in his letter, we read: ③ “My task was to point out the horror and the iniquity of capital punishment under any circumstances. The horror of capital punishment is great when it falls to the lot of courageous and honest people whose only guilt is their excess of love and the sense of righteousness — in such instances, conscience revolts. But the rope is still more horrible when it forms the noose around the necks of weak and ignorant people. And however strange it may appear, I look with a lesser grief and suffering upon the execution of the revolutionists, such as Werner and Musya, than upon the strangling of ignorant murderers, miserable in mind and heart, like Yanson and Tsiganok."[26] ④ Spoken like Dostoevski !

*【分析】「俄国之戦争小説」の文章①③④ⒷⒸは Phelps の文章からの翻訳だと思われる。「歯痛」附記には文章ⒷⒸはないが、文章②⑤⑥が増やされたため、「七死刑囚物語」に関する紹介が「俄国之戦争小説」のそれよりずっと長くなっている。ただし、文章②は Phelps の文章からの直訳であり、文章⑤は Phelps の文章から発展させた解釈だと考えられる。文章⑥は文章②③と同様に、アンドレーエフがアメリカの翻訳者 H.Bernstein に宛てた書簡からの引用であるが、Phelps の本には見られない。H.Bernstein のアンドレーエフ作品の翻訳には、確かに *The seven who were hanged:* a story by Leoind Andreyev; New York: J.S.Ogilvie Pub.Co., 1909. というものがある。その序文のあとに、アンドレーエフのロシア語書簡とその英語訳が付されている。「周作人日記」を開くと、一九一七年五月二十六日に「聯日稍閲アンドレヱフ七刑人，至今日已了（連日、少しずつアンドレーエフの「七死刑囚物語」を読み、今日に至って、もう読み終わった）」という記述が残されているため、一九一七年五月という時点で、周作人はすでに H.Bernstein 訳 *The seven who were hanged* を入手していたと想像できる。故に、文章⑥は H.Bernstein のアンドレーエフ書簡の英語訳を参照したものだと考えられる。ちなみに、Phelps の *Essays on Russian novelists* の最後に、アンドレーエフ作品の英語訳、ドイツ語訳、フランス語訳の出版情報が掲載されている。その中に、H.Bernstein 訳 *The seven who were hanged*, N.Y., Ogilvie[1909] が記載されているだけでなく、「歯痛」の底本である W.H. Lowe 訳 *Judas Iscariot*, London, Griffiths, 1910. の情報も掲載されている。周作人がアンドレーエフ作品の英語訳を入手する際、Phelps の本を頼りにしたことは間違いないだろう。[27]

（３）「大戦中の告白」

「大戦中の告白」は周作人によって「大時代的一個小人物的自白」と訳されている。「歯痛」附記において、この小説の断片が翻訳され、附記のほぼ半分弱を占めている。周作人の手元にはR.S.Townsend訳 *The confessions of a little man during great days* があったため、その断片の翻訳はR.S. Townsend訳に基づいたものであると考えられる。

「歯痛」附記の末尾では、周作人はチェーホフ（一八六〇―一九〇四）の「桜の園」を引用し、アンドレーエフの「大戦中の告白」と並べて対比させ、二人の作家は将来への希望を抱いているという点で一致していると解釈している。しかし、これは周作人の発想ではない。Phelps は *Essays on Russian novelists* においてチェーホフについて紹介する際、こう述べている。

> Among recent writers Chekhov is at the farthest remove from his friend Gorki, and most akin to Andreev. It is probable that Andreev learned something from him.（中略）Their best characters are abnormal;[28]（中略）Neither Chekhov nor Andreev have attempted to lift that black pall of despair that hangs over Russian fiction.

Phelps はアンドレーエフとチェーホフとの相似点を指摘し、二人ともロシア小説を絶望で覆うことを意図しているわけではないと論じている。「大戦中の告白」は一九一六年に出された作品であるため、Phelps の本で触れられることはなかった。にもかかわらず、周作人は上記の Phelps の論述からヒントを得て、「大戦中の告白」を具体例として、チェーホフの「桜の園」と比較し、Phelps の観点を確認し補充することができたのだと考えられる。

実は、周作人はPhelpsの*Essays on Russian novelists*を読み終わってから一カ月後、一九一七年六月三十日に昇曙夢の『露國現代の思潮及文學』（新潮社、一九一五年）を購入し、翌日から閲覧していた。[29] しかし、昇曙夢はアンドレーエフの作品が「何れも暗黒と恐怖とに満ち〳〵て居る」[30] と解釈しており、Phelpsとは異なる見解を持っていたようである。上述してきたことを踏まえれば、周作人のアンドレーエフについての知識、特にその人道主義的側面の発見はPhelpsの*Essays on Russian novelists*という本に仰ぐことが多かったと言えるだろう。

(三)　周作人のアンドレーエフ観―「人的文学」の形成を視座として

上述してきた「歯痛」の翻訳過程および附記の成立経緯から見れば、一九一七年から一九一九年にかけて、周作人は熱心にアンドレーエフ作品を調査し、深く研究していたといえる。この時期は、ちょうど周作人の「人道主義」の文学思想の形成期と重なっている。一九一七年頃から、周作人は中国文学の貧しさを痛感し、新しい文学への模索を試み始めた。様々な外国文学を研究した結果、その結晶として、「人的文学」（『新青年』五巻六号、一九一八年十二月十五日）、「平民的文学」（『毎週評論』第五期、一九一九年一月十九日）および「新文学的要求」（『晨報』一九二〇年一月八日）が次々と発表された。特に「人的文学」は五四運動のヒューマニズムの誕生に大きな影響を与え、周作人の初期の文学思想の中核となるものである。

周知の通り、五四時期の周作人の「人道主義」の文学観は、ウィリアム・ブレイクから「霊肉一致」と「他者理解」の考え方を摂取し、レフ・トルストイから「普遍的感情」（排他的ではなく、万人を例外なく結びつける感情）の影響を受け、また武者小路実篤の「新しき村」運動からの影響によって、人類全体の運命に対する関心を持ち始めることで、生まれたものである。[31] 一方、周作人は、ほぼ同時期に、アンドレーエフの作品からも同様の考え方や理念を見出していた。

（1）「七死刑囚物語」から人間の普遍性の発見

周作人は一九一七年八月三十一日に「俄国之戦争小説」において、トルストイ、ガルシン、アンドレーエフの反戦小説をまとめ、戦争賛美小説である桜井忠温の『肉弾』と対比した。一九一八年五月十五日の『新青年』四巻五号に掲載された「讀武者小路君所作『一個青年的夢』」では、「或る青年の夢」以前の戦争小説について述べる際、周作人はクプリーンの「聖母的花園」を書き加えたが、他は「俄国之戦争小説」とほとんど変わらない。戦争を克服する方法として、トルストイの無抵抗主義、ガルシンの自殺、アンドレーエフの「七死刑囚物語」とクプリーンの「坑」の創作が挙げられている。それに続き、「這両個人的意見，大約都是抱定一個「人」字。彼此都是個「人」，此外分別，都是虚偽，如此便没有什麼事不可解決（中略）。他們両個人本来也是Tolstoj派的人。（この二人〔アンドレーエフとクプリーン〕の意見は、いずれも概ね「人」という字に集約される。互いに「人間」であり、これ以外の区別はすべて偽りである。それゆえ、何事でも解決できないものはない（中略）。この二人はそもそもトルストイ派の人である）[32]」と述べられており、アンドレーエフとクプリーンの思想が「人間」の普遍性に依拠したものであると見なされている。

また、一九一七年九月の手稿「論中国之小説」においては、「七死刑囚物語」は中国では見られない、死刑廃止を題材とした小説の優れた例として挙げられている。

文学の意義は今日からいうと、人生のための芸術であるという方向に傾きつつある。そのため、小説もこれにしたがって変化すべきだ。娯楽や審美的なものを提供するだけでなく、人生の根本的な問題について触れているものこそ、価値のあるものだとみなされる。（中略）例えば、死刑問題。これは実に極めて重要な問題である。中国においては、小説の中で未だ論じられたことがないだけでなく、おそらく全国の人々がこれについて考えるのはまれであろう。（中略）アンドレーエフの『七死刑囚物語』はまさにこれについて論じるものである。[33]」

「人生の根本的な問題について触れているものこそ、価値のある」小説という理念は、後に周作人が提示した「人道主義をもって本とし、人生の諸問題に対する記録・研究を加えた文字、これを人の文学というのである[34]」という「人的文学」の定義に相通じている。そういう意味で、「七死刑囚物語」は「人的文学」の形成に欠かせない素材であったといえる。

（2）「人的文学」の典型：「歯痛」、「大戦中の告白」

①「歯痛」における他者理解の追求

「人的文学」、「平民的文学」および「新文学的要求」は「歯痛」が収録された翻訳小説集『点滴』にも収録されている。「人道主義の精神」が『点滴』所収の小説の特徴であると明言した以上、周作人は、「歯痛」を「人道主義」の文学と看做していたはずである。

「歯痛」の筋立ては次のようである。イエスがゴルゴタの丘で磔刑に処せられた日に、エルサレムのユダヤ人商人ベン・トビットが歯痛に悩み、妻のアドバイスのもとに、様々な治し方を試みたが効果なく、最後に、イエスをなぶりながらゴルゴタにおしかける群衆を眺めることを、歯痛を紛らせる気ばらしのたねにしようとしたが、それも効果はなく、歯の痛みはもっとひどくなる。そのため、彼は石をイエスに投げつけた。翌日、ベン・トビットの歯痛が治り、妻および隣人の一人と一緒にイエスの処刑地に行った。しかし、彼は行き道から帰り道まで、ずっと隣人に昨日の歯痛の様子について語り、イエスの処刑については一切関心を寄せなかった。

周作人は「歯痛」のモチーフについて語っていないが、その附記に引用された「我々の不幸とは、すなわち皆が他人の心、生命、苦痛、習慣、意向、願望などをほとんど理解せず、しかも全然理解しないにほぼ等しいことである。私は文学に携わるものであるが、文学が尊ぶべきものだと思うのも、その最も高尚な功績は、すべての限界と距離を取り払うということにある。[35]」というアンドレーエフの文学観の前半は、むしろ「歯痛」に対する解釈だと考えられる。ベン・トビットがイエスを全然理解できず、その苦痛および処刑に対して無感覚であったということは、まさにアンドレーエフが言った「不幸」であろう。周作人は「歯痛」を反面教師として、他者理解を呼びかけ、ベン・トビットと似ている人々を覚醒させようとしたのではないだろうか。

「人的文学」にふさわしい作品は周作人によって二種類に分けられている。第一のものは問題を正面から捉えたもので、理想的な生活や、人間のありようが理想に近づく可能性について描く。第二のものは、問題を側面から捉えたもので、人間のごくふつうの生活、あるいは非人間的な生活を描く。[36]「歯痛」の主人公ベン・トビットは一般的な庶民であり、歯が痛いことも一般人の日常茶飯事である。要するに、「歯痛」は第二の部類の「人間の普段の生活」を描写する「人的文学」の例である。

②「大戦中の告白」における人類愛の発揚

「大戦中の告白」は、第一次世界大戦中、出兵しなかった一人のインテリによる日記の形であり、戦争に対する様々な感想を述べたものである。注目に値するのは、小説の主人公が常に人類の立場から戦争問題を考え、「愛隣如己（隣人を己のごとく愛する）」という考え方を持っていることである。この点について、周作人はこう書いている。

本の中のIlja Dementevは中流社会の一般人であるため、彼の告白は一般人の心理と言ってもいい。とはいえ、著者の広い愛は、相変わらずあちこちに流れている。むろん、Dementevは自己の安全のために考えているが、自己を重視すれば重視するほど、他人の「自己」を思いやらなければならない[37]。

ここで言及された「広い愛」は、まずDementevの敵にあたるドイツ人への同情から窺える。「歯痛」附記に引用された「大戦中の告白」の断片では、主人公のDementevが「ベルリンはもう完全に暗黒に陥り、ドイツ人も皆飢えていると伝え聞く。ロシア人として、私は彼らの不幸に対して非常にうれしく思うべきだ。なぜなら、今回の野蛮な戦争はすべて彼らの罪悪だから。（中略）しかし、私は実にドイツ人が可哀そうだと思う。もしベルリンがペテルブルクと少しでも似ているなら、あの可哀そうで冒険好きのチュートン人は今どれほど寒さにさいなまれていることだろうか。彼らは開戦の日をどれほどのろっていることだろうか[38]。」と独白している。このような広い愛は、ドイツ人でもロシア人でも、皆同じ人間同士であるという立場からしか生まれないのではないだろうか。

Dementevの考え方はまた、周作人が「人的文学」において述べた「他以為苦的，在我也必以為苦。這苦会降在他身上，也未必不能降在我的身上。因為人類的運命是同一的，所以我要顧慮我的運命，便同時須顧慮人類共同的運命（彼が苦しいと思うことは、私もきっと苦しいことだと思う。この苦しみが彼の身の上に訪れるならば、必ずしも我が身に訪れないとは限らない。人類の運命は同一であるため、自分の運命を憂うと同時に人類共同の運命を憂えねばならない）[39]」という観点に一致していると考えられるだろう。要するに、反戦文学と見なすことができる「大戦中の告白」も、周作人が提唱した「人的文学」の典型例である。

「人的文学」の最後に、「我們偶有創作，自然偏於見聞較確的中国一方面，其餘大多数都還須紹介譯述外國的著

作，擴大讀者的精神，眼裏看見了世界的人類，養成人的道徳，實現人的生活（無論われわれが偶々創作する場合には、おのずと見聞の多少とも確かな中国の一方面に偏することであろうが、その余の大多数は更に外国の著作を紹介訳述し、読者の精神を拡大し、眼に世界の人類を見せ、人の道徳を養い、人の生活を実現するようにしなければならぬ）[40]」と書いており、外国作品の翻訳紹介を通して、中国における「人的文学」の発展を促すよう呼びかけている。その意味で、「歯痛」および「大戦中の告白」の断片的な翻訳は「人的文学」の呼びかけに応じた実践だといえる。

周作人の興味がなぜ「歯痛」、『七個絞死的人』、『大時代的小人物的懺悔』に限定されるのかという質問に戻るが、この三作はいずれも周作人が提唱した「人道主義」の文学思想にふさわしいものであり、「人的文学」の発生と定着に重要な役割を果たしえる作品であるからであろう。

他方、周作人は「赤い笑」については、恐怖に満ちた作品であり、読んだら夜に悪夢を見る、と評している[41]。この評価は、人類愛と未来への希望が含まれている「大戦中の告白」に対する評価と鮮明な対比をなしている。早くから反戦小説の代表として取り上げられていた「赤い笑」が、周作人の視野から消えたのは、こうした理由によるのであろう。

（3）アンドレーエフ文学観の活用

五四時期に形成された「人道主義」の文学観はあくまでも周作人の初期の思想である。一九二一年六月から九月の西山療養期前後で、周作人は思想的危機に陥り、文学観に変化が生じた。一九二二年以降は、「頽廃派」評価に見られるように、近代的個人主義へ傾いていく[42]。

にもかかわらず、ロシアの人道主義文学者の宣言と見なされるアンドレーエフの文学観、つまり「我々の不幸とは、すなわち皆が他人の心、生命、苦痛、習慣、意向、願望などをほとんど理解せず、しかも全然理解しないにほぼ等しいことである。私は文学に携わるものであるが、文学が尊ぶべきものだと思うのも、その最も高尚な功績は、すべての限界と距離を取り払うということにある。」という言葉は、一九二二年以降でも三度にわたって周作人によって引用された。最初は「文芸上的異物」(『晨報副鐫』、一九二二年四月十六日)において、異なる文芸理念の相互理解を唱える根拠として挙げられている。二度目の引用は「女子與文学」(『晨報副鐫』、一九二二年六月三日)においてであるが、文学の創作と研究は、女性が他人に理解されず、他人をも理解できない現状を改善するための有効な手段であるということを裏付けている。最後は「漢文学的前途」(『文芸雑誌』一巻三期、一九四三年九月一日)において、内容や形式はともかく、社会に裨益する目的で書かれた文章であれば、すべて文学の価値があるという観点の成立根拠として引用されている。いずれにせよ、周作人はアンドレーエフの文学観をある程度活用していたことは事実である。

周作人がPhelpsの解説を通して、アンドレーエフ作品の人道主義的側面を発見して以来、積極的にその方面を掘り下げ、独自のアンドレーエフ認識を体得し、「人的文学」の確立と伝播に利用したことを確認してきた。しかし、周作人の認識はその人道主義的側面に限られていたわけではない。彼は「莫泊商(モーパッサン)小説叢話(二)」(一九一七年八月二十三日)において、アンドレーエフの小説「深淵」(Бездна)に触れ、登場人物に見られる人間の獣性の恐ろしさを嘆き、「文学上的俄国與中国」(『晨報』、一九二〇年十一月十五日、十六日)において、アンドレーエフの頽廃的側面についても指摘している。留学時代にアンドレーエフに出会い、兄魯迅の翻訳を通して、その作品に触れることもできたが、周作人はそれだけでは満足できず、Phelpsの本を手がかりに、様々な英語本を読んだ。また、より客観的にみるために、昇曙夢の本にも目を通している。[43] 周作人が自分のアンドレーエフ観を形成する上で工夫を凝らしたさまが窺える。

以上の考察を通して、「歯痛」の翻訳過程および、周作人とアンドレーエフ文学との関わりが明らかになった。ある意味で、「歯痛」とその附記は周作人のアンドレーエフ認識の集大成であると言えるだろう。

二　魯迅のアンドレーエフ翻訳と紹介

上述してきたとおり、魯迅は自らアンドレーエフから深い影響をうけたと認めたため、従来の研究においては、アンドレーエフの作品と魯迅の創作との比較研究が重視されており、魯迅のアンドレーエフ翻訳と受容について、様々な視点から考察を加えてきたと言ってもいいすぎないと思われる。特に、魯迅の「狂人日記」には「赤い笑」や「思想」などの作品の手法を見出すことができることや、「薬」と「ベン・トビット」が主題においても、プロットにおいても非常に似通っていることは、既に定説となっている。(44) 魯迅におけるアンドレーエフの影響と受容については、もはや贅言を要しないところである。ここでは、魯迅のアンドレーエフ翻訳・紹介と日本との関連をめぐって、少し考察を試みてみようと思う。

(一)　明治期日本におけるアンドレーエフの翻訳と紹介

言うまでもなく、魯迅が最初にアンドレーエフの作品に出会ったのは日本留学時代であった。ところで、周氏兄弟が留学時代に当たる明治末期において、日本ではアンドレーエフはどのように翻訳紹介されていたのだろうか。概して言えば、一九〇〇年代の最初の十年間、アンドレーエフはロシアにおいて時代の寵児としてその名声を馳せただけでなく、ヨーロッパ諸国はもちろん、遠く日本においても、同時代的に移入紹介され、盛んに取上げられた極めてよく知られた作家でもあった。明治四十年代、日本においてアンドレーエフがロシア最新の作家としてもてはやされ、ある時期にはゴーリキー以上に熱心に受け入れられた。翻訳と紹介の担い手は上田敏、森鷗外、昇曙夢、二葉亭四迷、相馬御風、中村星湖、小川未明、小宮豊隆などが挙げられる。アンドレーエフの作品は当時夏目漱石に代表される日本の作家や若者たちに影響を与えた。

塚原孝の調査によると、日本で最初のアンドレーエフ作品の翻訳は、一九〇六年に上田敏がフランス語訳からの重訳によって訳出した『旅行』（『芸苑（第二次）』創刊号と第二号（明治三十九年一月、二月））である。明治期には、二葉亭四迷の『血笑記』（『趣味』第三巻第一号に前編の断片第一のみ訳載、明治四一（一九〇八）年七月に易風社より単行本が出版される）、森鷗外の『人の一生』（『歌舞伎』第一一四号―一一八号（明治四三（一九一〇）年一月―五月）連載）、相馬御風の『七死刑囚物語』（『早稲田文学』第六十五号、明治四十四（一九一一）年四月一日。一九一三年五月に海外文芸社より単行本刊行）などを始め、アンドレーエフは数多く翻訳され、明治年間だけをとっても、その数は上田敏の翻訳以降わずか七年の内に、のべ五十一回、三十二作品にのぼっているらしい。[45] これらの翻訳は当時、文壇内外の話題をさらい、広範な読者に読まれていた。塚原孝はさらに、『早稲田文学』と『趣味』は特にアンドレーエフの翻訳と紹介に寄与していた雑誌であると指摘し、日本におけるアンドレーエフ移入の一つの特徴は、実際に作品が流入する以前に、作品に関する一定量の情報と、すでにある程度まで内容の整ったアンドレーエフ論が存在していたということであると指摘している。[46]

また、何故この時期に、アンドレーエフが注目されたのかについて、塚原孝は下記のように解釈している。

「公」という意識を強く持つ明治から「私」をより重視する大正へと時代が進み、その視点の移動の結果、より個人の内面へと向かう新しい志向が生まれていったという大きな流れの中で、外界ではなく専ら個人の内面を描き、象徴主義、印象主義的ではありながらも、その素材を全くの絵空事として空想の中に求めるのではなく現実的事実の中に描いていたアンドレーエフの方法が、自然主義からの脱却を図ろうとしていた人々の一つの指針となるのには充分であったといえ、だからこそ積極的に取り入れようとしたのだといえる。しかしこれは逆にいえば、その手法のみを当時の人々がアンドレーエフに求めたともいえる。そのことは結果として当時のアンドレーエフの翻訳が、精神崩壊や狂気と正気の境を描いたいわゆる「アンドレーエフ的」なものに偏っていることからも知ることができ、さらにこの時期のアンドレーエフに関する評論の多くがその手法のみを取り上げ、作品の内容自体にそれほど触れていないという特徴からも引き出すことができる。（中略）形式のみを優先させた受容が進んだ結果、その形式が必要とされなくなり破棄されるという危険を孕むこととなり、アンドレーエフについては充分に全体が消化される以前にその時期が訪れたということができる。続く大正期に社会主義、革命思想との関連で再びアンドレーエフは支持されるが、その支持が薄く、その後は忘却の一途を辿ってゆくことになったのである。[47]

つまり、明治末期に特に評価されたのはアンドレーエフの新しい創作手法である。この点は藤井省三によっても指摘されている。日露戦争後の数年間、日本においては「アンドレーエフの作品は日常に潜む『不安と恐怖』という題材においても、象徴主義、あるいはさらに印象主義と写実主義をも止揚した象徴主義という手法においても、ヨーロッパ文芸の最先端を行くものとして、もてはやされていた[48]」のである。

(二)　魯迅のアンドレーエフ翻訳とその周辺

日本に留学していた時代、魯迅と周作人は一生懸命ロシア文学の翻訳を収集したことがある。周作人の回想を読むと、当時の彼らの真剣な姿がありありと眼前に浮かんでくるようである。

毎月各種の雑誌が出版されると、私達は急いで探しにいって、ロシア文学に関する紹介か翻訳が一篇でもあれば、必ず買ってきて、その文章を抜き出して保存した。[49]

言うまでもなく、明治期日本における盛んなアンドレーエフを翻訳・紹介する風潮に身を置いた魯迅兄弟が、これほど熱心にロシア文学を集めたからには、日本の訳者の翻訳を通しても、当時大人気を博していたアンドレーエフを見逃すはずはないと思われる。先にも触れたとおり、周作人の「歯痛」という訳題はいかにも『趣味』(第五巻第三号、一九一〇年)に掲載された森鷗外訳「歯痛」のタイトルに由来しているように思われる。一方、『域外小説集』第一巻巻末の「新訳予告」に提示された魯迅訳「赤咲記」はどうしても二葉亭四迷訳「血笑記」(易風社、一九〇八年)を思い出させずにはおけない。そればかりか、魯迅が訳した四編のアンドレーエフの小説、つまり、一九〇九年に『域外小説集』に収められた「黙」と「謾」、および一九二二年に『現代小説訳叢(第一集)』に収められた「黯澹的煙靄里」と「書籍」は、いずれもほぼ同じ時期に日本語訳が出されたのである。「沈黙」(『中央公論』第二十四年第五号)は一九〇九年五月に上田敏によって訳され、「嘘」(『太陽』第十四巻第十六号)は一九〇八年に山本迷羊によって翻訳された。また、一九一三年十月に昇曙夢が「薄暗い遠方へ」(『文章世界』第八巻第十二号)を翻訳し、一九二〇年に「靄の中」と改題し、『露西亜現代文豪傑作集』[50]第一編『アンドレーエフ傑作集』に収録された。ところで、「書籍」に対応する日本語訳では、一九一一年一月の大森大次訳「書物」(『露西亜文学』第二年第一号)があり、一九二〇年八月の中村白葉訳「書物」(『中央文学』第四年第八号)もある。中村白葉訳「書物」はまた同年九月に『チェエホフ以降』(叢文閣)という単行本に収められ、刊行された。魯迅は一九三五年にチェーホフの小説集『壊孩子和別的奇聞』(『悪い子供とその他の奇聞』)をドイツ語訳に基づいて翻訳した際、中村白葉訳『チェーホフ全集』をも参照したらしい。[51]かくして、魯迅のアンドレーエフ翻訳と紹介は多かれ少なかれ日本と関わっていると言わなければならない。しかし、この四つの翻訳はいずれもドイツ語訳を底本としたため、魯迅はアンドレーエフについて、日本における翻訳と紹介だけに頼っていたわけではないと考えられる。

では、なぜ魯迅と周作人は日本語訳を底本として使わなかったのだろうか。日本に留学した時、魯迅と周作人は、何人かの友達と一緒にロシア語を勉強したことがある。「学俄文」という文章において、周作人はロシア文学の翻訳紹介について、下記のように述べている。

我々がロシア語を学ぶのは、ロシアの自由を求める革命精神およびその文学に感心するからだ。今のところ、ロシア語を身につけることができていないが、その初志はずっと変わっていない。この計画というのは、英語やドイツ語を利用して間接的に(ロシア小説を――引用者)探し求めることである。元来、日本語を経由するほうがもっと便利だが、しかし、当時の日本においてもロシア語に通じる翻訳者は人材が乏しかった。いつも新聞雑誌に訳文を発表する翻訳者は、長谷川二葉亭と昇曙夢の二人しかいなかった。昇曙夢はまだ真っ当だといえるが、二葉亭は自分自身が文人であるため、訳文は芸術性がもっと高く、要するにより一層日本化されたものだといえる。従って、その翻訳の忠実度は劣っていたから、我々のような材料を求める者にとって、参考資料としてしか利用できず、翻訳する際のよりどころにすることはできなかった。[52]

要するに、当時の日本ではロシア語に精通する人材が乏しく、小説家の翻訳も忠実に訳されないことが多かったからである。これはまさに『域外小説集』以来、周氏兄弟が「直訳」を重視する翻訳方針として一貫していたといえよう。というのは、たとえアンドレーエフ作品の日本語訳が魯迅の手元に置かれていたとしても、これらの日本語訳はただ文章を理解するための参考資料にすぎなかったのではないか。ちなみに、昇曙夢の『露国現代の思潮及文学』は、周作人の書目にはその初版（新潮社、一九一五年、）があり、魯迅の書帳にはその改定版（改造社、一九二三年）を購入した記録が残されている。[53]また、昇曙夢の『露国近代文芸思想史』（大倉書店、一九一八年九月）が出版されてから、周作人は間もなくこれを購入したようである（「周作人読書、購書書目」には「一九一八年十月　露國現代文藝思想史　昇曙夢」と記載されている）。この二点の昇曙夢の本には、いずれもアンドレーエフについて紹介する記述が見られる。

さらに、もっとも興味深いのは、一九二八年に、魯迅が二葉亭四迷訳『血笑記』を参照して、梅川が英語訳に基づいて翻訳した「紅的笑」（『小説月報』第二十巻第一号、一九二九年一月十日。後に、一九三〇年十月に商務印所館より単行本が出版された）を訂正したことである。[54]当初、二葉亭四迷などの小説家の翻訳が意訳されている傾向が強いのを心配して、ドイツ語訳に基づいてアンドレーエフの作品を翻訳していた魯迅は、二十年代後半に入ってから、逆にこれらの日本語訳を参照するようになった。魯迅書帳を確認すると、一九二四年から魯迅が購入した日本書は明らかに増加し、逝去した一九三六年まで、ロシア文学の翻訳と紹介に関連するものを含め、毎年数多くの日本書を閲覧、購入していたのである。「黯澹的煙靄里」と「書籍」を翻訳して以来、魯迅は再びアンドレーエフの作品を翻訳することはなかったが、若い人のアンドレーエフ翻訳を熱心に手助けしていた。前文で言及した梅川以外に、李霽野のアンドレーエフ戯曲の翻訳も魯迅の校閲に頼っていたのである。魯迅は一九二四年九月に李霽野訳『往星中』（「未名叢刊四」北京未名社、一九二六年五月。英語訳を底本とした。原作は戯曲「星の世界へ」（*К звездам*, 1906））を校正しただけでなく、一九二五年二月にまた李霽野訳『黒假面人』（「未名叢刊十四」、北京未名社、一九二七年三月。英語訳を底本とした。原作は戯曲「黒い仮面」（*Черные маски*, 1908））を校閲し、その出版のために奔走したらしい。また、一九二五年二月十七日の李霽野宛ての書簡において、魯迅は耿済之訳『人之一生』(「文学研究会叢書」、上海商務印書館、一九二三年十一月)の誤訳箇所が多すぎると指摘し、李霽野に新訳を出してほしいという希望を漏らしていた。[55] 一方、日本においては、一九一四年九月に「星の世界へ」(『三田文学』第五巻第九号)は小山内薫によって翻訳され、同年十月に籾山書店から単行本も出された。「黒い仮面」(『露西亜文学』第二年第一号)は一九一一年一月に米川正夫によって翻訳され、一九二四年十一月に金星堂より「先駆芸術叢書第十一編」として刊行された。魯迅の書帳には一九二七年十二月十四日に米川正夫訳『黒い仮面』の単行本を購入した記録が残されている。李霽野の翻訳の訂正に当たり、魯迅が米川正夫の日本語訳を参照したとは考えにくいが、日本でアンドレーエフに出会って以来、魯迅は生涯にわたってアンドレーエフの作品に注目し、その翻訳に尽力したといえるだろう。これはまた魯迅と周作人の異なる点として指摘できよう。

(三) 訳者附記に見る魯迅のアンドレーエフ観

魯迅がアンドレーエフについて紹介する文章は三つ見られる。
最も早いものは一九〇九年三月に出された『域外小説集』第一冊に付けられた「雑識」にある。内容は以下の通りである。

アンドレーエフは一八七一年に生まれた。最初に、『沈黙』一篇を書いて名を知られるようになった、現代のロシアの知識人作家である。その作品は神秘的にして深い意味を有し、自ら一家を成している。作品には短篇が多く、長篇には日露戦争を描いた『血笑記』一巻があり、各国はこれを競って訳している。[56]

一九〇〇年代にアンドレーエフがもてはやされた様子が窺える。また、「神秘的にして深い意味を有し、自ら一家を成している」という独特な作風は魯迅の目を引いた重要な要素だと考えられる。さらに、魯迅が注目したアンドレーエフの作品は処女作の「沈黙」と初期の短編小説であることも推し量ることができる。魯迅が翻訳した四つのアンドレーエフ作品は、すべて一九〇〇年か一九〇一年の短編小説である。「赤い笑」に興味を持ったのは、魯迅が身をもって「日露戦争」を痛感したから、これを主題とした小説に特に親近感を持ち、興味を起こしやすかったからだと思われる。

二回目にアンドレーエフを紹介したのは、一九二一年に群益出版社より『域外小説集』の再版を出版した際の、各作家に関する紹介の「譯者事略」においてである。

アンドレーエフは幼い時に勉学に勤しみ、卒業後、弁護士になった。一八九八年〔一九〇〇年〕に最初に「默」を書き、世に知られたため、文章に専念した。その著作の多くは象徴的なものに属し、人生の一隅に限ることなく、全体を表現している。戯曲「人の一生」はその代表作である。長篇小説には「赤い笑」があり、一九〇四年の日露戦争を描いたものである。戦場に臨むことはなかったが、想像に頼って戦争の悲惨と苦痛を描き、表現された箇所よりも暗示された箇所の力のほうがずっと大きい。また「七死刑囚物語」という死刑に反対する本があり、トルストイに捧げられている。象徴的神秘的な文章は、いつもその意味あいをはっきり表すのではなく、ただ読者の主観に頼り、ある印象を引き起こし、読者自らがそれを解釈するにすぎない。今、私の考えによって推測するところでは、「嘘」は狂人の気持ちを述べたもので、疑惑から殺人にいたるまで、かれこれ極めて微妙である。もしかしたら、その中で言っている、人生は大きな嘘であるというのは、すなわち作者の当時の考え方であるのかもしれない。「沈黙」は沈黙の力が声や言葉の力よりずっと大きいと述べたもので、神秘派が言ったものと多少似ている。生きている人の沈黙が、静寂と異なるものであるなら、その恐ろしさもまた、ずっと甚だしいものであるだろう。[57]

この紹介は、アンドレーエフの生涯について、一回目の紹介より詳細になっている。作品についての説明も明らかに詳しくなった。しかし、「人の一生」と「七死刑囚物語」に関する説明は、いかにも周作人の文章を思い出させる。魯迅はおそらく周作人の「歯痛」附記を読んだことで、アンドレーエフについて以前よりも深く理解したのだろう。にもかかわらず、「謾」と「默」に対する解釈からも見られるように、魯迅の興味を引いたのはやはりアンドレーエフの「狂気」と「恐怖」を描きだした象徴的で神秘的な創作手法である。

三回目の紹介は、一九二二に刊行された『現代小説訳叢（第一集）』に収録された「黯澹的煙靄里」と「書籍」の訳文のあとに付けられている。

【「靄の中へ」訳者附記】 アンドレーエフ（Leonid Andrejev）は一八七一年オリョールで生まれ、のちにモスクワに出て法律を学んだが、その生涯は困苦に充ちたものであった。彼は文筆にも手を染め、ゴーリキー（Gorky）の推賞を得てしだいに文名を上げ、ついには二十世紀初頭のロシアの著名な作家となった。一九一九年の大動乱のときに、彼は祖国を離れてアメリカへ行こうとしたが、思うように運ばず、餓えと寒さの中で死んだ。

彼には多数の短篇と、数編の戯曲があるが、十九世紀末のロシア人の心の煩悶と暗澹たる社会がそこでは描かれている。特に著名なものとしては、戦争に反対した『血笑記』と、死刑に反対した『七死刑囚物語』とがある。欧洲大戦時には、彼は一編の有名な長篇『大時代における小人物の告白』を書いている。

アンドレーエフの作品は、厳粛なる現実性と、深みと繊細さを常に含んでおり、象徴的印象主義と写実主義とを調和させている。ロシアの作家の中で、彼の作品のように、内面の世界と外面の表現との差異を融合し、霊肉一致の境地を現出させうる者は一人として存在しない。彼の著作は、象徴的、印象的雰囲気にあふれているが、それでもその現実性は失われていない。

この『靄の中へ』という一篇は、一九〇〇年の作である。カラーセクは「この作品の主人公はおそらく革命派であろう。明確な言葉で述べると、ロシアでは検閲を通らないのである。この物語の価値は、多くの場面で巧みにロシアの革命派を描き出している点にある」と言っている。しかしこのロシアの革命派は、その堅固で激しく冷静な態度のために、我々中国人の眼で見ると異常に感じられてしまうのである。一九二一年九月八日、訳者記す。[58]

【「書物」訳者附記】　この作品は一九〇一年の作である。内容は明解で、暗澹たる鉛色のごとき喜劇である。二十年後にようやく中国語に訳されたわけで、アンドレーエフの死からすでに三年が経っている。一九二一年九月十一日、訳者記す。[59]

「黯澹的煙靄里」訳者附記の第一段落では、アンドレーエフの生涯を二回目の紹介より充実させている。第二段落では、アンドレーエフ作品の全体について紹介し、「大時代における小人物の自白」にも言及しているが、おそらく周作人の「歯痛」附記からヒントを得たのだと思われる。第三段落で魯迅は、アンドレーエフの象徴主義と印象主義の描写手法にリアリティが含まれていることについて高く評価している。そうしたリアリティの発見は、前の二回の紹介より、さらに一歩進んでいると見える。これは、明治末期の日本におけるアンドレーエフに対する評価に近づいたものだと考えられる。ちなみに、魯迅と周作人の手元にあった昇曙夢の『露國現代の思潮及文学』では、この第三段落の魯迅のアンドレーエフ評価と非常に似ている文章がある。

アンドレーエフの創作に於て象徴主義と印象主義と寫實主義とは一緒に巧みに編み込まれて居る。是等の形式を同時に描寫の上に利用して巧みに調和して居る所はアンドレーエフの藝術家としての偉大な技倆を認める。何人もアンドレーエフくらゐ線や色彩を極度まで繊細にした作家はない。又誰の描いた人物でもアンドレーエフの描いた人物のやうに濃やかな官能を備へた人物はない。又誰の創作でもアンドレーエフの創作のやうに内界と外部表出との差を没するほど霊肉一致の境を示した作物もない。で、アンドレーエフの作に於いては何處に事象が終つて、何處から印象が始まつて居るか解らない。(60)

「黯澹的煙靄里」訳者附記の第四段落では、チェコの詩人イリ・カラーセク(Jiri Karasek ze Lvovic 1871-1951)の話が引用されている。どの本を参照したかわからないが、特に注目に値するのは、一九二一年八月に魯迅はカラーセクの『スラブ文学史』(Slavische Literaturgeschichte)を翻訳していたことである。つまり、第三段落のアンドレーエフ評価はカラーセクの本を参照した可能性があるのである。他方、周作人から一九一五年版の昇曙夢の『露國現代の思潮及文学』を借りて、参照した可能性もある。後者の場合は、周作人のアンドレーエフ理解のアプローチとかなり対照的なものになる。なぜかというと、周作人は一九一七年六月三十日に昇曙夢の『露國現代の思潮及文学』を入手し(周作人日記:「一九一七年六月三十日　下午得東京堂二十日寄露國現代ノ思想ト文學一冊」)、翌日にすぐに読んだ(周作人日記:「一九一七年七月一日　閱露國現代文學」)が、彼のアンドレーエフ観はほとんどその影響をうけなかったからである。つまり、アンドレーエフに関する知識を吸収する段階で、周作人は英語書も日本語書も読み、多方面から広い視野でアンドレーエフの作品を理解しようと試みたが、しかし、最後に自分のアンドレーエフ観を形成する際に、日本の研究者の観点にあまり頼っていなかった。一方、魯迅のアンドレーエフ理解は多かれ少なかれ日本から影響を受けたのである。

また、アンドレーエフの作風に関する三回の紹介を分析してみると、魯迅のアンドレーエフ理解がだんだん深まっていったさまが見て取れる。第一回目は単に「其文神秘幽深，自成一家（その作品は神秘的にして深い意味を有し、自ら一家を成している）」と述べ、「神秘幽深」は何なのかを解釈していない。第二回目になると、「象徴神秘」について解釈し、訳された両作品の象徴的意味を解読しようとしている。「黯澹的煙靄里」訳者附記の場合、さらに詳しくその象徴主義、印象主義と写実主義の調和について述べ、「神秘幽深、自成一家」はいったい何なのかを徹底的に解釈したといえるだろう。だが、「黯澹的煙靄里」のタイトル、および「書籍」の内容の解釈、つまり「是顔色黯澹的鉛一般的滑稽（暗澹たる鉛色のごとき喜劇である）」からも見られるように、魯迅がアンドレーエフ作品の暗い、陰鬱な気分に魅力を感じている点は変化していない。

「黯澹的煙靄里」訳者附記の第四段落からさらに、魯迅が、中国読者はアンドレーエフのこの作品を理解できないのではないかと心配しているふしが読み取れる。このような配慮は、後に李霽野のアンドレーエフ翻訳を校正するにあたっても見られるのである。「黒い仮面」について、魯迅は「《黒假面人》是較与実社会接触得切近些，意思也容易明了，所以中国的読者，大約応該賛成這一部罷。（『黒い仮面』は現実の社会との接触のしかたが比較的密接で、意味も分かりやすいので、中国の読者もたぶんこれには賛成するでしょう。）」[61]と述べ、この作品の内容については理解が可能であるということを確認している。逆に考えてみれば、魯迅は心の中では、アンドレーエフは、作品によっては、当時の中国の社会背景において、受け入れられない面を持っていると考えていたのではないだろうか。

いずれにせよ、「彼の著作は、象徴的、印象的雰囲気にあふれているが、それでもその現実性は失われていない」という見方は、魯迅のアンドレーエフ認識の最終的な到達点であるといえよう。

第二節　陳景韓訳「心」

一　重訳の功罪

一九〇九年六月に、春陽堂より上田敏訳『心』が出版された。「心」、「これはもと」、「クサカ」、「旅行」合わせて四篇のアンドレーエフの小説の翻訳が収められている。その翌年、陳景韓はこの翻訳小説集の中の「心」を底本として、同じ訳題でアンドレーエフの「思想」（*Мысль*, 1902）を中国語に翻訳した。

陳景韓訳「心」は一九一〇年八月の『小説時報』第六期に掲載され、「長篇名譯」と銘打たれている。訳文には、次のような「痕苔小傳（アンドレーエフ小伝）」と肖像画（図2）が掲げられ、アンドレーエフの生涯、代表作品および作風について紹介されている。

【アンドレーエフ小伝】　アンドレーエフは、中央ロシアの人であり、千八百七十一年に生まれた。中学校に通っていた頃、①父母が早く亡くなり、貧窮を嘗めつくした。続いてサンクト・ペテルブルグ大学に進学したが、常に二日に一食のみで、勉学に励んでいた。往々にして自分を憎み、自殺を謀ろうとしたが、すべて救助され、死を免れた。後にモスクワ大学に転校し、たびたび小説を書き、各雑誌に投稿した。

千八百九十七年に大学を卒業し、弁護士の営業証書を取得した。開業したが、依頼者が少なかったため、新聞社の法廷記者に転職した。暇な時は、ますます文学に努め、遂に有名になった。彼が著した小説には、「沈黙」、「これはもと…」、「ワリャ」、「帰宅」、「嘘」、「旅行」、「紅笑」、「崖」、「石垣」、「骨牌遊」、「霧」、「地下室」、「窓」、「總督」、「クサカ」、「外國人」、「贈物」、「汽車を待つ間」、「ベルガモット・ガラスカ」、「カブルコフ」、「セルゲイ・セルゲイギチ」、「甦りの者に世は美しい」などがある。②文章はすべて極めて悲壮で憂鬱であり、知らず知らずのうちに、身の毛がよだつほど恐ろしくさせる。誠に世にも珍しい傑作である。(62)

既に張麗華によって指摘されているが、陳景韓の「痕苔小傳（アンドレーエフ小伝）」は明らかに上田敏の翻訳集『心』の「序文」から抜粋して訳されている。(63) 陳訳にあるアンドレーエフの肖像画も上田敏訳に付けられた肖像画（図3）をもととしている。比較対照のため、上田敏訳から関連する部分を以下に引用する。

レオニイド・アンドレイエフは千八百七十一年に中央露西亜オオレルに生れた。まだ中學に通ふ頃、急に①父を失って以来、貧窮のあらゆる苦痛を青年の時に嘗め盡した。はじめ聖彼得堡大學に聽講したが、二日間も食無しに通した事が間々あつた。傍ら文學に身を入れて、諸種の新聞雑誌へ投書して見たが、無論何の報酬も望めない、掲載の榮をさへ得なかつた。其後、生活費が少し廉いと聞いて、莫斯科大學へ移つて勉学しても、依然として饑に苦んだので、二度までも自殺を謀つた。（中略）千八百九十七年、終に辯護士の免状を得て、莫斯科に開業した。さつぱり依頼人が無かつた。已むを得ず、法廷記事を新聞へ寄稿して生活してゐた。傍ら年来の好物である文學には意を斷たなかつた。はじめて文名を揚げたのは「沈黙」「これはもと…」

の二篇が聖彼得堡の文學雑誌へ載つた時からである。（中略）そこで巻頭の「これはもと…」を始めとし、「ワリャ」「歸宅」「噓」「旅行」「沈黙」「心」迄皆讀んだ。稍あつて第二集も發行され、文學雑誌へ文名の聞える頃になつて、「紅笑」を始め、「崖」「石垣」「骨牌遊」「霧」「地下室」「窓」其他の数篇、更に後れて「總督」「クサカ」「外國人」「贈物」「汽車を待つ間」「ベルガモット、ガラスカ」「カブルコフ」「セルゲイ、セルゲイギチ」なども讀んだが、②中にはあまりに悲惨を極め、凄蒼を逞くするので、殆ど巻を掩ひたくなるのがある。唯わりに近頃の作である短篇「甦りの者に世は美しい」といふのに、一種清明の光を認める。（中略）それは常に異常の境遇、光景を設けて、人に恐怖を與へる。（中略）世に珍しい新戦慄を創作したのである。[64]

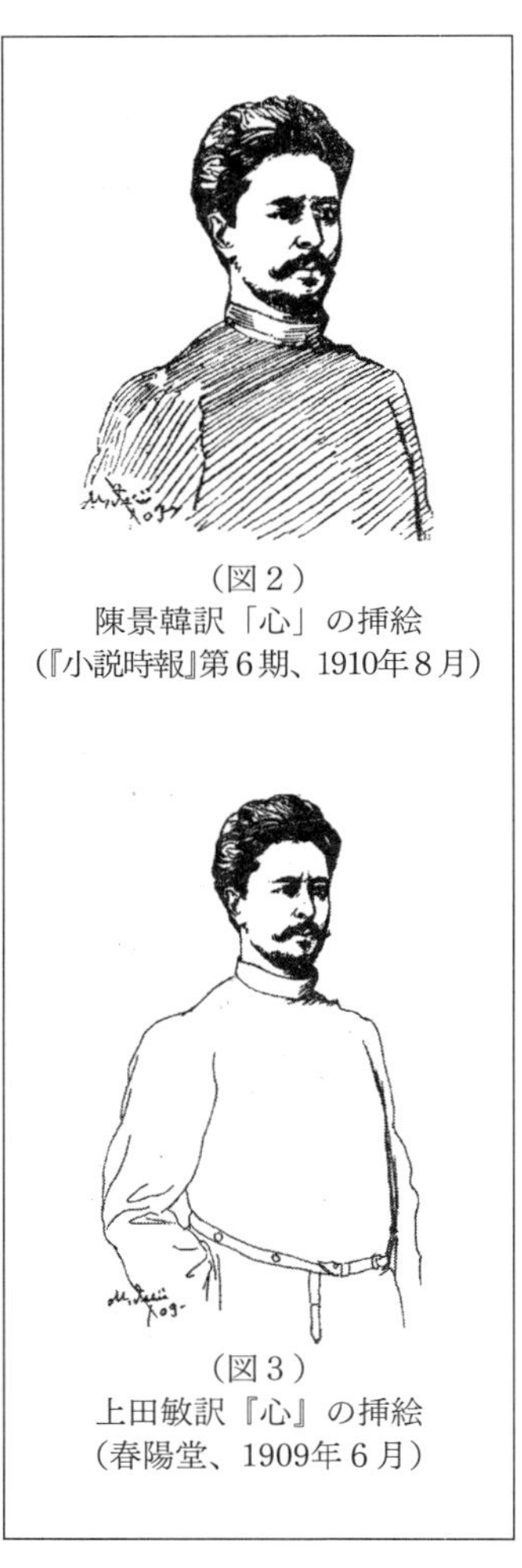
（図２）
陳景韓訳「心」の挿絵
（『小説時報』第６期、1910年８月）

（図３）
上田敏訳『心』の挿絵
（春陽堂、1909年６月）

「痕苔小傳（アンドレーエフ小伝）」の傍線部①は上田敏の序文の誤訳だと思われる。傍線部②は意訳であるが、「長篇名譯」という位置づけを合わせて考えれば、陳景韓がアンドレーエフ作品を高く評価し、推奨していることが窺える。

陳景韓の翻訳と上田敏の翻訳を比較してみると、アンドレーエフに関する紹介の翻訳とほぼ同じように、逐字訳とは言えないが、大筋に変化は見られない。しかし、陳景韓自身が知っていたかどうかわからないが、実は、上田敏訳「心」が出された一カ月後に、その翻訳をめぐって誤訳論争が起きた。

明治四十二（一九〇九）年七月十五日の『無名通信』に「翻訳界の恥辱」という文章が発表され、下記のように上田敏の翻訳を痛烈に罵倒している。

譯文の粗漏と来たら、てんで話にならない、初めは全部原書と對照しやうと思ってかかつたが、さア對照どころの騒ぎぢやない（中略）大抵二三行乃至五六行も飛ばして唯だ意味だけを辿つて居る（中略）是れが翻譯と言えたら、凡そ世の中に翻譯位當にならぬものはない。翻案よりもまだ淺ましい。それで居て所々に誤譯、粗漏、臆断、生硬と云ふやうな點の夥しいのには一層呆れる。譯者は或は佛譯が然うだからと辯解されるかも知れないが、それは何うだか了解らぬ。古くから露人や露語通の多い佛國で斯んな駄譯の出づべき筈がない。[65]

これは昇曙夢の文章だと言われているが[66]、上田敏訳は誤訳以上の出鱈目訳だとかなり厳しく批判している。しかし、上田敏はロシア語原典から翻訳したのではなく、フランス語訳から翻訳したので、昇曙夢はロシア語原典を持ち出して批判しても無い物ねだりだろう。その批判の不備をとらえて、七月二十五日と二十七日の『読売新聞』に「一記者」が「アンドレーエフ、上田敏氏及無名通信」という文章を発表し、上田敏訳をフランス語訳と比較して、敏の翻訳に見られるロシア語原文との差異はもっぱらその原因をフランス語訳に求めることができると敏を擁護した。だが、「一記者」はまた文章の最後に、上田敏がフランス語からアンドレーエフ小説を重訳したことに対して不満の意を表した。

それと同時に、上田氏にも一言したいのは、原書とは大に相違して居る佛譯を何故譯すのであるがといふ事である。氏にして若し、西洋人の翻譯に間違はないと思ふたのなら、其過や無名通信の寄稿家に譲らず。若し又少小の相違は關(かま)はぬといふのなら、アンドレーエフの紹介として不忠實も亦甚しからずや。一体今日の如き交通便利の世の中、露國の書物が入用ならいつでも買へる世の中、殊に露文を讀みもし又翻譯も亦出来る人の多い世の中に、何を苦しんで不便利極まる重譯を敢てせらるゝのであるか、小生にはそれが分らない。小生は常に信ず、外國文學の重譯は猶茶の二番煎じの如しと。然も、自ら之を煎じて満足する人は別論なれど、眞の茶を知らぬ人に「之が茶なり」と押付けては、だまさるゝ者こそよい迷惑にはあらずや。(67)

明治末期の日本では、もはや「豪傑訳」から離れ、忠実である翻訳、原作の風味を最大限に伝えられる翻訳が求められるようになっていた。昇曙夢の批判および「一記者」の疑義に対し、八月一日と二日に上田敏は『読売新聞』に「小生の翻訳」という文章を発表した。その中で、重訳についてこう述べている。

> 記者は『無名通信』評家の無理を認めながら、佛譯に據つた小生のアンドレイエフ紹介を不忠實の甚しいものと言はれた。(中略)又もし小生自身にして自身の事を言ひ得べくば、佛譯に據つた小生の翻譯は他に文藝として優れた良好の翻譯が出る迄、それ相應の役を足すものである。(中略)大局から見れば、他にそれぞれの事をさへ為得る人の無いうちは、それが多少の貢献をしてゐるに違無い。又此頃文壇の諸氏が、據つて以て、翻譯し評論するアナトル・フランスの英譯の如きは、随分杜撰の書であるが、それでもまるで此佛蘭西の大家を知らなかつた人には頗る益を與へて居るでは無いか。要するに、原文より直接に譯すこと素より結構、旨くさへあれば、重譯でも何でも結構、種々の意味で優等の紹介や翻譯が、どしどし出来て、文

藝全体が進歩すれば宜いのである。[68]

つまり、原作から翻訳することがもっともよいという点には賛成しているが、原作より翻訳する条件を備えていない場合、あるいは原作から直接、優れた翻訳が出るまでの期間、重訳は知識を広げるため、また文芸を促進するために必要なものだと主張している。この見解は陳景韓の翻訳を評価する場合に利用できるかもしれない。陳景韓訳「心」は上田敏訳からの重訳であり、ロシア語→フランス語→日本語→中国語という流れを経て、原作の雰囲気が再現されることを期待するのは難しい。にもかかわらず、清末という時期を考慮すれば、これはアンドレーエフの中国への移入にそれなりの役割を果たした翻訳だと評価できるだろう。

上田敏はこの文章において、当時の日本におけるロシア文学の翻訳状況についても触れている。

世界現代の讀書界では、佛語と英語とが一番廣く行はれ、次は獨逸語、伊太利亜語、其次、西班牙語といふ順であらう。吾邦では、第一、英語、第二、獨逸語である。（中略）之は上記の諸國（ノルウェー、デンマーク、ポーランド――引用者）が文明の後進國である悲さで、文藝以外、政治産業等の關係から、其等の國の詩人はとにかく重譯で知れねばならぬ。露西亜も亦今の所同じ運命の下に居る。記者は「露文を讀もし、又翻譯も亦出来る人多い世の中」と言はれるが、故長谷川氏を除くの外、これまでの所、露文學の日本譯中、文藝として價値あるものは、殆ど皆英譯から重譯したものでは無いか。往年、内田魯庵氏の譯された「罪と罰」近年の業なる「復活」、馬場孤蝶氏の時々譯される短篇さては『東京日々』に連載の「國事探偵」、又まだ閲覧はしないが、坪内逍遥氏の賞賛された相馬御風氏譯「父と子」等は重譯必らずしも悪譯で無い証據である。[69]

「一記者」は、当時の日本では「露文を讀みもし又翻譯も亦出来る人」が多かったと述べている。しかし、敏はいくつかの優れた重訳の例をあげて、当時ロシア語から翻訳する人材はまだ少なかったことを証明しようとしている。敏の主張が正しいことは、周作人の「但在那時候俄文翻譯人材在日本也很缺乏，経常只有長谷川二葉亭與昇曙夢両個人（当時の日本においてもロシア語に通じる翻訳者の人材が乏しかった。いつも新聞雑誌に訳文を発表する翻訳者は、長谷川二葉亭と昇曙夢の二人しかいなかった。）」という回想によって裏付けられるだろう。

もともとアンドレーエフの *Мысль* というタイトルは「思想」という意味である。上田敏はなぜ「心」としたのだろうか。これについて、上田敏は「小生の翻訳」において、次のように説明している。

記者のみならず、他一二の評家に對して斷りたいのは、第一小生は言語學に所謂 Purism を或度迄實行しようとする者だといふ事である。どう考ても明治の國語には一應の洗練彫琢が必要だ。所謂『磨』をかけねばならぬ用語を純正にしたい。漢字に由つて眼に訴へる生硬の似而非漢語を成る可く排斥したい。（中略）教育ある都人士が耳に聽いた理解も出来、理解して後、趣味性に惡感を與へない言語を成る可く選ぶつもりである。此試みの成否は豫言出来ないが、國語の醇化に多少の益はあらうと確信するから、とにかく行つて見る。普通の所謂言文一致體に比して、何と無く異つて聞えるのは、其所為であらう。罵倒評中には見えなかつたが、「これは、もと……」と標題を譯したのも、或は「思想」と直譯したいのを癈して、種々勘考の上、「心」と譯したのも、多少の苦心を經ての事である。[70]

要するに、敏は純粋な日本語を使いたいとの考えから、あえて漢語の「思想」に直訳せず、「心」を訳題としたのである。日本において批判されたとはいえ、敏の翻訳は中国でその生命力を活かすことができた。陳景韓はそのまま「心」という訳題を流用し、アンドレーエフを、間をおかず、中国人読者に供したのである。

二　小説観変化の一縮図

陳景韓は一貫して、訳文の後ろに附記を付けた。しかし、これは以前のような啓蒙意識の強いものとはやや異なる。

冷曰く、これはケルジェンツェフが自ら語った狂人話である。ケルジェンツェフは本当に狂ったか否か。読者はこれについて公平に論じてみよう。彼自身の話の中に「自分が狂人であることを証明するには、言葉の多くは狂っていないが、自分は狂人でないことを証明するには、言葉の多くは狂っている」という言葉がある。この二つの言葉は全篇の総評と看做すことができる。故に、この小説の中では、最も狂気じみたところこそ、最も道理に合うところである。読者に留意していただければ幸いである。(71)

ここでは、小説の全体をまとめ、読者に質問し、注意すべきところまで提示している。陳景韓は依然として読者の存在を強く意識しているが、小説の内容を当時の社会現実と結びつけようとする意志は読み取れない。陳景韓自身もアンドレーエフの「思想」の読者であるため、この附記はむしろ彼の感想文である。ここの「最も狂気じみたところこそ、最も道理に合うところである」という感想は、「食人会」附記にある「この篇を訳し、私がわかったのは、およそ筋道の通った人は、極めて混乱している際も、筋道がよく通っているということだ」という感想と、同工異曲の妙を得ていると考えられるだろう。実は、一九〇九年の『小説時報』創刊号に掲載された陳景韓の創作小説「催醒術(72)」もこのような「狂人系譜」に繋がるものである。陳景韓の「狂人」への執着は尋常ではないといえるだろう。

陳景韓が「心」を翻訳した時点で、いや、『小説時報』が創刊された一九〇九年という時点で、中国における小説観はすでに「啓蒙的小説観」からは少し変化していたようで、娯楽性と大衆性を重視する方向へ転じつつあった。『小説時報』第二期（一九〇九年十一月）の「文藝時報」欄に「小説雑誌界之冷淡」という文章が掲載されている。内容は以下の通りである。

小説雑誌界の閑散　小説誌で最も早く発行されたのは横浜の『新小説』〔梁啓超編集、一九〇二年十一月－一九〇六年一月〕である。その後、上海の『繡像小説』〔李伯元編集、一九〇三年五月－〕、『新新小説』〔龔子英・陳景韓編集、一九〇四年九月－一九〇七年五月〕、『小説林月報』〔黄人編集、一九〇七年二月－一九〇八年十月〕、『月月小説』〔呉趼人編集、一九〇六年十一月－一九〇九年一月〕が出る。今日に至って、すべて消え失せ、次々と停刊になっている。現在、漢口のある人が『揚子江小説月報』というのを主宰していると聞くが、やはり多くを目にすることはない。(73)

ここで言及されている五つの小説専門誌はいずれも清朝末期において、小説の発展に重要な役割を果たしたものである。しかし、一九〇六年から一九〇九年にかけて相次いで廃刊となった。このような小説界の不景気を恢復しようと考え、狄葆賢が上海で『小説時報』を創刊し、陳景韓と包天笑に主筆を担当させた。一九一一年第十四期までに、『小説時報』に掲載された半数以上の作品は陳景韓と包天笑の翻訳か創作である。この雑誌では長篇と短篇も区別され、傾向として西洋の名家名作の翻訳が多かった。『小説時報』第二期から、下記のような「通告」が掲載された。小説専門誌の低迷を救おうとする意図が見える。

（一）本誌が毎号に掲載する小説はすべて完結する。長すぎて完結しない小説が、毎号に一種類を超えることはない。一種類の小説の掲載は連続して二回を超えることはない。この点で、他の雑誌にあるような小説の断片ばかりを載せている欠点は克服されている。

（二）本誌は月一回、決まった日に発行する。たとえ途中で変更があっても、また必ず半年、つまり六号で一巻とする。六号の途中で変更することはない。この点で、他の雑誌にあるような中途半端な発行形式を持つ欠点は克服されている。

（三）本誌のすべての小説は各号で一つのまとまりを持っている。半年間の六号分で、さらに一つの大きなまとまりを持っている。分けて読むのにも便利だし、合わせて見るのにも好都合である。この点で、他の雑誌にあるようなあれこれ組み合わせている欠点は克服されている。

（四）本誌は毎号に大判サイズの紙を使い、全頁を五号の小さい文字で印刷する。小説の切れ目のところは、すべて筆で描いた挿絵を補う。この点で、他の雑誌にあるような頁ばかりが多くて文字が少ない欠点は克服されている。

（五）本誌はすべての小説に絵をつけ、描いたものでも写真でも、いずれも鮮明でないものはない。惜しむことなく豊富な資金を投入して、すべて名人に依頼して作成されたものである。この点で、他の雑誌にあるような貧弱で粗末な欠点は克服されている。

およそ上記の五項目は、すべて具体的で確かなものである。本誌は決してみったりに自慢するわけではない。読者はもし一号か二号を読んでみるなら、必ず上記のことは嘘ではないと信じてくれるだろう。(74)

廃刊された小説誌の失敗経験を活かして、様々な対応策略を講じていたことが窺える。項目（五）で言及された小説に附属するイラストだけでなく、『小説時報』は毎号の表紙にさまざまな女性の姿を描いた絵を掲げ、目次の前にも毎号、数枚の美人肖像画や写真（特に当時の中国で有名な妓女や世界各地の有名な女優たち）を掲げている。また、「新事新物」の欄を設け、世界各国の奇聞や新しい発明などを読者に紹介している。[75]さらに、「滑稽問答」欄に設問を設け、読者の回答を募集する。特に優れた答えを提出した読者には、賞品も出したらしい。[76]大衆の興味に迎合しようとする目的が著しい。

もともと啓蒙性を重視した陳景韓は、民衆を啓発する際、いつも物語性が強い小説を利用する傾向があった。彼の翻訳と創作には推理、冒険、暗殺などの要素を含むものが多かった。つまり、彼が選んだ小説はもともと娯楽性が強いのである。アンドレーエフの「思想」も推理小説ふうの筋立てを持っており、『小説時報』の方針にふさわしいものであった。だが、陳景韓の翻訳観はそれ以前とはやや異なっていた。まず、社会啓蒙性が薄くなった「心」の附記からその一斑を垣間見ることができると思われる。また、アンドレーエフに関する小傳と肖像をつけたことからも、その翻訳観の変化が見られる。原抱一庵に親しんだ陳景韓は、帰国後も終始、抱一庵の近況に関心を寄せていたため、その著名なマーク・トウェインをめぐる誤訳論争について知らなかったとは考えにくい。従って、トウェインに関する知識を彼がまったく持っていなかったとはやはり考えにくい。また、先に述べたように、当時、日本のユゴー・ブームは中国まで席巻したため、陳景韓はユゴーに関してもある程度の知識を持っていたと思われる。にもかかわらず、トウェインとユゴーを翻訳した際に、彼は両作家のひととなりについては一言も説明を加えなかった。これはアンドレーエフの翻訳の場合と鮮明な対照をなしている。

いずれにせよ、「心」の翻訳は、陳景韓が好む「狂人」のテーマにあてはまり、中国における小説観の変化の一縮図となった。

第三節　劉半農訳「黙然」

劉半農（一八九一－一九三四）は江蘇省江陰県の生まれで、中国「新文化運動」の先駆者であり、詩人であると同時に、著名な言語学者でもある。十一歳の時、中国古典と英語の教育を重視した江陰県翰林小学校に入学したが、成績優秀で、特に国文と英語を得意とした。一九一一年の秋、辛亥革命勃発後、革命軍に参加したものの、一九一二年、軍内部の混乱に不満を抱き、故郷に戻った。一九一二年三月、弟の劉天華とともに、故郷を離れ、上海にやってきて、翌年の春、中華書局の編集者となった。その後、雑誌『小説海』、『小説月報』、『中華小説界』、『礼拝六』などに多くの翻訳作品と小説を発表したほか、一九一七年五月と七月に、陳独秀が編集長を務める雑誌『新青年』に、相次いで「我之文学改良観」、「詩与小説精神上之革新」などの論文を発表した。一九一七年夏、北京大学の蔡元培学長の招きに応じて、北京大学法科預科教授となり、その後、『新青年』の編集に携わり、陳独秀や李大釗、魯迅、銭玄同らとともに、新文化活動を積極的に推し進めた。一九二〇年三月、ヨーロッパへ留学した。当初はイギリスのロンドン大学、その翌年にはフランスのパリ大学に留学し、一九二五年には、フランス国家文学博士の学位を取得した。帰国後は北京大学国語学部の教授となり、中央研究院歴史言語研究所の研究員や北京輔仁大学教務長を兼任した。

一九一二年から一九一七年にかけて、上海で主に投稿でもって生計を立てた劉半農は、大量の翻訳作品を残した。この時期に、英語にのみ精通していた彼は英語の新聞や英語訳書などを底本として利用し、イギリスのディゲンスやコナン・ドイルを始め、デンマークのアンデルセン、ロシアのトルストイ、ツルゲーネフ、ゴーリキーなど数多くの著名作家の作品の翻訳に手を染めた。これらの翻訳作品はほとんど進歩的な意義と現実性を持ち、当時の中国社会の弊害や暗黒面の風刺、あるいは民衆の啓発に利用できるものが多かった。

アンドレーエフの「沈黙」の翻訳もこの時期に行われたのである。劉半農はそのタイトルを「默然」と訳し、哀情小説として『中華小説界』第一年第十期（一九一四年十月）に掲載した。言うまでもなく、その底本は英語訳である。「沈黙」の筋立ては次のようである。

ヴェラは神父である父親イグナチウスの反対を押し切ってペテルブルグに行き、家に戻ってきてから、毎日沈黙して自閉症になったように語ることがなくなり、ある日突然鉄道自殺をした。ヴェラの母親は娘の沈黙の原因を夫の傲漫で欲張りな性格に求め、娘が亡くなった後、脳卒中で無言の人になってしまった。神父イグナチウスは娘を失い、非常に悲しかった。その自殺の原因を亡くなった娘に尋ねても答えをもらえず、妻に相談しても、無表情で反応してくれない。最後に神父も狂気へ導かれていく。

しかし、劉半農が訳出したのはこの小説の後半部分だけで、つまりヴェラが自殺したあとの部分である。筆者は劉半農訳「默然」を一九一〇年に刊行された W.H.Lowe 訳 *Silence*（*Silence and other stories*, London: Francis Griffiths, Maiden Lane, Strand, W.C. 1910を参照）と比較し、劉半農訳の構成について確認した。

W.H. Lowe 訳 *Silence* は四つの部分から構成されているが、劉半農の訳文はその第三部分の後半から第四部分までの内容に当たる。つまり、六月のある晩、Ignaty 神父（劉半農訳「伊神父」）が亡くなった娘 Vyera（劉半農訳「菲拉」）の部屋に行った時の情景と、翌日に娘の墓参りに行った場面を書いた箇所である。概して言えば、劉半農訳はほぼ英語訳の骨子を活かして、それを膨らませたものである。要するに、英語訳をもとに書き加えたものがある。詳しい書き加えは以下の通りである。

① Vyeraの部屋の陳列について

【英訳】 There was an uninhabited and deserted feeling about the apartment, from which man had been absent so long, and in which the wood of the walls, the furniture and other objects gave out a faint smell of growing decay. (pp.91)

【劉訳】 自菲拉死後，好多天以来，始終無人進室。室中的椅桌什物，雖是照著往時的式様，一一依然陳列著，怎耐既無第二個菲拉去収拾他、拂拭他，而別人毎想到了這些東西，就不免觸景生情，潸然下涙。與其入室之後，添加許多無謂的眼涙，反不如力自鎮抑，索性不進門。可憐這些椅桌什物，竟随菲拉遭到不幸的運命，從此無人収拾，無人拂拭，不免漸漸的灰塵高積，随著菲拉升天的高度而愈高。再到後來，漸漸霉腐，依著菲拉骨化形朽的程序而倶化倶朽。到了此時，室中的霉腐氣，殆與菲拉塚中相若。（一頁）

（菲拉が亡くなってから、何日もの間、この部屋に入った者は誰もはない。部屋にあるテーブルや椅子などは、彼女が住んでいた時の通りに、一つ一つ依然として陳列されている。しかし、菲拉がもう二度とこれらを片づけたり拭いたりすることはできない。他人はこれらの物を思い出すたびに、悲痛な思いを催して、さめざめと涙を流す。部屋に入って無意味な涙を多く増やすより、むしろできるだけ自ら抑制し、思いきって部屋に入らないことにする。かわいそうなことに、これらのテーブルや椅子などの家具は、菲拉とともに不幸な運命に遭い、それ以後誰も片づけることはせず、誰も拭くことをしないため、塵がだんだん高く積もることは免れず、菲拉が天にのぼる高さに従い、ますます高くなる。また後になると、だんだん朽ちてかびが生え、菲拉の骨が腐り、姿が朽ちる過程とともに腐って朽ちる。この時に至ると、部屋の中のかびの臭いは菲拉の塚の中とほとんど同じである。）

この段落では、菲拉の部屋の状態と菲拉の死を結びつけて描写し、娘を失った神父の悲しみを英語訳よりも強調する効果を収めている。

② 神父が枕を見つめ、菲拉を思い出す場面

【英訳】 the clean white bed with it's two pillows, a big one and a little one, looked unearthly and ghostly. Father Ignaty opened the window. (pp.91)

【劉訳】 現在牀上還有兩個枕頭，一大一小，依著住時的地位放置，毫無更動。伊神父細細向那枕頭瞧著，一會兒覺得他的愛女菲拉明明的躺在牀上，擧起了含笑的灰色眼，嘻著蘋果似的淡紅頰，輕輕的喚了一聲阿父。那天真熳爛的小孩兒腔調，宛然在目。一個眼花就不見了。一會兒又覺得菲拉已化成兩個幽靈，從兩個枕頭中走出，攜著手在空中舞蹈，有如天上安琪兒。定神一看，仍是烏有。伊神父自知是個中心積誠的幻象，也不仔細推究，只是把室中的窗開了兩扇。（二頁）

（今はベッドの上には二つの枕があり、一つは大きくて、もう一つは小さい。住んでいた時の通りに置かれ、少しも移動されなかった。伊神父はしみじみとその枕を見つめ、時には彼の最愛の娘菲拉は確かにベッドに横になっており、微笑みを含んでいる灰色の目をあげ、リンゴみたいな淡わい紅色の顔が笑いながら、「お父さん」と軽く呼んだと思えた。その天真爛漫な子どもの声、まるで目の前にあるようだが、目が眩んで見えなくなった。時には、菲拉はすでに二つの幽霊に化し、二つの枕から出てきて、手を上げて空中を舞い、天上のエンゼルの如きだと思えた。目を据えてよく見ると、すっかり無くなる。伊神父はこれが心の中で生まれた幻像だと自ら分かり、細かく追及もせず、ただ部屋の中の窓を開いた。）

ここの書き加えから、神父が娘を懐かしがり、娘に会いたいと思う切なる気持ちが窺える。これは英語訳にないものである。

③窓外の景色の描写を通して、神父の悲しみを際立たせる箇所

【英訳】 the fresh air poured into the room in a broad stream, smelling of dust, of the neighbouring river, and the flowering lime, and bore on it a scarely audible chorus, apparently, of people rowing a boat, and singing as they rowed. (pp.91)

【劉訳】 放些新鮮的空氣進來。窗下有一條小渓，渓旁有一株菩提樹，渓中的泉水，汩汩然如助人以悲啼。菩提樹當了風，也是蕭蕭颯颯，有如飲泣之聲。伊神父聴了，回思往事，越發覺得悲從中來。再側耳一聴，遠遠有和諧的歌聲，若斷若續，随著風勢送進窗來。想來今夜月白風清，三五少年，攜手步月，吸了天地之清氣，發為優美的歡歌，誰知道世界上還有伊神父這樣的苦悩人，聴了他們的歌聲，正在暗暗流涙呢。大凡世界上極苦的人，無所謂樂，蓋以苦而遇苦，益覺其苦。苦而遇樂，則樂之反射力，更足以吸引其心中之苦。反是而言，極樂之人，即無所謂苦。蓋樂而遇樂，則愈樂。苦而遇苦，則苦且烏有。可見苦樂之境，與外界無關，一由於人類之靈魂所構造。此時伊神父覺得在在皆苦，有觸即悲，正是逃不出這條定理。（二一—三頁）

（新鮮な空気をすこし入れておいた。窓の下には渓流が一つあり、渓流の傍には菩提樹が一本あり、渓流の中の泉水はこんこんと湧き出ており、まるで人を助けて泣き叫んでいるようだ。菩提樹は風に吹かれ、蕭蕭として鳴っており、まるで涙を呑んで泣く声のようである。伊神父は聞いて、往時を思い起こし、ますます悲しくなる。さらに耳を傾けて聞き、遠くから整っている歌声が、とぎれとぎれに聞こえ、

風とともに窓に送られて来た。思うに、今夜月がきれいで風が涼しく、三人か五人の少年が手を繋いで月の下を歩き、天と地のすがすがしい空気を吸い込み、優美で浮き浮きさせる歌を歌い、誰も世の中で伊神父のように苦しんでおり、彼らの歌声を聞いてひそかに泣いている人が存在するのを知らない。およそ世の中にある極めて悲観的な人は、喜びということが分からない。苦しみが苦しみに遭い、ますます苦しく思う。苦しみが喜びに遭っても、喜びの反射力はより一層その心の中の苦しみを引き起こすことができる。逆にいえば、極めて楽観的な人は、苦しみということが分からない。喜びが喜びに遭い、ますます喜んでいく。苦しみが苦しみに遭っても、烏有に帰するのである。故に、苦と楽の境地は、外部と関係がなく、すべて人類の霊魂に構築されたのである。この時、伊神父がすべてを苦しみだと見なし、何を見ても悲しくなるのは、まさにこの定理から逃げ出すことができないからだ。）

ここでは風景描写を神父の心理描写と結びつけ、神父の悲しみと苦悶をあらわに描出している。しかし英語訳では、単に風景描写があるのみで、神父の気持ちを表現せず、読者の想像にまかせている。類似した描写は、墓参りの途中の箇所の大幅な書き加えにも見られる。たとえば、神父は、娘の墓を覆っている木を見て、すぐに、あの木は自分の代わりに娘を守る分身なのだと思う。さらに、英語訳に出てこない娘の化身を象徴した杜鵑が設定されている。神父はその悲鳴を聞いて、涙をぼろぼろ落とす。神父の娘を愛する気持ちを表す効果が出ているといえる。

④　神父が墓に向かって、娘の自殺について問いかける箇所

【英訳】（…）said in a whisper: "Vyera!"（中略）and he repeated aloud: "Vyera!"（中略）"Vyera!" Loud and persistently the voice called（中略）"Vyera! Speak!" (pp.96)

【劉訳】菲拉……你能将致死的原因告我麼。我記得你自有生以来，老是歓忭愉快。在我最無聊的時候，只須一見了你，便覺神情愉悦。你母親更痛你，幾乎不能一日不見你的面。不料你自那天従禮拜堂回家後，性質大變。一天到晩籠閉在自己的房間裏，憂鬱異常。看見了父母，表面上雖強為歓笑，眉目間郤常帯悲傷之色，好像隠隠有一層隔膜，横隔在面目與良心之間。當初我總以為你心上有了暫時的不得意事情，所以憂形於色，過了幾天或幾星期，總可以復原，因此我並不介意。不料時間愈久你的悲傷也愈深，我和你母親，就漸漸的著急起來，屢次向你詰問原因。你只是不語，且説到了将来總有明言的機會。不料一天又一天，一月又一月，你明言的機會未到，你的性命已消滅於愁城之中。（中略）你竟使你父母永遠大惑不解，竟没有践説明原由的約。這是什麼縁故呢。

你説與不説是你的自由。（中略）雖是平時不苟言笑，對待兒女，也無過分之溺愛，然而他心中實有眞正的愛情，並不是無情的木石。所以我之愛你，與你母親雖然形式不同，心底裏郤是同一的愛。（中略）自你死之後，你的母親悲傷過甚，脳筋瞀亂，一天到晩呆著，好像害了神経病似的。要是提起了你，他總説你因憂鬱而身死，無非是我之冷酷所致。（中略）菲拉，菲拉，你告我罷。（一〇一 一二頁）

（菲拉……死亡の原因を伝えてくれないか。あなたは生まれてから、いつも喜んで愉快でした。俺が退屈と思ったとき、あなたを見るだけで、すぐにうれしい表情になる。お母さんはもっとあなたを可愛がっており、一日でもあなたと会わずにいられない。思いもかけず、礼拝堂から戻ってきてから、あなたは気性が大きく変わった。朝から晩まで自分の部屋に閉じこもり、憂鬱の極致だった。父と母を見ても、表面的に作り笑いをするが、顔にはいつも悲しみの色を浮かべ、顔と心の間にかすかな隔たりが横たわっているような感じだった。あなたはしばらく心にかなわないことがあったため、憂鬱な顔をしているが、何日かまたは何週間か経って、また回復できると俺は当初思いこんで、気にしなかったのである。しかし、思いもかけず、時間が長くなればなるほど、あなたの悲しみも深くなる。俺とお母さんはだんだん心配するようになり、何度もあなたに原因を尋ねた。あなたはただ無言のままで、将来必ず明言する機会があると言った。しかし、月日を重ねて、あなたは明言する機会がまだ来ておらず、あなたの命はすでに苦しむうちに消えて行った。（中略）あなたは永遠に両親を大いに惑わし、原因を説明してくれる約束を守っていなかった。これはいったいなぜだろう。話すか話さないか、これはあなたの自由である。（中略）普段は謹厳で、娘を溺愛しすぎることもなかったが、彼〔伊神父〕の心には確かに真の愛情があふれ、無情な木や石のような人ではない。だから、俺のあなたへの愛は、お母さんのと形式が異なるとはいえ、心の底の愛は同じものである。（中略）あなたが亡くなった後、お母さんは悲しすぎて、頭が乱れ、朝から晩までぼんやりして、精神病に罹ったみたいになった。あなたのことに触れると、彼女はいつもあなたが憂鬱で亡くなったのは、俺の冷酷さのために違いないという。（中略）菲菈、菲菈、俺に伝えてくれよ。）

英語訳では、神父はただ娘の名前を叫ぶだけである。しかし、劉半農はこのくだりにおいて、二段落ほどの長文を書き加え、菲菈が死ぬ前後の神父夫婦の言行を描きだしている。劉半農訳はもとの小説の後半から訳し始められているので、前半の内容や背景などが欠けており、読者にとって理解しにくい部分が残る。そのため、劉半農はここで神父の口を借りて、菲菈が亡くなった前後の情景を読者に伝えているのである。ストーリーの欠落部分がある程度補完されたわけである。これが、この部分の書き加えの一つの意義である。もう一つの意義は、娘の自殺の原因を知りたかった神父の娘への愛を強調することである。菲菈に対する母親と父親の愛の様相が異なることについても言及されているが、これは英訳では書かれていない菲拉の遺書の内容につながるものである。以上のような書き加えによって、小説の雰囲気がかなり変化してしまっている。英語訳はまさに魯迅が言ったとおりに、「象徵神秘之文，意義每不昭明，唯憑讀者主觀，引起或一印象，自為解釋而已（象徴的神秘的な文章は、いつもその意味あいをはっきり表すのではなく、ただ読者の主観に頼り、ある印象を引き起こし、読者自らがそれを解釈するにすぎない）」、すなわち、意味を明言せずに、全く読者の想像に任せている。劉半農訳は逆に神父の気持ちを逐一、読者に明らかにしており、想像力で補うべき余地は残されていない。

⑤　菲拉の遺書

【劉訳】　越数日，整理菲拉的臥室，只見一本聖経裏，夾著一張紙。上面用鉛筆寫了幾行字，筆支瘦弱，鉛痕輕淡。伊神父夫婦拏在手中一看，確是菲拉病中的手筆。

「阿父阿母慈鑒：兒嘗言心中之事，必有明言之機會，然而数月以來，迄未有此機會。今則不得不明言矣。兒年十有五，阿母愛我，阿父亦愛我。雖愛之之法不同，然等是愛也，無軒輕乎其間也。然阿母以愛我之故，輒責阿父愛我之不周，馴致阿父阿母之間，時聞誶聲，兒心何安。数月前，兒往禮拜堂，聴牧師之演説。牧師云，父母不睦，兒女而不能調和者，兒女之罪也。兒聞之，心大感動。且以阿父阿母之交謫，實由於兒一人，兒之罪誠大矣。故回家之後，心常怏怏，日夕默禱上帝，冀以上上帝之力，挽阿父阿母之心。乃愈禱，而交謫愈甚。縦阿父阿母屢責兒明言憂戚之由，而兒恐明言之後，非唯無補，且或有損，故不願啓齒。今病已不救，自知一旦不諱，必貽阿父阿母以大戚。然得於冥冥中為阿父阿母祝福，使阿父阿母不復交謫，亦足以償我之罪，而竟我之志矣。兒菲拉伏枕。」（一一二－一一三頁）

（数日が経って、菲拉の寝室を片づけ、一冊の聖書には紙が挟まれているのを発見した〔紙の〕上に鉛筆で数行の文字が書かれ、筆の勢いが弱く、鉛筆の痕が薄い。伊神父の夫婦は手に取ってみると、確かに菲拉の病中の筆である。

「お父さん、お母さんへ：私は心の底のことを、必ず明言する機会があると嘗て言ったが、数か月以来、今なおこのような機会はない。今は明言しなければならないと思う。私は十五歳になったが、お母さんが私を愛しているし、お父さんも私を愛している。愛し方が異なるが、いずれも愛であり、優劣の差はない。しかし、お母さんはいつも私を愛するが故に、お父さんの私への愛が行き届いていないと呵責し、お父さんとお母さんの間で喧嘩することに至ったので、私はどうしても心が落ち着かない。数か月前に、私は礼拝堂に行き、牧師の演説を聞いた。牧師が言うには、父母の仲が睦まじくないと、子供が調停できないのは、子供の罪である。私はこの話を聞いて、心が大きく動いた。お父さんとお母さんが非難しあうことは、実に私一人のせいであり、私の罪はまことに大きい。従って、家に帰ってから、心はいつも憂鬱で、日夜神様に願い事をし、神様の力を頼み、お父さんとお母さんの心を挽回しようとした。しかし、祈祷すれば祈祷するほど、非難し合うことがひどくなる。お父さんとお母さんは何度も私に憂鬱の原因を明言させようとしたが、私が明言すると、補うことができず、損になるかも知れないと思い、口を開こうとしなかったのである。今は病はもう治せず、一旦黙っておかないと、きっとお父さんとお母さんを悲しませると存じている。しかし、冥界においてお父さんとお母さんを祝福し、お父さんとお母さんが再び非難しあわなくなれば、私の罪をつぐなうことができ、私の志を遂げることができる。娘の菲拉が横になりながら書いた。」)

最後の菲拉の遺書の発見は、英語訳では書かれていない。英語訳では、Vyeraが自殺した原因は最後までわからず、沈黙だけが残されている。しかし、劉半農の書き加えにより、一切の疑問が解けている。つまり、神父とその妻は二人とも娘を愛しているが、愛情の様相が異なり、妻は常に神父を批判し、二人はいさかいを起こしたのである。両親が自分のために不和になったと考えて思いつめる菲拉は、神に祈るが、効果なく、自分の罪こそ重いと考え、自殺を選んだのである。劉半農がアンドレーエフの読者であるという角度から考えれば、最後のこの遺書はむしろ劉半農なりの「沈黙」の一解釈であろう。アンドレーエフの原作では、Vyeraの自殺は最初から最後まで謎のままで物語を貫き、沈黙の不気味さを始終ただよわせている。劉半農訳の物語の持つ雰囲気は、原作の持つ気分からかなり変化している。

このような書き加えと書き直しを行なうに当たって、劉半農は明確な目的意識を持っていた。「黙然」の附記に置いて、下記のように述べている。

> 半儂曰く、溺愛することは常にある。溺愛することによって責めあうことも常にある。しかし、このように結果が悪く、ついにここまで至ったのは思いにも寄らないことであった。これは家庭の大きな変化ではなかろうか。だが、世の中の政党は、国家に益することや、国民を幸福にすることを口実にしないものはない。また、人民に災いをもたらし、国を損なうといって、お互いに責め合うことをしない政党もないのである。そのため、結局、人民が安心して生活することができず、悲惨な結果をもたらすのである。余はこの文章を翻訳して、感想があったのである。[77]

この附記から窺えるように、劉半農は、小説中の神父夫婦が互いに責めあっていることをたとえにして、当時の政党間の争いを批判している。辛亥革命以降、中国では一時的に大量の政党が生まれた。しかし、当時は政党の制度がまだ整備されておらず、各政党は表面的には国家の利益のために動いているように見せながら、実際は、すべての活動において、自己の利益だけを考えていた。小説の最後に付けられた遺書はほかでもなく、このことを批判するために付けられたと考えることができる。劉半農はこの小説を民国初期に流行していた鴛鴦蝴蝶派の作家が好む「哀情小説」に分類した。しかし、本当の目的は社会批判と民衆啓蒙であり、内容も悲恋物語ではなく、「哀情小説」にふさわしいものではなかった。にもかかわらず、目的を達成するには、読者に注目される必要があると考え、当時最も歓迎されていた小説の形にしたのだと考えられる。

一方、魯迅の「黙」の翻訳はかなりドイツ語底本に忠実だと言われている。アンドレーエフの創作手法は当時の日本においても清新なものであったから、魯迅にとっても新鮮なものであったに違いない。日本語訳を経由せず、ドイツ語訳を底本としたのも、その手法や雰囲気をできるだけ原作に近い形で読者に伝えようと考えていたからではないだろうか。しかし、当時の中国では、まだこの象徴主義的、印象主義的な描写方法を受け入れる土壌が形成されていなかった。劉半農訳「黙然」における書き加えもその証拠だと考えられる。劉半農は自分の解釈でアンドレーエフの「沈黙」を当時の読者に理解しやすいものに書き直したのである。一九二一年に『域外小説集』が再版された際、附記で補充された「象徴神秘」についての説明、「謾」と「黙」の内容について加えられた解釈、および「黯澹的煙靄里」の附記で表明された危惧、『黒い仮面』への評価から見れば、魯迅もアンドレーエフの作品が当時の読者にとって理解しにくいと認めていたのではないだろうか。

ところで、劉半農訳「黙然」が掲載された『中華小説界』第一年第十期には、周作人訳希臘擬曲「媒媼」と「塾師」も載せられている。しかし、周作人は一九一九年に発表された「歯痛」の附記において、中国におけるアンドレーエフ作品の翻訳について言及した際、劉半農訳については一言も触れていない。この訳は省略が多く、原作と離れているためか、周作人の関心を引くことはできなかったようである。上述してきたとおり、「黙然」は大幅に書き加えられたものである。たとえ当時の周作人がこれを読んだとしても、彼の生涯を貫いた「直訳」主義の翻訳観にふさわしくないものであるため、あまり印象を受けず、五年後にすっかり忘れてしまった可能性もあると思われる。

第四節　周痩鵑訳「紅笑」

周痩鵑訳「紅笑」が収められた『欧美名家短篇小説叢刊』（下巻）の「俄羅斯之部」には合わせて四篇のロシア小説の翻訳がある。アンドレーエフの「赤い笑」のほかに、ツルゲーネフの「死」（How the Russian Meets Death.『猟人日記』の中の「*Смерть*」（*Smert'*）に当たる）、トルストイの小説「寧人負我」（*A long Exile*）とゴーリキーの小説「大義」（『イタリア物語』の第十一篇 The Traitor's Mother）が収録されている。これらのロシア小説はすべて英語訳に基づいて訳された。また、訳文の前には各作家に関する短い紹介が付けられている。アンドレーエフに関する紹介は以下のようである。

アンドレーエフ小伝（一八七一－）　アンドレーエフ（Leonid Andreef）は一八七一年にオリョール（Orel）に生まれた。書院を卒業した時、すぐに父が亡くなり、家が貧しく、甚だ困窮していた。勉学に勤しみ、怠けることは少しもないため、小学校教員に就職したが、収入が頗る少なかった。その後、文章を書くことに従事し、誰も注目しなかった。落魄してつまらなくなり、ついに自殺を謀ろうとした。一八九四年に、ピストルで自分を撃ったが、死を免れた。傷が治ってから、また勇気を出して著述に携わったが、依然として失敗していた。幸いに、幼い頃から絵画を好み、絵画を売って生きていた。毎日お客様に肖像画を描き、一枚はわずか五ルーブルか十ルーブルである。飢えと寒さを免れることができたとはいえ、家は依然として困窮していた。一八九七年に、弁護士として生活するようになり、モスクワの法廷に招へいされた。収入も少なく、暇な時、再び新聞社の法律記事を担当するようになった。翌年短篇小説「彼が狂ったか」（"Was He Mad"）が刊行され、社会に大歓迎された。すると文名がますます高まり、貧窮の生活もとうとう終りを告げた。生涯に作った短篇小説は極めて多く、「嘘」（"The Lie"）「思想」（"The Thought"）、「総督」（"The Governor"）「イスカリオテのユダ」（"Judas Iscarit"）「サーシカ・ジェグローフ」（"Sachka Yegulev"）がある。諸作品の中で、「彼は狂ったか」を除いては、「赤い笑い」が最も有名である。現在、アンドレーエフはまだ生きており、ロシア当代の二大作家としてゴーリキーと並び称されている。[78]

この紹介において、アンドレーエフの作風は言及されていないが、その生涯および代表作品に関する紹介は非常に詳しく正確である。従って、周痩鵑はアンドレーエフについて一定の知識を得た上で翻訳に着手したのだと考えられる。

しかし、「赤い笑」の翻訳にあたり、周痩鵑が誰の英訳を参照したかは、まだ確定できていない。筆者はAlexandra Linden 訳 *The Red Laugh*（*Fragments of A Discovered Manuscript*, by Leonidas Andreief, translated from the Russian By Alexandra Linden. London: T. Fisher Unwin Paternoster Square,1905）を参考書として、周痩鵑訳と比較検討してみた。Alexandra Linden 訳は二つの部分から構成され、第一部分には九つの断片があり、第二部には十七の断片がある。一方、周痩鵑訳「紅笑」は九節で構成されている。詳しく言えば、周痩鵑訳「紅笑」では、第九節は第二部第一節の訳であるが、これを除いて、ほかの八節はすべて第一部からの部分訳である。第一節＝第一部第一断片の一部、第二節＝第二断片の一部、第三節＝第三断片、第四節＝第四断片の前半、第五節＝第六断片、第六節＝第七断片、第七節＝第八断片、第八節＝第九段断片の後半。要するに、周痩鵑訳は「赤い笑」をところどころ抜粋して意訳したものになっている。

注目すべきは周痩鵑が付けた補充説明である。具体的には、以下の箇所があるが、いずれも読者が理解しやすいようにとの工夫が窺える。

① 文章や単語に関する補足説明

【英訳】Our doctor, the one that did the amputation, a lean, bony old man, tainted with tobacco smoke and carbolic acid, everlastingly smiling at something through his yellowish-grey thin moustache.（pp.42-43）

【周訳】這病院中専司割鋸四肢的医生，是一個痩伶伶的老人。一天到晩，兀被煙草氣（因為他喜歡吸煙）和炭酸氣薫着（因為他片刻不停的療治病人），所以身上毎毎有這両種氣味。（この病院では四肢を切り取るのを専門とする医師は、痩せている老人である。朝から晩まで、煙草の匂い（彼は喫煙が好きだから）と炭酸の匂い（彼は一刻も休まずに病人を治療するから）に浸っているため、身体はいつもこの二つの匂いがする。）（五五頁）

＊【分析】老医師の体が煙草の匂いと炭酸の匂いがする原因について説明している。英語訳の通りに訳すと、なぜこのような匂いがするのかが読者に分らないので、配慮したと考えられる。言い換えれば、周痩鵑自身がこのあたりを読んだ時、その理由がかなり気になっていたと考えられる。

【英訳】And inspiration, sacred inspiration, came to me.（pp.65）

【周訳】今天我忽地發生了一片「煙士披里純」INSPIRATION，發生了一片高尚純潔神聖的「煙士披里純」（梁

任公曰，煙士披里純者，發於思想感情最高潮之一刹那頃)。(六九頁)

(今日、私は急に「インスピレーション」(INSPIRATION) を得た。一つの高尚で純潔で神聖な「インスピレーション」(梁任公曰く、「インスピレーション」というのは、思いや感情の最高潮の刹那に発生するものである) が発生したのである。)

*【分析】「煙士披里純者，發於思想感情最高潮之一刹那頃」という文章は、周痩鵑が梁啓超の文章「煙士披里純」(『清議報』第九十九冊、一九〇一年十二月一日) から引用したものである。梁啓超の文章は当時非常に影響力があったため、その解釈を引用すると説得力を高めることができたと考えたのだろう。

【英訳】And that short, red and flowing "something" still seemed to be smiling a sort of smile, a toothless laugh-a red laugh. (pp.13)

【周訳】瞧這又短又紅的東西上，還似乎帯着笑容，似乎帯着没牙歯的老婆子的笑容，這一笑便是紅笑 (紅笑二字，頗不可解。原文如此，故仍之)。(四九頁)

(見ろ、この短くて赤いものの上に、また笑顔が浮かんでいるようだ。歯がなくなった老婆のような笑顔が浮かんでいるようだ。この笑いがすなわち赤い笑いである (赤い笑い〔紅笑〕という二文字は、頗る理解しがたいが、原文はそのようであるから、このままに訳した。))

*【分析】周痩鵑の訳文では、歯のない笑を老婆の笑顔に喩えたため、英語訳よりずっと印象的で分かりやすいと思われる。しかし、付けられた注釈からも窺えるように、この赤い笑について、周痩鵑はなかなか理解できていないようである。逆に考えれば、アンドレーエフのこの小説は当時の中国人にとって分かりにくいものであったといえよう。

②　前後の文章の繋がりに関する説明

【英訳】in three days' time he was to be thrown into the grave to join the dead; nevertheless he lay smiling dreamily and talking about a medal.（pp.17）

【周訳】我知道他三天後投入墓田，去和死人把臂，仍要帯着笑容，口口聲聲的説勲章咧（按：下段與此似不連属，讀者当知是瘋人口吻）。（五二頁）

（私は彼が三日後に墓場に捨てられ、死人と腕を交わすことになっても、相変わらず笑顔で、勲章のことを何度も言い張ると知っている。（按ずるに、下の段はここと繋がらないようだが、狂人の口調であると読者たちに分かってほしい）。）

＊【分析】英語訳を読んだ際、狂人についての叙述であると気づいた周瘦鵑が、読者を惑わせないように、注釈を付けたのだろう。

【英訳】Happily he died last week on Friday.（pp.69）

【周訳】上來復的來復五日，我阿兄快快樂樂的死了（這是書中主人公阿弟的口吻）。（七〇頁）

（先週の金曜日、私の兄が喜んで亡くなった。（これは本の中にある主人公の弟の口吻である）。）

＊【分析】これは英語訳の第二部第一断片の最初の文章である。第一部はずっと「私」が語っていたが、第二部になると語り手の「私」は第一部の「私」と異なり、「私」の弟になった。もし英語訳に忠実に訳し、補足説明をしないと、読者は第二部の「私」と第一部の「私」を同一人物だと思うことだろう。文章を理解するための障害にならないように注釈を付けたと考えられる。

ある意味では、上記の引用文にある注釈は、周瘦鵑がアンドレーエフ小説を読んだ時の苦しい経験談と看做しても構わないと思われる。自分自身に疑問や迷いを感じたからこそ、読者に配慮することができたのである。逆に考えれば、これはもう一度当時の中国では、まだアンドレーエフを受け入れる準備が整っていなかったことを再度証明している。

まとめ

一九一〇年代、中国の知識人たちは、一世を風靡したアンドレーエフを見逃さなかった。しかし、周瘦鵑は積極的に紹介しようとしたが、彼にとってアンドレーエフの作品を十分に理解することは難しかったようで、ごく一部の作品を翻訳するにとどまった。陳景韓はアンドレーエフ小説の持つ奇怪さと物語性を評価し、大衆の興味に迎合しようとした。劉半農はアンドレーエフ小説の悲惨なところを評価し、社会啓蒙に利用した。周作人はアンドレーエフについて深く認識したが、自分の趣味にあわせて人道主義の面を強調した。このような各方面からの様々なアンドレーエフ認識は、アンドレーエフ作品の多様な魅力を証明するとともに、当時の中国の社会背景や文学界の状況をも反映していたといえよう。

また、同様に第三国の言語（英語かドイツ語）からアンドレーエフを翻訳するにしても、日本留学経験を持っている魯迅と周作人は劉半農や周瘦鵑と異なっている。魯迅と周作人は日本におけるアンドレーエフ受容の環境の影響を受け、日本で洋書を購入する便利さを利用し、個人的な趣味と努力によって、より客観的で全面的にアンドレーエフ文学を理解することができ、自分の文学観の形成や創作に生かすことができたのである。そもそも彼らの翻訳はロシア語原典からではなく、重訳であるが、底本にかなり忠実に訳していたため、ある程度アンドレーエフの本来の姿に近づいたといえるだろう。一方、劉半農はまだアンドレーエフに対する知識が十分でなく、その文学を中国の読者に紹介しようとした姿勢すら見えない。大幅に改作したことによって、アンドレーエフ小説がすっかり見る影もなくなってしまい、結局、読者にアンドレーエフを伝えることはできなかったのである。また、周痩鵑は、アンドレーエフを紹介したとはいえ、その文学の神髄を把握できず、あくまでも紹介だけに留まっているのである。

【注】

（1）塚原孝「日本への移入第一段階におけるアンドレーエフ論」（比較文学年誌（40）、二〇〇四年）を参照。なお、アンドレーエフに関する紹介文は『世界文学シリーズ・ロシア文学案内』（朝日出版社、一九七七年）八〇頁、及び『はじめて学ぶロシア文学史』（ミネルヴァ書房、二〇〇三年）二七七頁を参照。

（2）張麗華『現代中国「短篇小説」的興起——以文類形構為視角』（北京大学出版社、二〇一一年）、一八五－一八六頁。

（3）魯迅「導言」『中国新文学大系・小説二集』（上海良友図書公司、一九三五年）、二頁。原文は以下の通り。「而且《藥》的收束，也分明的留着安特來夫（L.Andreev）式的陰冷。」

（4）孫伏園「薬」『魯迅先生二三事』（重慶作家書屋、一九四四年二月）、二十頁。原文は以下の通り。「魯迅先生和我説過，在西洋文藝中，也有和《薬》相類的作品。例如俄國的安特來夫，有一篇《齒痛》（原名 Ben Tobit），描寫耶穌在各各他釘在十字架上的那一天，各各他附近有一個商人患着齒痛。他也和老拴小拴們一樣，覺得自己的疾病，比起一個革命者的冤死來，重要得多多」。

（5）許欽文『『魯迅日記』中的我』（浙江人民出版社、一九七九年）、五四頁。原文は以下の通り。「在掛藤野先生照相的東墻上，也曾経掛過安特烈夫等的相片」。

（6）代表的な研究を挙げると、次のとおりである。

①谷行博「『謾・黙・四日』（上）：魯迅初期翻訳の諸相」（『大阪経大論集』第一三二号、一九七九年十一月）、『謾・黙・四日』（下）：魯迅初期翻訳の諸相」（『大阪経大論集』第一三五号、一九八〇年五月）、「魯迅訳『黙』における幽黙について」（『大阪経大論集』第一五五号、一九八三年九月）。

②王友貴『翻訳家魯迅』南開大学出版社、二〇〇五年
③彭明偉『五四時期周氏兄弟的翻訳文学之研究』、二〇〇七年台湾国立清華大学博士論文

（7） 代表的な研究には、以下のものがある。
①王富仁「魯迅的前期小説与安特莱夫」（『中国文学研究年鑑（一九八二）』、中国文芸聯合出版公司、一九八三年九月）
②周音、李克臣「試論魯迅的『狂人日記』与安特莱夫的『墻』」（『中国現代文学研究叢刊』一九八二年四期）
③劉西晋「魯迅小説的象徴手法与安特莱夫」（『西北民族大学学報（哲学社会科学版）』一九八四年四期）
④藤井省三「魯迅とアンドレーエフ」（『ロシアの影――夏目漱石と魯迅』平凡社、一九八五年）
⑤史福興「談『域外小説集』中魯迅所訳四篇小説対其創作的啓示」（『求是学刊』一九八六年五期）
⑥王本朝「〝吃人〞的寓言与象徴――魯迅『狂人日記』与安特莱夫『紅笑』的比較性解読」（『広東社会科学』一九九三年第一期）
⑦江勝清「論安特莱夫的『紅笑』對魯迅『狂人日記』的影響」（『孝感師専学報』一九九四年第一期）
⑧王贏杰「魯迅与安特莱夫」（『中山大学研究生学刊（社会科学版）』一九九九年第二期）

（8） 管見の限り、唯一の専門的なアンドレーエフ研究にあたる代新林の「安徳列耶夫在中国的伝播与接受」（貴州師範大学修士論文、二〇〇九年）も、魯迅のアンドレーエフ翻訳とその影響に偏っている。

（9） 知堂「関於魯迅之二」（『宇宙風』三十期、一九三六年十二月一日）を参照。原文は以下の通り。「豫才不知何故深好安特來夫，我所能懂而喜歡者只有短篇《歯痛》（Ben Tobit），《七個絞死的人》與《大時代的小人物的懺悔》二書耳」。

（10） 「致周作人（一九一九年四月十九日）」『魯迅全集』（第十一巻）（人民文学出版社、二〇〇五年）、三七三頁。原文は以下の通り。「安特来夫之『七死刑囚物語』日訳本如尚可得，望買一本来，勿忘為要」。

（11） 周作人訳「歯痛」附記（『新青年』七巻一号、一九一九年十二月一日）を参照。原文は以下の通り。「外国報説 Leonid N. Andrejev（1871-1919）於九月三十日死在芬蘭了。我因此譯這一篇，為他作記念。」

（12） 『周作人日記（影印本）』（中）（大象出版社、一九九六年）、一九一九年の日記を参照。

（13） 前掲「歯痛」附記を参照。原文は以下の通り。「原名 Ben Tobit，現在換了一個題目」。

（14） 前掲『周作人日記』（中）にある「八年書目」を参照。

（15） 森脇白夜訳「ベン・トビット」序文（『新人』第十五巻第八号、一九一四年八月一日）。

（16） 知堂「関於魯迅之二」（『宇宙風』第三十期、一九三六年十二月一日）を参照。原文は以下の通り。「毎月初各種雑誌出版，我們便忙着尋找，如有一篇関於俄文学的紹介或翻訳，一定要去買來，把這篇拆出保存。（中略）対於日本文学当時殊不注意，

森鷗外，上田敏，長谷川二葉亭諸人，差不多只重其批評或譯文。」

(17) 前掲「歯痛」附記を参照。原文は以下の通り。「文中的地名人名，多是新約中所有，却都照着舊譯本沿用了。」

(18) 前掲「歯痛」附記を参照。原文は以下の通り。「Andrejev 大概被人稱為神秘派，或頽廢派的作家，但仍然帶着濃厚的人道主義的色彩。」

(19) 周作人「『沙漠間的三個夢』譯記」（『新青年』六巻六号、一九一九年十一月一日）を参照。原文は以下の通り。「我們所要求的文學，在能解釋人生，一切流別統是枝葉：所以寫人生的全體，如 Maupassant 的《一生》(Une Vie=A women's Life) 的寫實，或 Andrejev 的《人的生活》(Zhizni Tsherovjeka=The Life of Man) 的神秘，固無不可。」

(20) 周作人「俄国之戦争小説（小説叢話（四））」（一九一七年八月三十一日に書かれた手稿）、鍾叔河編『周作人散文全集1（一八九八－一九一七）』（広西師範大学出版社、二〇〇九年）、五一〇～五一一頁を参照。

(21) 前掲「歯痛」附記を参照。

(22) *Essays on Russian novelists.* by Willliam Lyon Phelps, New York: The Macmillan, 1911. pp.267-269.

(23) 前掲 *Essays on Russian novelists.* p.265.

(24) 前掲鍾叔河編『周作人散文全集1（一八九八－一九一七）』、五一一頁を参照。

(25) 前掲「歯痛」附記を参照。

(26) 前掲 *Essays on Russian novelists.* pp.269-271.

(27) ただし、*Essays on Russian novelists* にある「人の一生」の英語訳は The life of man.Tr. by M.Baring.Oxford and Cambridge Rev., Midsummer,1908; Living Age, 26 Sept, 1908. であり、周作人の手元にある Hogarth 訳とは異なる。

(28) 前掲 *Essays on Russian novelists.* pp.239-240.

(29) 『周作人日記（影印本）』（上）（大象出版社、一九九六年）、一九一七年六月、七月の日記を参照。原文は以下の通り。「一九一七年六月三十日下午得東京堂二十日寄露國現代ノ思想ト文学一冊」、「一九一七年七月一日閲露國現代文学」。

(30) 昇曙夢『露國現代の思潮及文學』（新潮社、一九一五年）、一九九頁を参照。

(31) 小川利康「五四時期の周作人の文学観――W・ブレイク、L・トルストイの受容を中心に――」『日本中国学会報』（第四十二集、一九九〇年）を参照。

(32) 周作人「讀武者小路君所作『一個青年的夢』」（『新青年』四巻五号、一九一八年五月十五日）を参照。

(33) 周作人「論中国之小説」（一九一七年九月に書かれた手稿）、前掲鍾叔河編『周作人散文全集1（一八九八－一九一七）』、五一三頁を参照。原文は以下の通り。「用這人道主義為本，對於人生諸問題，加以記録研究的文字，便謂之人的文學。」

(34) 周作人「人的文学」(『新青年』五巻六号、一九一八年十二月十五日)を参照。原文は以下の通り。「用這人道主義為本，對於人生諸問題，加以記録研究的文字，便謂之人的文學。」「現既以小説為文学之一種，文学之意義，由今日言之，已趨於人生之芸術之一面。故小説自亦随之転変，非僅供娯楽，或為美観，当関於人生根本問題有所関連，乃有価値可言。(中略)如死刑問題，此実為一極重大之問題。第在中国，非特小説中未曾論及，即上下国人，恐亦鮮念及之者也。(中略)安特来夫之『七死囚記』，亦即論此。」

(35) 前掲「歯痛」附記を参照。原文は以下の通り。「我們的不幸，便是大家對於別人的心靈，生命，苦痛，習慣，意向，願望，都很少理解，而且幾於全無。我是治文學的，我之所以覺得文學可尊者，便因其最高上的功業，是在拭去一切的界限與距離」。

(36) 前掲周作人「人的文学」を参照。原文は以下の通り。「其中又可以分作両項：(一)是正面的，寫這理想生活，或人間上達的可能性；(二)是側面的，寫人的平常生活，或非人的生活，都很可以供研究之用。」

(37) 前掲「歯痛」附記を参照。原文は以下の通り。「書中 Ilja Dementev 是一個普通的中流社會人物，他的自白也便是一般人的心理，但箸者廣大的愛，仍舊處處流露。Dementev 固然多為自己的安全著想，但愈看重自己，也便不能不想到別人的「自己」。」

(38) 前掲「歯痛」附記を参照。原文は以下の通り。「傳聞柏林已完全在黒暗中，又聞徳人均已受餓。以俄國人論，我對於他們的不幸，應該欣幸，因為這次野蛮的戦争，全是他們的過悪；(中略)但我實在為徳人可憐，假如柏林的地方是和彼得格勒有些相像，那可憐的冒険的條頓人現在可不知道怎様受冷，又不知他們将如何咀咒開戦的那一個日子哩！」

(39) 前掲周作人「人的文学」を参照。

(40) 前掲周作人「人的文学」を参照。

(41) 前掲周作人「讀武者小路君所作『一個青年的夢』」を参照。原文は以下の通り。「日俄戦争，Andrejev 並没有去打仗，作了一篇小説叫《紅笑》，可是猛烈得狠，讀了這書，若不是一點不懂得，便包管頭痛心跳起來，夜裏做悪夢！」。

(42) 周作人における頽廃派の文学観について、伊藤徳也の『「生活の芸術」と周作人——中国のデカダンス＝モダニティ』(勉誠出版、二〇一二年三月)に詳しい。

(43) 当時の周作人はロシア文学全体に興味をもっていた。昇曙夢の本を購入したのは、アンドレーエフを理解するためだけではないことを付言しておく。

(44) 江勝清「論安特莱夫的『紅笑』對魯迅『狂人日記』的影響」(『孝感師専学報』第一期、一九九四年三月)、張麗華『現代中国「短篇小説」的興起——以文類形構為視角』(北京大学出版社、二〇一一年)、一八五〜一八六頁を参照。

(45) 塚原孝「明治期のアンドレーエフ受容史の一側面——『早稲田文学』『趣味』を中心に」(柳富子編『ロシア文化の森へ——比較文化の総合研究』ナダ出版センター、二〇〇一年二月)、四六〇頁。

(46) 塚原孝「日本への移入第一段階におけるアンドレーエフ論」(『比較文学年誌』第40号　二〇〇四年三月)を参照。

(47) 同(45)、四七一頁を参照。

(48) 藤井省三「大逆事件とアンドレーエフの受容」(『ロシアの影:夏目漱石と魯迅』、平凡社、一九八五年四月)、三三〜三四頁。

(49) 同(16)。

(50) 『露西亜現代文豪傑作集』(昇曙夢訳、大正九(一九二〇)年〜十一(一九二二)年、東京大倉書房、全部で六編)といえば、魯迅の蔵書にはたしかに第二編(『クープリン、アルツイバアヤフ傑作集』)、第三編(『ザイツエフ、ソログープ傑作集』)、第五編(『チェホフ傑作集』)、第六編(『詩人傑作集』)がある。第一編と第四編(『ゴーリキイ傑作集』)が欠けているが、魯迅はどこかでこの第一編『アンドレーエフ傑作集』を見たのではないかと考えられる。

(51) 魯迅『壊孩子和別的奇聞』譯者後記(初出:単行本『壊孩子和別的奇聞』上海聯華書局、一九三六年)を参照。『魯迅全集』第十巻(人民文学出版社、二〇〇五年)四四九頁から引用する。原文は以下の通り。「這種関係，在作者本国的讀者是一目瞭然的，到中国来就須加些注釈，有点纏夾了。但参照起中村白葉氏日本譯本的『契訶夫全集』，這里却缺少了両処関於猶太人的并不是好話。」

(52) 周作人「(七九)學俄文」『知堂回想録』(香港:三育図書文具公司、一九八〇年)、二二四頁。原文は以下の通り。「我們學俄文為的是佩服它的求自由的革命精神及其文學，現在學語固然不成功，可是這個意思却一直没有改變。這計劃便是用了英文或徳文間接的去尋求，日本語原來更為方便，但在那時候俄文翻譯人材在日本也很缺乏，経常只有長谷川二葉亭與昇曙夢両個人，偶然有譯品在報刊發表，昇曙夢的還算老實，二葉亭因為自己是文人，譯文的藝術性更高，這就是説也更是日本化了，因此其誠實性更差，我們尋求材料的人看來，只能用作參考的資料，不好當作譯述的依據了。」

(53) 魯迅「書帳(一九二五年)」(『魯迅全集』第十五巻、人民文学出版社、二〇〇五年)五九九頁を参照。原文は以下の通り。「露国現代の思潮及文学一本　三・六〇　二月十四日」。『魯迅手蹟和藏書目録(第3集)』(北京魯迅博物館、一九五九年)には「露國現代の思潮及文学　昇曙夢著　大正十二年(一九二三)東京改造社　精装」という記録がある。

(54) 魯迅「関於『関於紅笑』」(『語絲』第五巻第八期、一九二九年四月二十九日)を参照。原文は以下の通り。「梅川君這部譯稿，也是去年暑假時候交給我的。(中略)直到十月，小説月報社擬出增刊，要我寄稿，我才記得起來，据日本二葉亭四迷的譯本改了二三十処，和我譯的《竪琴》一併送去了。」

（55）魯迅「致李霽野（一九二五年二月十七日）」（『魯迅全集』第十一巻、人民文学出版社、二〇〇五年）、四五八頁。原文は以下の通り。「《人的一生》是安特来夫的代表作，譯本錯処既如是之多，似乎還可以另翻一本。」

（56）魯迅「雑識・安特來夫」（『域外小説集』第一冊、東京神田印刷所、一九〇九年三月）を参照。原文は以下の通り。「安特來夫，生於一千八百七十一年。初作「黙」一篇，遂有名；為俄國当世文人之著者。其文神秘幽深，自成一家。所作小品甚多，長篇有「赤咲」一巻，記俄日戦争事，列国競傳譯之」。訳文は「雑識・アンドレーエフ」（『魯迅全集』第十二巻『古籍序跋集・訳文序跋集』、学習研究社、一九八五年）、二一八頁を参照。

（57）魯迅「譯者事略・安特來夫」（『域外小説集』、群益出版社、一九二一年）を参照。訳文は拙訳である。原文は以下の通り。「安特來夫（Leonid Andrejev 1871-1919）安特來夫幼苦學，卒業為律師，一八九八年始作「黙」，為世所知，遂專心於文章。其著作多屬象徴，表示人生全體，不限於一隅，「戲劇」「人的一生」，可為代表。長篇小説有「赤笑」，記一九〇四年日俄戦事，雖未身歴戦陣，而憑藉神思，寫戦争惨苦，暗示之力，較明言者尤大。又有「七死囚記」，則反對死刑之書，呈託爾斯泰者也。象徴神秘之文，意義毎不昭明，唯憑讀者主観，引起或一印象，自為解釋而已。今以私意推之，「謾」述狂人心情，自疑至殺，殆極微妙，若其謂人生為大謾，則或即著者當時之意，未可知也。「黙」蓋叙幽黙之力大於聲言，與神秘教派所説略同，若生者之黙，則又異於死寂，而可怖亦尤甚也。」

（58）魯迅「黯澹的煙靄里」訳者附記（『現代小説訳叢（第一集）』、上海商務印書館、一九二二年五月）を参照。原文は以下の通り。訳文は「『靄の中へ』訳者附記」（前掲学研版『魯迅全集』第十二巻『古籍序跋集・訳文序跋集』所収）、二四六～二四七頁を参照。

【「黯澹的煙靄里」訳者附記】安特來夫（Leonid Andrejev）以一八七一年生於阿莱勒，後來到墨斯科學法律，所過的都是十分困苦的生涯。他也做文章，得了戈理奇（Gorky）的推助，漸漸出了名，終於成為二十世紀初俄國有名的著作者。一九一九年大變動的時候，他想離開祖國到美洲去，没有如意，凍餓而死了。

　他有許多短篇和幾種戲劇，将十九世紀末俄人的心裏的煩悶與生活的暗淡，都描寫在這裏。而尤其有名的是反對戦争的紅笑和反對死刑的七個絞刑的人們。欧洲大戦時，他又有一種有名的長篇大時代中一個小人物的自白。

　安特來夫的創作裏，又都含有嚴粛的現實性以及深刻和纖細，使象徴印象主義與寫實主義相調和。俄國作家中，没有一個人能够如他一般，消融了内面世界與外面表現之差，而現出靈肉一致的境地。他的著作是雖然很有象徴印象氣息，而仍然不失其現實性的。

　這一篇「黯澹的煙靄里」是一九〇〇年作。克羅綏克説，「這篇的主人公大約是革命黨。用了分明的字句來説，在俄國的検査上是不許的。這篇故事的價値，在有許多部分都很高妙的寫出一個俄國的革命黨來。」但這是俄國的革命黨，所以他那堅決猛烈冷静的態度，從我們中国人的眼睛看起來，未免覺得很異樣。一九二一年九月八日譯者記

(59) 魯迅「書籍」訳者附記（『現代小説訳叢（第一集）』、上海商務印書館、一九二二年五月）を参照。原文は以下の通り。訳文は『書物』訳者附記」（前掲学研版『魯迅全集』第十二巻『古籍序跋集・訳文序跋集』所収）、二四八頁を参照。

【「書籍」訳者附記】這一篇是一九〇一年作，意義很明顯，是顔色黯澹的鉛一般的滑稽，二十年之後，纔譯成中国語，安特來夫已經死了三年了。一九二一年九月十一日，譯者記。

(60) 昇曙夢『露國現代の思潮及文学』（改造社、一九二三年）一七五頁を参照。

(61) 前掲魯迅「致李霽野（一九二五年二月十七日）」、訳文は「李霽野宛（一九二五年二月十七日）」（『魯迅全集』第十四巻『書簡I』学習研究社、一九八五年）、一六八頁を参照。

(62) 陳景韓訳「心」（『小説時報』第六期、一九一〇年八月）を参照。原文は以下の通り。

【痕苔小傳】痕苔，中部俄羅斯人也。生於千八百七十一年。受業中學校時，①早喪父母，備極貧困。繼又至聖彼得大學，常兩日一餐，刻苦修業。每至自恨，輒以自戕。然均以遇救得免。後又轉學莫斯科，屢草小説，投稿各雜誌。至千八百九十七年卒業大學，得律師營業證書。懸牌求售，卒以就之者少，改為報館法堂記者。於暇時，益事文學，遂以成名。其所著小説，有「沉默」「愈甚…」「華黎」「歸宅」「胡言」「旅行」「紅笑」「崖」「石垣」「骨牌戲」「霧」「地寶」「窗」「總督」「哥薩克」「外國人」「贈物」「火車之時刻」「克勒斯加」「加蒲科」「塞甘哥」「蘇生之美」。②為文均極悲壯抑鬱，每於不知不覺間，使人毛骨悚然。誠稀世傑作也。

(63) 張麗華『現代中国「短篇小説」的興起——以文類形構為視角』（北京大学出版社、二〇一一年）、一八五〜一八六頁。

(64) 上田敏訳『心』の「序文」（『心』春陽堂、一九〇九年六月）一〜五頁を参照。

(65) 「翻訳界の恥辱」『無名通信』（明治四十二〔一九〇九〕年七月十五日）を参照。

(66) 「文壇はなしだね」『読売新聞』（明治四十二〔一九〇九〕年七月二十八日）を参照。記事は次の通り。「今月の無名通信でアンドレエフ作「心」の上田敏氏の誤譯を上げた人は、中澤臨川氏だらうと想像する人もあるやうだが、事實昇曙夢氏であるさうだ」。

(67) 一記者「アンドレーエフ、上田敏氏及無名通信（下）」（『読売新聞』明治四二（一九〇九）年七月二十七日）を参照。

(68) 上田敏「小生の翻譯（下）」（『読売新聞』明治四十二年八月二日）を参照。

(69) 同注（68）。

（70）上田敏「小生の翻譯（上）」（『読売新聞』、明治四十二年八月一日）を参照。

（71）陳景韓訳「心」の附記（『小説時報』第六期、一九一〇年八月）を参照。原文は以下の通り。「冷曰：此亨登自述之狂人談也。閲者試心評之，亨登果狂者否。其自述有云，證明自己是狂人之處，語多不狂者；證明自己不是狂人之處，語多狂者。此両語可為全篇之總評。是以此篇中，讀之最覺狂妄處，乃最切情理處也。閲者幸留意之。」

（72）「『催醒術』：一九〇九年発表的〝狂人日記〟——兼談「名報人」陳景韓在早期啓蒙時段的文学成就」（『江蘇大学学報（社会科学版）』第六巻第五期、二〇〇四年九月）において、範伯群は「催醒術」を一九〇九年に発表された「狂人日記」であると評価している。

（73）「小説雜誌界之冷淡」（『小説時報』第二期、一九〇九年十一月）を参照。原文は以下の通り。「【小説雜誌界之冷淡】小説雜誌最先發起者為横濱新小説。其後有上海之繡像小説、新新小説、小説林月報、月月小説等。至於今日，均煙消火滅，以次停版。今聞漢口有人辦一揚子江小説月報，亦未多見。」

（74）「通告」（前掲『小説時報』第二期）を参照。原文は以下の通り。

（一）本報毎期小説毎種首尾完全，即有過長不能完全之作，毎期不得過一種，毎種連續不得過二次。以矯他報東鱗西爪之弊。

（二）本報毎月一期，毎期均有定日，即或中有改變，亦必以半年六期為一結束，六期之内，決不中變。以矯他報有始無終之弊。

（三）本報毎一期内，所有小説自成一結構，毎半年六期内，又成一大結構。既便分閲，又宜合觀。以矯他報東拖西扯之弊。

（四）本報毎期均用大紙，毎頁均用五號細字，毎種小説接頭處，均有筆配圖畫補滿。以矯他報紙多字少之弊。

（五）本報毎種小説均有圖畫，或刻或照，無不鮮明。不惜重資，均請名手製成。以矯他報因陋就簡之弊。

凡此五者，一一倶徵實在，本報決非自誇。閲者苟閲一二期，當信斯言不罔。

（75）例えば、第一期にある「烹人法」は食人族を紹介し、第二期にある「養狗談」は欧州の犬を飼う話を紹介している。

（76）例えば、第二期の「滑稽問答」欄で五問を掲げ、「讀者諸君願答此問題者，請寄交小説時報社收啓。答語雋妙者，本社并有贈彩，以助雅興」と答えを募集している。

（77）劉半農「黙然」附記（『中華小説界』第一年第十期、一九一四年十月）を参照。原文は以下の通り。「半儂曰，溺愛常事也。因溺愛而交謫，亦常事也。不圖結果之惡，竟至於此，非家庭之大變耶。然世之政黨，莫不以國利民福為藉詞，莫不以殃民誤國為互斥之資。卒至民不堪命，造成悲慘之結局。余譯是篇，余有感矣。」

（78）周痩鵑訳「紅笑」（『欧美名家短篇小説叢刊』（下巻）、中華書局、一九一七年）、四二〜四三頁を参照。原文は以下の通りである。

盎幅利夫小傳（1871－）盎幅利夫 Leonid Andreef 以一八七一年生於烏利爾 Orel。在書院中肄業時，即喪其父，家貧，困甚。因孜孜力學，不敢少怠，尋為小學校教師，所入甚微。厥後從事文墨，無過問者。侘傺無聊，遂謀自殺。一八九四年，以槍自擊，得不死。創處既平復，仍鼓勇事著述，而失敗如故。幸自小好繪事，因以賣畫為活。日為人圖像，每像僅得五盧布或十盧布。至是凍餒雖已倖免，而家況之艱窘如故也。一八九七年，去而為律師生活，被召入墨斯科法庭，顧所得亦浸薄，暇則復為報館中擔任法律之上紀事焉。越年刊其短篇小説「彼狂乎」"Was He Mad" 一篇，大受社會歡迎，於是文名日著，而貧薄之生涯，遂亦於是告終矣。其生平所作短篇小説絶夥，有「謊語」"The Lie"「思想」"The Thought"「總督」"The Governor"「瞿大司伊楷利哇」"Judas Iscarit"「薩希加傑古來夫」"Sashka Jigulef" 諸作舍「彼狂乎」一篇外，尤以「紅笑」為最著。今其人尚存，與高甘氏 Gorky 並稱為俄羅斯當代兩大作家。

おわりに

本研究では、清朝末期から民国初期にかけて（一八九八－一九一九）、マーク・トウェイン、ヴィクトル・ユゴー、アンドレーエフなどの作品が、なぜ、また、どのように日本を経由して翻訳・紹介されたのかを実証的に検討してきた。論証する際、日本経由というルートを重視しつつ、日本経由でない作品にも目を配り、底本の確定、掲載誌の性格、訳者の翻訳観などについて考察を加えてきた。また、訳本と底本との比較分析も重視し、中国の伝統、当時の社会文化背景、読者の趣味などがどのように訳者の翻訳に影響を及ぼしたのかについても分析してきた。文学翻訳をめぐるこのような比較研究を通して、筆者は、外国の思想や概念は、翻訳によって、もとの姿のまま受容されるのではなく、常に受け入れる国の文化や伝統の制約によって変容しながら受容されるのだ、ということを切実に感じた。

各章の結論を振り返ってみよう。

第一章では、マーク・トウェインの翻訳の考察を通して、外国文学の作品は必ずしもその外国語から翻訳されるとは限らず、しばしば他の言語（この場合は日本語）から翻訳されるという、重訳という現象の重要性とそれがはらむ問題がまず確認された。原抱一庵の日本語訳は大幅に書き直されたものであり、トウェイン本来のユーモアがぼかされ、大衆性と娯楽性が増幅していた。ところが、このような改変は、ちょうど当時の中国人読者の読書趣味に合致し、トウェイン作品が漢訳される要因になったのである。これはまた、当時の中国では、トウェインのユーモアの要素は受け入れられにくかったということと表裏をなしていた。

第二章では、大衆にアピールする工夫を凝らした黒岩涙香訳『噫無情』の影響力が留日学生を通して、中国にまで波及したことを確認した。しかし、当時の中国の受け入れ環境は日本と異なったため、『レ・ミゼラブル』が漢訳された際に、重視されたのはその文学性ではなく、中国の社会を風刺し、民衆の啓蒙に利用できるかどうかという点であった。これは明治二十年代の日本における『レ・ミゼラブル』の翻訳と相通じるところがある。

第三章では、アンドレーエフの各作品の漢訳およびその背景を考察し、アンドレーエフが日本とほぼ同時期に移入されたとはいえ、魯迅と周作人を除いて、ほかの翻訳者はほとんどアンドレーエフの創作手法を理解できず、自分に必要な部分だけを翻訳したことが分かった。

以上の結論を踏まえ、以下のようなことも明らかになったのではないかと筆者は考えている。

①同じ日本留学経験を持っていたとはいえ、世代が異なると、翻訳のしかたもずいぶん異なっている。初代の留日学生にあたる陳景韓は、日本における西洋の大衆的な小説の人気に目を向け、この娯楽性を利用して、中国社会の啓蒙に資することに情熱を注いだ。これに対して、魯迅兄弟は、最初は日本に影響されてユゴーの啓蒙性に注目し、中国社会の啓蒙に利用しようとしたが、時代が下ると、自分の目で鑑別しようとする意識が高まり、価値のある文学を自分の眼力で発掘するようになった。それだけでなく、翻訳する際も、できるだけ西洋の小説のもともとの姿に近づけることができる底本を選択し、忠実に翻訳することに意を用いるようになった。各作家の翻訳を検討した過程からもわかったように、明治期日本では、近代文学の展開も、西洋の小説の翻訳の手法も、中国より発達していたため、日本と中国における翻訳の様相は同じ基準では比べられない。中国では五四以降になって漸く、「直訳」と「意訳」、「重訳」と「原作からの翻訳」をめぐっての議論が生まれたが、日本はすでに明治末期において様々な議論が展開していたのである。魯迅兄弟が日本留学時代から一貫して「直訳」に執着したのも、日本の発達した翻訳理念から影響を受けたのではないかと考えられる。

②トウェイン、ユゴー、アンドレーエフは、いずれも最初、日本を経由して中国に伝来し、日本という濾過器を通して、中国の翻訳者の加工によって、当時の中国に必要な、中国人の嗜好に合うものに変身した。ほかの分野はともかくとして、西洋文学の摂取について考える場合、清末の政治家や啓蒙者が考えた通り、日本経由というルートは確かに近道であった。ただし、その経由の実態は単純な通過と言えるものではなく、日本という工場で改造されたものを導入する以上、西洋の作品のもともとの姿に接することは非常に難しかったのである。これがいいことなのか好ましくないことなのかという判断は、視点によって異なってくるが、上田敏の「小生の翻訳」中の議論を引用するならば、「他にそれぞれの事をさへ為得る人の無いうちは、それが多少の貢献をしてゐるに違無い」ともいえるだろう。また三人の作家の作品のうち、英語訳を通して中国語に翻訳されたものも存在するが、いずれにせよ、これらの翻訳者たちは、時代と社会環境の制約から逃れることはできなかった。

③同じ日本経由とはいえ、トウェイン、ユゴー、アンドレーエフはそれぞれ異なる様相を呈している。トウェインの場合は、アメリカ通の者が翻訳せず、英語に通じない者が日本語訳から重訳した、という興味深い構図が見てとれる。この場合、日本からトウェインに関する情報やトウェイン作品を速く中国に移入することができたが、日本における間違ったトウェイン理解も中国に移入された。ユゴーの場合は、ほとんど日本から移入し、日本のユゴー認識を生かした傾向がある。周作人のような、中国で英語訳を通してユゴーを翻訳した者でも、日本からの影響がかなり見える。アンドレーエフの場合は、日本を経由して、早くその情報や作品を移入することができただけでなく、英語訳から受容するより、全面的かつ正確なアンドレーエフ認識が中国読者に伝えることができたのである。つまり、日本経由は早いという便利さがあるだけでなく、場合によって、正確な作家像を移入することにも役立ったと考えられる。

謝天振は『訳介学導論』（北京大学出版社、二〇〇七年）において、翻訳文学史の基本的な要素を三つ挙げている。即ち、作家（翻訳者と原作者）、作品（訳作）および出来事（ある文学作品の翻訳という出来事、および、その翻訳作品の移入国における伝播、受容及び影響などの出来事）である。同書では、この三つの要素をめぐって歴史的叙述を展開し、分析を行うことが翻訳文学史の課題であると指摘されている。このうち、翻訳者と原作者および訳作に関する考察は、翻訳作品の移入国における伝播、受容及び影響を検討する前の段階での非常に重要な基礎的な作業となるだろう。こういう意味で、本研究はこの前段階の作業にあたると考えられる。非常に素朴で地道な実証研究であるが、新しい資料の発見や、細かいテキストの分析を通して、理論研究に確実な事例を提供し、ある程度、これまでの間違った結論を訂正する役割を果たしただろう。

しかし、これらの作家の作品が、どのように中国で伝播し、中国文学に影響を与えたかについては、本研究では検討するにいたっていない。さらに、本研究では、アメリカ、フランス、ロシアの文学の全体がどのように中国で翻訳紹介されたのか、という問題については触れることができなかった。国別翻訳文学史を書く場合、こうした問題はすべて解決されるべき課題であろう。筆者は本研究をスタート・ラインとして、新たな課題にチャレンジしようと思っている。

附録1　清末民初におけるマーク・トウェイン翻訳・紹介一覧

・一九〇四年

※【翻訳】陳景韓訳「食人会」（『新新小説』創刊号、一九〇四年九月十日）

（後に、単行本『侠客談』（上海・秋星社、一九一〇年十月）に収録）

【底本】原抱一庵訳「食人会」（『新小説』第八年第七巻、一九〇三年六月一日）

【原作】*Cannibalism in the cars* (1868)

・一九〇五年

※【翻訳】厳通訳「俄皇独語」（『志学報』第二期、一九〇五年六月）

【底本】英語原作

【原作】*The Czar's Soliloquy* (1905.3)

※【紹介】マーク・トウェイン肖像（『新小説』第二年第十号（原第二十二号））

・一九〇六年

※【翻訳】呉檮訳「山家奇遇」（『繍像小説』第七十期）

【底本】原抱一庵訳「山家の恋」（『太陽』第九巻第一号、一九〇三年一月）

【原作】*The Californian's Tale* (1893)

・一九〇八年

※【紹介】周桂笙訳述「新盦譯萃・英美二小説家」（『月月小説』第二年第七期（原十九号）、一九〇八年八月）

倫敦之西。有都邑曰奧斯福（Oxford）者。日本人譯爲『牛津』。蓋以意爲譯者。其地最富於宏壯瑰麗之建築物。而英國僑名鼎鼎之大學。亦在於是。余猶憶其一九零七年六月二十七日。嘗發一榜。計同時得進士學位者五人。

一　英國威爾斯親王　康　諾

一　英國現任首相　班鼐門

一　英國大將　鮑　富

一　美國現代小說巨子克來門　即人稱麥德溫（Mark Twain）者也

一　英國現代小說巨子紀伯林

之五人者。皆以文學受知。故士論尤引以爲榮。然赫赫懿親名相上將。乃與英美二小說家同邀盛典。不倫不類。在中土所必無者。而外國則恒有之。不分貴賤。惟才是重。斯眞能實行平等主義者矣。

・一九一五年

※【翻訳】周瘦鵑訳「妻」（『小説大観』第一集、一九一五年八月）
（後に、『欧美名家短篇小説叢刊（中）』（中華書局、一九一七年二月）に収録）

【底本】英語原作

【原作】*The Californian's Tale* (1893)

妻 原名 "The Californian's Tale" 著者馬克吐温 Mark Twain
馬克吐温小傳 （一八三五—一九一〇）
薩茂爾蘭亨克利門司 Samuel Lang
克吐温以一八三五年十一月三十日
ouri 之蕃勞利達城 Florida 初業印
河上之領港人領港時每聞河中淺灘
水痕在二尋處」"By the mark two fathoms" 聲繹
温 Mark Twain 蓋取其音相似也一八六一年至一八
尼凡達 Nevada 採銀鑛後二年爲佛奇尼亞 Virginia 城
terprise" 主持筆政先是亦嘗投稿於此報著述頗富一
斯哥 San Francisco 又往紐約以演說負盛名一八六七
西意大利柏勒司汀之遊採集其所著「海外天眞者」
美利堅之部

附録2　清末民初における『レ・ミゼラブル』(*Les Misérables*,1862）翻訳一覧

・一九〇三年

※【翻訳】　蘇曼殊「惨社会」（翻案小説）（『国民日日報』、一九〇三年十月八日～十二月三日。一九〇四年に『惨世界』と改題、単行本として鏡今書局より出版。）

【底本】　英語訳？

・一九〇五年

※【翻訳】　周作人訳「天鷚児」（『女子世界』第二年第四、五期の合併号）

【底本】　英語訳

・一九〇七年

※【翻訳】　商務印書館編訳所『礪志小説孤星涙』（上下二冊、上海商務印書館、一九〇七年）

【底本】　未詳

※【翻訳】　秋水訳「奇囚」（『神州日報』、一九〇七年四月十四日～五月五日）

【底本】　未詳。黒岩涙香訳『噫無情』（扶桑堂、一九〇六年）の可能性がある。

※【翻訳】　陳景韓訳「哀史之一節逸犯」（『時報』、一九〇七年八月十六日～九月四日）

【底本】　黒岩涙香訳『噫無情』（扶桑堂、一九〇六年）

・一九一五年

※【翻訳】解吾訳「社会小説天民涙」（『娯閑録』二十二期、一九一五年六月）

【底本】未詳

・一九一六年

※【翻訳】孝宗訳「名家小説怪客」（『小説時報』第二十八号、一九一六年九月）

【底本】未詳

附録3　清末民初におけるアンドレーエフ翻訳・紹介一覧

・一九〇九年

※【翻訳】魯迅訳「謾」（『域外小説集』第1冊、東京神田印刷所、一九〇九年三月）

【底本】ドイツ語訳

【原作】*Ложь*,1900

※【翻訳】魯迅訳「默」（『域外小説集』第1冊、東京神田印刷所、一九〇九年三月）

【底本】ドイツ語訳

【原作】*Молчание*, 1900

・一九一〇年

※【翻訳】陳景韓訳「心」（『小説時報』第六期、一九一〇年八月）

【底本】上田敏訳「心」（『心』春陽堂、一九〇九年六月）
【原作】*Мысль*, 1902

・一九一四年
※【翻訳】劉半農訳「哀情小説 默然」（『中華小説界』第一年第十期、一九一四年十月）
【底本】英語訳
【原作】*Молчание*, 1900

・一九一七年
※【翻訳】周痩鵑訳「紅笑」（『欧美名家短篇小説叢刻（下）』（中華書局、一九一七年二月）
【底本】英語訳
【原作】*Красный смех*, 1904

歐美名家短篇小說叢刻　下卷　四三
紅笑　英名 "Red Laugh"　著者盎崛利夫 Leonid Andreef
盎崛利夫小傳（一八七一―　）
盎崛利夫 Leonid Andreef 以一八七一年生於烏利
書院中肄業時卽喪其父家貧困甚因孜孜力學不敢
小學校教師所入甚微厭後從事文墨無過問者侘傺
自殺一八九四年以槍自擊得不死創處既平復仍鼓
而失敗如故幸自小好繪事因以賣畫爲活日爲人圖像每像僅得五
盧布至是凍餒雖已倖免而家況之艱窘如故也一八九七年去而爲
被召入墨斯科法廷顧所得亦淺薄暇則復爲報館中擔任法律上之
年刊其短篇小說「彼狂乎」"Was He Mad" 一篇大受社會歡迎
日著而貧薄之生涯遂亦於是告終矣其生平所作短篇小說絕夥有
"The Lie"「思想」"The Thought"「總督」"The Governor"「瞿

・一九一九年

※【翻訳】　周作人訳「歯痛」（『新青年』第七巻第一号、一九一九年十二月）

（後に『点滴』（国立北京大学出版部、一九二〇年八月）、『空大鼓』（開明書店、一九二八年十一月）にも収録。）

【底本】　*Judas Iscariot*: Forming, with 'Eleazar (*Lazarus*)' and' 'Ben Tobit', a biblical trilogy by L.N. Andreyev; transtrated from the Russian by W.H. Lowe. London: Francis Griffiths, 1910

【原作】　*Бен-Товит*, 1903

参考文献一覧

・漢字の読みは、原則として日本語の漢音によって区分する。
・特別な説明がない場合、発表年代順に配列した。
・発表年代が同じ場合、著者名の五十音順に配列した。

【中国語新聞雑誌類】（題目の五十音順）

・『月月小説』　呉趼人編集　一九〇六年十一月～一九〇九年一月
（全六冊（復刻版）上海書店　一九八〇年）
・『志学報』　上海聖約翰書院　一九〇五年四月～十二月
・『時報』　上海時報社　一九〇四年六月十二日～一九三九年九月一日
・『繍像小説』　李伯元編集　上海商務印書館　一九〇三年五月創刊
（全八冊（復刻版）上海書店　一九八〇年）
・『小説月報』　上海小説月報社　一九一〇年～一九三一年
・『小説時報』　小説時報社　一九〇九年九月～一九一七年十一月
・『小説大観』　包天笑編集　一九一五年～一九二一年
（全五冊（復刻版）上海書店　一九九〇年）
・『女子世界』　丁初我編集　一九〇四年一月～一九〇七年七月

・『神州日報』（全四冊（復刻版）北京綫装書局　二〇〇六年五月）
于右任編集　一九〇七年四月二日～一九四六年十二月十五日
・『新小説』梁啓超編集　一九〇二年十一月～一九〇六年一月
（全六冊（復刻版）上海書店　一九八〇年）
・『新青年』上海群益書社　一九一六年～一九二六年
（全十二冊（復刻版）　上海書店　一九八八年）
・『新新小説』龔子英・陳景韓編集　一九〇四年九月～一九〇七年五月
（全二冊（復刻版）上海書店　一九八〇年）
・『申報』上海申報館　一八七二年四月三十日～一九四九年五月二十七日
・『新民叢報』梁啓超編集　横浜新民叢報社　一九〇二年二月～一九〇七年十一月
・『浙江潮』留日学生浙江同郷会編　一九〇三年二月～一九〇五年
（全二冊（復刻版）上海書店　一九八一年）
・『娯閑録』成都四川公報社　一九一四年七月～一九一五年九月
・『中華小説界』中華小説界社　一九一四年一月～一九一六年六月

【日本語新聞雑誌類】（題目の五十音順）
・『朝日新聞』（明治・大正期）一八七九年一月～一九二六年十二月
・『趣味』易風社　一九〇六年六月～一九一〇年七月
・『新小説』春陽堂　一八八九年～一九二七年

・『太陽』　博文館　一八九五年一月〜一九二八年二月
・『読売新聞』（明治・大正期）一八七四年〜一九二六年
・『萬朝報』（復刻縮刷）東京日本図書センター　一九八三年十二月
・『早稲田文学』（第一次第一期）（復刻版）東京第一書房　一九七八年

【翻訳作品類】

※中国語翻訳作品

・周痩鵑『欧美名家短篇小説叢刊』中華書局　一九一七年
・周作人『点滴』国立北京大学出版部　一九二〇年八月
・周氏兄弟『域外小説集』上海群益出版社　一九二一年
・周氏兄弟『現代小説訳叢（第一集）』上海商務印書館　一九二二年五月
・施蟄存『中国近代文学大系・翻訳文学集１』上海書店　一九九〇年

※日本語翻訳作品

・黒岩涙香訳『噫無情』扶桑堂　一九〇六年
・森田思軒訳『思軒全集』堺屋石割書店　一九〇七年五月
・上田敏訳『心』春陽堂　一九〇九年
・豊島与志雄訳『レ・ミゼラブル』岩波書店　一九八七年
・勝浦吉雄訳『マーク・トウェイン短編全集（上）』文化書房博文社　一九九三年

【全集など】
・『魯迅全集』学習研究社　一九八五年八月
・『周作人日記』（上・中・下）大象出版社　一九九六年十二月
・『明治翻訳文学全集《新聞雑誌編》』（全五十二冊）川戸道昭・榊原貴教編　大空社　一九九六〜二〇〇一年
・『続明治翻訳文学全集《翻訳家編》』（全二十巻）川戸道昭・中林良雄・榊原貴教編　大空社　二〇〇二〜二〇〇三年
・『魯迅全集』人民文学出版社　二〇〇五年
・『周作人散文全集』鐘叔河編　広西師範大学出版社　二〇〇九年

【事典類】（題目の五十音順）
・『清末民初小説目録』（第四版）樽本照雄編　二〇一一年
・『図説翻訳文学総合事典』全五巻　大空社：ナダ出版センター　二〇〇九年十一月
・『世界文学大事典』全六巻　集英社　一九九六年十月〜一九九八年一月
・『日本近代文学大事典』全六巻　日本近代文学館編　講談社　一九七七年〜一九七八年
・『マーク・トウェイン文学／文化事典』彩流社　二〇一〇年十月
・『民国時期総書目（一九一一－一九四九）』北京図書館編　書目文献出版社　一九八六年

【主要な雑誌論文】

※中国語論文

・王富仁「魯迅的前期小説与安特莱夫」（『中国文学研究年鑑（一九八二）』、中国文芸聯合出版公司、一九八三年九月）
・文𡦗「美国早期小説訳介在中国」（『湘潭大学学報（哲学社会科学版）』第二八巻第二期、二〇〇四年三月）
・範伯群「『催醒術』：一九〇九年発表的〝狂人日記〟——兼談「名報人」陳景韓在早期啓蒙時段的文学成就」（『江蘇大学学報（社会科学版）』第六巻第五期、二〇〇四年九月）
・李志梅『報人作家陳景韓及其小説研究』華東師範大学博士論文　二〇〇五年
・校来満「陳冷血翻訳小説研究」（『安徽文学』、二〇〇七年第六期）
・陳春香「馬君武的外国文学訳介与日本影響」（『広西大学学報（哲学社会科学版）』第二十九巻第三期、二〇〇七年六月）。
・闞文文『晩清報刊翻訳小説研究——以八大報刊為中心』華東師範大学博士論文　二〇〇八年

※日本語論文

・谷行博「『謾・黙・四日』（上）：魯迅初期翻訳の諸相」（『大阪経大論集』第一三二号、一九七九年十一月）
・谷行博「『謾・黙・四日』（下）：魯迅初期翻訳の諸相」（『大阪経大論集』第一三五号、一九八〇年五月）
・谷行博「魯迅訳『黙』における幽黙について」（『大阪経大論集』第一五五号、一九八三年九月）
・工藤貴正「魯迅の翻訳研究（4）——外国文学の受容と思想形成への影響、そして展開——日本留学時期（『哀塵』）——」（『大阪教育大学紀要・第Ⅰ部門』第四十一巻第二号、一九九三年二月）

・樽本照雄「清末民初の翻訳小説——付：日本語経由の欧米漢訳小説一覧」（『大阪経大論集』第四十七巻第一号、一九九六年五月）

・工藤貴正「周作人『孤児記』の周縁——ヴィクトル・ユゴーの受容を巡る魯迅との関係より」（『学大国文』四十号、一九九七年二月）

・工藤貴正「原典『孤児記』九章・十章・十一章・十四章——ユゴー著、英訳版『Claude Gueux』」（『大阪教育大学紀要』第I部門46巻2号、一九九八年一月）

・工藤貴正「周作人『孤児記』第十二章・第十三章の位置づけ——創作・模作の接合の為の改編部」（大阪教育大学『学大国文』41号、一九九八年二月）

・塚原孝「明治期のアンドレーエフ受容史の一側面——『早稲田文学』『趣味』を中心に」（『ロシア文化の森へ——比較文化の総合研究』ナダ出版センター、二〇〇一年）

・塚原孝「日本への移入第一段階におけるアンドレーエフ論」（比較文学年誌（40）、二〇〇四年三月）

・樽本照雄「清末民初の翻訳小説と日本」（『図説翻訳文学総合事典』第五巻、大空社、二〇〇九年十一月）

・沢本香子「書家としての呉檮」（『清末小説』第三十二号、二〇〇九年十二月一日）

・樽本照雄「ユゴーの漢訳名囂俄について（上）」（『清末小説から』97、二〇一〇年四月）

・樽本照雄「ユゴーの漢訳名囂俄について（下）」（『清末小説から』98、二〇一〇年七月）

【翻訳関係研究書】

※中国語研究書

・阿英『晩清小説史』上海商務印書館　一九三七年

・陳平原『中国小説叙事模式的転変』上海人民出版社　一九八八年
・陳玉剛『中国翻訳文学史稿』中国対外翻訳出版公司　一九八九年
・袁進『中国小説的近代変革』中国社会科学出版社　一九九二年
・鄒振環『影響中国近代社會的一百種譯作』中国対外翻訳出版公司　一九九六年
・陳平原・夏暁虹『二十世紀中国小説理論資料（第一巻）』北京大学出版社　一九九七年二月
・郭延禮『中国近代翻訳文学概論』湖北教育出版社　一九九八年
・王宏志『翻訳与創作：中国近代翻訳小説論』北京大学出版社　二〇〇〇年三月
・杜慧敏『晩清主要小説期刊訳作研究（一九〇一－一九一一）』上海書店出版社　二〇〇七年十二月
・王向遠『二十世紀中国的日本翻訳文学史』北京師範大学出版社　二〇〇一年三月
・夏暁虹『晩清社会与文化』湖北教育出版社　二〇〇一年三月
・リディア・リウ（劉禾）『跨語際実践――文学、民族文化与被訳介的現代性（中国　一九〇〇－一九三七）』
宋偉傑訳　生活・読書・新知三聯書店　二〇〇二年
・羅選民『外国文学翻訳在中国』安徽文芸出版社　二〇〇三年
・孟昭毅・李載道『中国翻訳文学史』北京大学出版社　二〇〇五年
・胡翠娥『文学翻訳与文化参与――晩清小説翻訳的文化研究』上海外語教育出版社　二〇〇七年五月
・査明建・謝天振『中国二十世紀外国文学翻訳史』湖北教育出版社　二〇〇七年二月
・謝天振『訳介学導論』北京大学出版社　二〇〇七年十月
・韓一宇『清末民初漢訳法國文学研究（一八九七－一九一六）』中国社会科学出版社　二〇〇八年
・王暁元『翻訳話語与意識形態：中国一八九五－一九一一年文学翻訳研究』上海外語教育出版社　二〇一〇年

・張麗華『現代中国『短編小説』的興起』北京大学出版社　二〇一一年四月

※日本語研究書
・実藤恵秀『中国人日本留学史稿』日華学会　一九三九年
・福山光治編『欧米作家と日本近代文学』全五巻　教育出版センター　一九七四年十月～一九七六年九月
・伊藤秀雄『黒岩涙香伝』国文社　一九七五年
・勝浦吉雄『日本におけるマーク・トウェイン：概説と文献目録』二冊　桐原書店　一九七九年十一月－一九八八年十月
・富田仁『フランス小説移入考』東京書籍　一九八一年三月
・藤井省三『ロシアの影――夏目漱石と魯迅』平凡社　一九八五年
・富田仁・赤瀬雅子『明治のフランス文学――フランス学からの出発』駿河台出版社　一九八七年五月
・亀井俊介『マーク・トウェインの世界』南雲堂　一九九五年十月
・秋山勇造『埋もれた翻訳：近代文学の開拓者たち』新読書社　一九九八年
・秋山勇造『明治翻訳異聞』新読書社　二〇〇〇年五月
・谷口靖彦『伝記森田思軒：明治の翻訳王』山陽新聞社　二〇〇〇年六月
・鈴木貞美『雑誌『太陽』と国民文化の形成』思文閣出版　二〇〇一年七月
・石原剛『マーク・トウェインと日本：変貌するアメリカの象徴』彩流社　二〇〇八年三月
・工藤貴正『魯迅と西洋近代文芸思潮』汲古書院　二〇〇八年九月

【英語・フランス語文献】

※マーク・トウェイン関係

- Henry Nash Smith and William M. Gibson. *Mark Twain/Howells letters: the correspondence of Samuel L.Clemens and William D.Howells, 1872-1910.* Cambridge, Massachusetts: Belknap Press of Harvard University Press, 1960.
- LI, XILAO."The Adventures of Mark Twain in China: Translation and Appreciation of More than a Century". *The Mark Twain Annual,* vol6. Issue1. November 2008.

※ヴィクトル・ユゴー関係

- Victor Hugo. *Les misérables, pt.1, Fantine.* Édition Ollendorff, 1862 Preface
- Victor Hugo. *Les misérables* (translated from the original French,by Chas.E. Wilbour). New York: Carleton, Publisher, 413 Broadway (late RUDD & CARLETON), 1864

※アンドレーエフ関係

- *The Red Laugh Fragments of A Discovered Manuscript,* by Leonidas Andreief, translated from the Russian By Alexandra Linden. London: T. Fisher Unwin Paternoster Square, 1905.
- *The seven who were hanged*: a story by Leoind Andreyev; authorized translation from the Russian by Herman Bernstein. New York: J.S. Ogilvie Pub.Co., 1909.
- *Judas Iscariot*: Forming, with 'Eleazar(Lazarus)' and 'Ben Tobit',a biblical trilogy by L.N.Andreyev; transtrated from the Russian by W.H.Lowe. London: Francis Griffiths, 1910.

- *Silence and other stories*; transtrated from the Russian of L.N.Andreyev by W.H.Lowe. London: Francis Griffiths, 1910.
- *Essays on Russian novelists.* by Willliam Lyon Phelps,New York:The Macmillan,1911.
- *The life of man:a play in five acts.* by Leonidas Andreiev; translated from the Russian by C.J. Hogarth. London: G.Allen & Unwin; New York: Macmillan Co., 1915.
- *The confessions of a little man during great days.* by Leonid Andreyev; translated from the Russian by R.S.Townsend London: Duckworth, 1917.

あとがき

本書は、二〇一三年三月に九州大学から博士号を授与された論文「清末民初における欧米小説の翻訳に関する研究――日本経由を視座として」を若干手直ししたものである。

私が清末民初の翻訳文学を研究対象に選んだのは修士論文からである。北京師範大学日本語学部の修士課程に在学していた時、王志松先生から貴重なご教示と的確なご助言を賜り、卒論でマーク・トウェイン *The Californian's Tale* の日本語訳からの重訳の過程について書いた。修士論文作成に当たり、日本におけるマーク・トウェインの翻訳紹介状況や日本語底本である「山家の恋」の訳者原抱一庵に関する資料は中国でなかなか入手できず、筆が進まなかったため、不躾ながら、いきなりに面識のないトウェイン研究家である早稲田大学の石原剛先生にメールを差し上げた。思いもよらなかったのは、石原先生から早速ご返信をいただき、一週間後に貴重な資料を航空便で送っていただいた。このことが大きな励みとなり、その後私は修士論文完成に向けて集中した。そして、修士論文完成後、すっかり翻訳文学の面白さに魅了された私は、関連する新たな疑問点も発見し、博士課程に進むことができれば、さらに研究を深めたいと考えていた。

幸いに、私は中国教育部の「国家建設高水平大学公派研究生項目」に採用され、二〇〇九年十月に九州大学大学院比較社会文化学府の博士後期課程に進学した。入学以来、対象範囲を拡大し、トウェイン以外に、フランスのユゴー、ロシアのアンドレーエフを加え、漢訳に使用された底本の確定、日本語訳からの影響、日本語訳を誤読したことから生じた誤訳、当時の中国の文化的社会的背景を顧慮した翻訳手法などについて、第一次資料に基づき分析を行ってきた。さらに、学会発表や雑誌論文投稿などをへて、ようやく博士論文を執筆できるようになった。本書は中国が西洋の近代小説を本格的に移入し始める時期におけるその翻訳の様相を、特に日本経由という観点から捉えた論考であり、下記の既発表の論文を加筆修正した上で収録した。

一、「"The Californian's Tale"の中国語訳『山家奇遇』に関する研究――日本語訳『山家の恋』と比較して」(『マーク・トウェイン研究と批評』第九号、二〇一〇年四月)

二、「原抱一庵訳『ジャンバルジアン』の底本について」(『COMPARATIO』第十四号、二〇一〇年十二月)

三、「清末翻訳小説に見る訳者の啓蒙意識――『レ・ミゼラブル』の漢訳『逸犯』をめぐって」(『中国文学論集』第四十号、二〇一一年十二月)

四、「清末民初における『レ・ミゼラブル』の移入と日本――陳景韓訳『哀史之一節 逸犯』を例として」(『COMPARATIO』第十五号、二〇一一年十二月)

五、「周作人とアンドレーエフ――『歯痛』の翻訳をめぐって」(『野草』第九十一号、二〇一三年二月)

本書は私の初めての著書である。顧みれば、数えきれないほどの方々にお世話になってきた。まず、留学中に指導教官の西野常夫先生が懇切丁寧に論文を指導してくださったこと、そしていつも暖かく見守ってくださったことには、感謝の言葉も見つからない。

秋吉收先生には、大学院の演習で繰り返しお世話になるとともに、博士論文の審査にも当たっていただき、常に貴重なご意見とコメントを頂いた。厚く御礼申し上げる。

また、論文作成中に、大阪経済大学の谷行博先生に大切な資料をご提供いただいた。論文完成後に、樽本照雄先生に目を通していただき、原稿の細部に至るまで丁寧に正誤表を作っていただいた。本当に感謝極まりない。

さらに、博士論文の審査において副査をご担当下さった九州大学の阿尾安泰先生、小谷耕二先生、愛知県立大学の工藤貴正先生からは、大変貴重なご助言、ご教示を賜った。記して感謝を申し上げる。

なお、九州大学在学中には、松本常彦先生、波潟剛先生、東英寿先生、中里見敬先生、長谷千代子先生、呉紅華先生など多くの先生方に各方面からご支援・ご鞭撻を頂いた。日常生活において、先輩、後輩から知的刺激を受けるとともに、「一人で戦っているわけではない」という心強さも感じた。ともに泣き、ともに笑った日々はすべて美しい思い出になった。

これ以外にも、本書の完成には、北京師範大学の蒋義喬先生をはじめとする、修士時代より現在までに知遇を得た諸先生、諸学友から頂いたお力添えやご助言が大きな支えとなっている。すべての方々のお名前をあげることはできないが、この場を借りて、感謝の気持ちを述べさせて頂きたい。

末筆ながら、物心両面にわたり支えてくれた両親、中国で資料収集に尽力してくれた夫に対して、感謝を申し上げる。

著者略歴

梁　艶（LIANG YAN）

1983年　中国瀋陽市生まれ。

2006年　大連外国語学院日本語学部卒業。

2009年　北京師範大学外国語学院日本語学部修士課程修了。

2013年３月　九州大学大学院比較社会文化学府より博士号取得。

現在、中国同済大学日本語学部助理教授。専門は日本近現代文学、日中比較文学。主な論文に「清末翻訳小説に見る訳者の啓蒙意識―『レ・ミゼラブル』の漢訳『逸犯』をめぐって」、「周作人とアンドレーエフ―『歯痛』の翻訳をめぐって」がある。

比較社会文化叢書 Vol.33

清末民初における欧米小説の翻訳に関する研究
―日本経由を視座として―

2015年３月25日　第１刷発行

著　者――梁　艶

発行者――仲西佳文

発行所――有限会社 花 書 院
〒810-0012 福岡市中央区白金2-9-2
電　話（092）526-0287
ＦＡＸ（092）524-4411

振　替――01750-6-35885

印刷・製本―城島印刷株式会社